카메라를 보세요

LOOK AT THE BIRDIE
by Kurt Vonnegut

이 도서의 국립중앙도서관 출판예정도서목록(CIP)은
서지정보유통지원시스템 홈페이지(http://seoji.nl.go.kr)와
국가자료공동목록시스템(http://www.nl.go.kr/kolisnet)에서 이용하실 수 있습니다.
(CIP제어번호: CIP2019050364)

카메라를 보세요

커트 보니것 소설 · **이원열** 옮김

문학동네

차례

서문　7

1951년 밀러 해리스에게 보내는 커트 보니것의 편지　15

비밀돌이　21

푸바　43

지붕에서 소리쳐요　65

에드 루비 키 클럽　87

셀마를 위한 노래　163

거울의 방　189

작고 착한 사람들　215

안녕, 레드　233

작은 물방울　257

개미 화석　285

신문 배달 소년의 명예　313

카메라를 보세요　329

우주의 왕과 여왕　341

설명을 잘하는 사람　369

커트 보니것 연보　387

도판 목록　391

커트 보니것의 이 미발표 단편집을 읽으니 그의 모순적인 성격이 다시 떠올랐다. 문학 역사상 소설에서 인간의 어리석음이 빚은 비극과 희극을 보니것만큼 잘 결합해낸 작가는 드물다. 그리고 자신을 드러낼 때 그처럼 솔직하게 스스로를 인정하는 품격을 갖춘 작가는 더욱 드물지 않을까 싶다.

우리가 우정을 나눈 세월 동안, 나는 그가 개인적인 고통을 겪고 있는 걸 눈치챘지만, 그는 자신을 괴롭히는 것들을 기백 있게 물리쳤다. 우리는 함께 테니스와 탁구를 쳤고, 오후에 갑자기 영화를 보러 나갔다가 시내를 돌아다니기도 했고, 스테이크 전문 식당과 프랑스 레스토랑에서 포식했고, 텔레비전으로 미식축구 경기를 보았고, 매디슨 스퀘어 가든*의 특별석에서 닉스를 응원한 적도 두 번 있었다.

커트는 집안 행사와 작가 모임에서 특유의 온화하면서도 신랄한 위트를 발휘했다. 몰리 세이퍼, 돈 파버, 조지 플림턴, 댄 웨이크필드, 월터 밀러, 트루먼 커포티, 케빈 버클리, 베티 프리던과 모여 수다 떨고 웃는 자리에서도 마찬가지였다. 그 대화가 아무리 가볍다 해도, 커트와 보낸 시간들이 나를 포함한 커트의 모든 친구들에게 소중한 선물이었다는 건 과장이 아니다. 우리는 자신의 약점과 세상의 약점을 즐거운 마음으로 참아주던 그를 흉내내는 우리 스스로를 발견하곤 했다.

친구들에게 몹시 자상하게 보여주던 즐겁고 따스한 응원과 더불어, 커트 보니것은 내게 탁월한 이야기꾼의 친밀한 시선을 보여주었다. 사람들에 대한 그의 역설적이면서도 종종 놀라운 관찰은 삶의 윤리적 복잡성을 두드러져 보이게 했다. 일생을 문학비평에 바쳤던 어느 미혼 여성 작가의 추모식에 참석한 뒤 주택가를 걸으며 커트는 내게 말했다 "아이도 없고, 책도 없고. 친구도 몇 명 없더군." 그의 목소리에 감정이입으로 인한 고통이 묻어났다. 그러고는 덧붙였다. "그녀는 자기가 뭘 하는지 아는 것 같았는데."

---

* 미국 프로농구팀 뉴욕 닉스의 홈구장.

커트의 여든 살 생일 파티에서 전前 〈뉴욕 타임스 북 리뷰〉 편집자 존 레너드는 커트를 알게 되고 그의 작품을 읽은 경험을 두고 이렇게 말했다. "에이브 링컨과 마크 트웨인처럼 우울하지 않을 때 보니것은 늘 재미있다. 그의 작품은 우리를 화들짝 놀라게 하는 기이한 주짓수*와 같다."

선과 악, 환상과 현실, 눈물과 웃음이 섞인 바로 이 서커스장에서, 보니것은 빠르게 곡예를 시작한다. 첫번째 수록작 「비밀돌이」는 외로운 사람에게 즉석에서 대화와 조언, 치료를 제공하는 마법 같은 기계에 관한 이야기다. 그러나 여기에도 이면이 있는데, 마음을 읽는 정교한 기계 비밀돌이는 자기 말을 듣는 사람들의 더 깊은 불만을 열렬히 파헤치고, 그들의 삶은 고통스러울 만큼 불편해진다. 이 이야기는 환자가 자기 자신에 대해 너무 많은 것을 알게 되는 정신의학의 위험성뿐 아니라 선악과를 깨무는 행위가 영혼에 미치는 극단적인 결과를 다룬다.

나는 커트가 잠깐 심리치료를 받고 나서 감탄했던 것으로 기억하는데, 이 선집에는 정신과 치료에 대한 의구심이 반복해서 주제로 등장한다. 「카메라를 보세요」는 화자가 바에 앉아 자기가 싫어하는 사람에 대해 이야기하는 것으로 시작한다. "알기쉽게 말씀드리죠." 검은 모직 양복에 검은 스트링 넥타이를 맨

---

* 브라질 무술의 하나.

남자가 화자에게 말한다. "당신에게 필요한 건 살인 카운슬러의 침착하고 현명한 서비스입니다……"

이 기묘한 이야기는 독자에게 '불신의 유예'*를 요구하는, 오래된 오 헨리 스타일의 깜짝 결말로 마무리된다. 하지만 편집증 환자를 두고 "이 모양 이 꼴인 세상에서 가장 지적이고 박식한 방식으로 미친 사람"이라 일컫는 미친 캐릭터를 창조해낸 이야기꾼의 매혹을 누가 거절할 수 있겠는가? 이건 그냥 주짓수가 아니다. 무예다.

커트의 또다른 보석들, 위트와 말장난, 음울하지만 거의 언제나 유머러스한 해설이 여기에 실린 단편들에 간간이 끼어든다. 「푸바FUBAR」는 제목이자 이야기의 주제인데, 어리벙벙하고 가끔은 조롱하는 듯한 화자는 그 뜻을 "도저히 알아볼 수 없을 정도로 엉망이 된fouled up beyond all recognition"이라고 정의한다. 그러고는 우리에게 "원한이 아니라 크고 복잡한 조직 안에서 행정상의 사고로 생긴 불행을 설명하고 있다는 점에서 특히 유용하고 흥미로운 단어"임을 고려해달라고 한다.

「거울의 방」은 커트의 고향인 인디애나폴리스가 배경인데, 간단한 문장 하나로 그곳의 날씨를 생생히 묘사한다. 첫 단어 몇 개만 보면 자연 속에서의 즐거운 산책을 상상하게 되지만,

---

* 이야기가 허구임을 알면서도 마치 실제라도 되는 양 몰입하는 것.

놀랍게도 뒤로 갈수록 독자는 불쾌한 추위를 보고 느끼고 듣게 된다. "가을바람이 혹독한 겨울은 어떨까 연습이라도 하듯 검댕과 종이를 조금 비틀어보더니, 중고차 매장 위의 플라스틱 프로펠러를 돌렸다. 푸르르르르르르르르르르르르르르르르르르르르르르르르르르르." 내가 세어본 바로는 '르'가 스물여덟 개다. 산문에서 완벽한 음향효과를 만들어주는 커트 보니것의 친절이란!

결말이 비극적인 작품도 몇 편 있다. 「작고 착한 사람들」은 커트의 후반기 소설에서 만나게 될 매력의 예고편이라 할 수 있다. 이 작품에서는 외계인이 우리보다 크다는 익숙한 생각이 뒤집어진다. 커트의 이 이야기에서 다정하고 작고 벌레 같은 사람들은 페이퍼나이프 크기와 모양을 한 우주선을 타고 지구에 착륙한다. 알고 보니 그들은 겁먹은 상태였고, 리놀륨 바닥재 판매원인 로웰 스위프트와 친해진다. 하지만 조심! 스위프트의 무너져가는 결혼생활이 해결되는 과정에서 외계인들이 맡은 역할은 예측할 수 없을뿐더러 끔찍하다. 예측불허! 음. 의심해봤어야 했는데! 특히 주인공 이름이 스위프트Swift이고, 속이 빈 칼손잡이 안에 무척 예민한 소인국 사람들이 잔뜩 들어 있다면 말이다.

컬럼비아와 하버드, 아이오와 대학교 대학원에서 글쓰기 강의를 할 때 학생들에게 소설 쓰기에서 가장 중요한 것을 무엇이라고 가르쳤는지 묻자, 커트가 말했다. "앞으로 나아가는 것. 모든 장면, 모든 대화가 서사를 전진시켜야 하지. 그리고 가능하다면 깜짝 결말이 있어야 하고." 반전 요소는 커트가 지닌 관점의 역설을 나타내기도 한다. 모든 것이 이야기되고 글로 쓰였을 때, 결말의 반전이 이야기를 뒤집으며 의미를 부여해준다.

커트 보니것의 단편들에 미발표라는 말은 어울리지 않는다. 여기 실린 단편들이 출판으로 이어지지 않았던 것은 어떤 이유에서든 커트가 만족스럽지 못하다고 느꼈기 때문일 가능성이 있다. 에이전트와 편집자 들, 그리고 그의 아들 마크가 증언하듯 커트는 작품을 고치고 또 고쳤다. 커트의 문체가 가볍게 툭툭 내뱉는 것처럼 보일 수도 있지만, 그는 줄거리와 문장, 단어에까지 완벽을 추구한 장인이었다. 브리지햄프턴과 이스트 48번가에 있던 그의 작업실 쓰레기통에 종이 뭉치가 가득했던 것을 나는 기억한다.

글쓰기에 대한 커트의 야심의 고백에 가장 가까웠던 것은 자신의 소설 창작 규칙 중 하나를 내게 읊어주었을 때였다. "전혀 모르는 사람의 시간을 사용하되 그 사람이 시간을 낭비했다고 생각하지 않도록 만들 것."

커트 보니것에게 글쓰기란 일종의 영적 의무였고, 여기 실린 유머러스한 이야기들은 대부분 그의 도덕적, 정치적 분노에서 영감을 받은 것으로 보인다. 또한 커트의 엄청난 상상력의 크기를 보여주는 증거이기도 하다. 제2차세계대전이 지나고 1950년대와 1960년대까지, 커트는 이런 재능을 이용해 ('매끈한'[*]) 대중잡지에 단편소설을 팔아 계속 불어나는 가족을 부양했다.

커트 보니것 주니어라는 바이라인은 〈새터데이 이브닝 포스트〉 〈콜리어스〉 〈코스모폴리탄〉 〈아거시〉에 정기적으로 등장했다. 그는 후에 단편집 『배곰보 코담뱃갑』 서문에서 잡지사와의 관계가 만족스러웠음을 독자에게 상기시켜주었다. "훌륭한 동료가 많았다…… 헤밍웨이는 〈에스콰이어〉에 글을 실었고, F. 스콧 피츠제럴드는 〈새터데이 이브닝 포스트〉에, 윌리엄 포크너는 〈콜리어스〉에, 존 스타인벡은 〈우먼스 홈 컴패니언〉에 글을 실었다!"

헤밍웨이! 피츠제럴드! 포크너! 스타인벡! 보니것! 그들의 문학 유산은 한 단어당 또는 한 줄당 넉넉한 원고료를 지급하고 그들을 수백, 수천, 아니 수백만 독자에게 소개하던 잡지들의 종말 이후에도 살아남았다.

이 단편집을 위해 선별한 커트의 작품들은 그 시절의 엔터테인먼트가 어땠는지를 연상시킨다. 아주 읽기 쉽고, 작가가 하려

---

[*] 1930년대 이후 미국에 새로이 등장한 매끈하고 반짝거리는 종이로 만든 대중잡지 부류인 'slick-paper magazines'를 염두에 둔 표현. 이전보다 종이의 질이 월등히 좋아 상업적 이용이 극대화되었다.

는 말이 무엇인지 생각해보기 전까지는 서사 기법이 너무 단순한 게 아닌가 싶을 만큼 직선적이다. 이 작품들은 커트가 언어로 빚은 환등기이고, 인간 행동의 예측 불가능한 변화와 신비를 가차없이 뱉어내는 비밀돌이이지만, 유머와 용서가 감돌고 있다.

보니것이 묵혀둔 이 훌륭한 작품들을 발견함으로써, 우리는 그의 트레이드마크인 가독성 높은 문체와 여전히 유효한 그의 재능을 재확인하게 된다. 이 단편집은 우리 모두—커트 보니것의 주짓수와 예술에 감화받고 즐거움을 느끼는 친구와 독자—에게 선물과도 같다.

시드니 오펏

뉴욕 앨플라우스

사서함 37

1951년 2월 11일

친애하는 밀러*에게

다소 분명치는 않지만, 최근에 보낸 편지에 추가하고 싶은 것이 생각났어. 유파라는 문제에 관한 거야. 그림의 유파, 시의 유파, 음악의 유파, 글쓰기의 유파. 나는 전쟁 후 몇 년 동안 시카고 대학교 인류학과 대학원을 다녔어. 슬롯킨이라는 똑똑하고 신경과민 증세가 있는 교수가 부추기는 바람에 유파라는 것에 흥미를 가지게 되어(무슨 말인지는 곧 설명할게) 논문을 하나 쓰기로 결심했지. 파리의 입체파에 대한 글을 사십 페이지 정도 썼는데, 교수진에게서 좀더 인류학에 한정된 주제를 선택하는 게 좋겠다는 말을 들었지. 그들은 제법 완강하게(슬롯킨은 기권했고) 1894년 아메리카 원주민의 고스트 댄스**에 관해 쓰라고 제안했어. 얼마 지나지 않아 나는 돈이 떨어져 GE***에 입사했고, 고스트 댄스에 대해서는 구상 단계 이상으로 나아가지 못했어(더럽게 흥미롭기

---

* 밀러 해리스. 보니것의 코넬대학교 시절 친구. 대학 신문사에서 함께 일했다.

** 아메리카 원주민 부족인 파이우트족이 시작한 춤으로, 백인들의 운명을 거부하는 종교운동으로 성장했다.

*** 제너럴 일렉트릭사.

는 했지만).

하지만 유파의 중요성에 대한 슬롯킨의 생각은 내 머릿속에 남았고, 지금 생각해보니 자네, 나, 녹스, 맥퀘이드*, 그 밖에 우리가 그들의 문학적 자산에 대해 개인적으로 관심이 가는 모든 사람과 관련이 있는 것 같아. 슬롯킨이 한 말은 이랬어. "예술에서 위대한 업적을 이루어낸 사람 중 누구도 혼자 일하지 않았다. 위대한 업적을 이룬 사람은 비슷한 생각을 하는 개인들의 무리에서 가장 우수한 사람이었다." 이건 입체파에도 잘 들어맞지. 그리고 슬롯킨은 괴테, 소로, 헤밍웨이 등 자네가 이름을 댈 만한 사람들 거의 모두에게 적용되는 증거를 많이 가지고 있었어.

백 퍼센트 사실은 아니더라도 흥미로운 건 사실이고, 어쩌면 우리에게 도움이 될 수도 있겠지.

유파란, 슬롯킨이 말하길, 어느 개인이 전체 문화에 무언가를 더하려 할 때 필요한 배짱을 환상적일 만큼 많이 준다고 했어. 사기를 북돋아주고 소속감도 주고 많은 지식인들이라는 자원도 주고, 아마 이게 가장 중요할 텐데, 확신을 가지고 편파적일 수 있게 도와준다고 말이야. (슬롯킨이 사 년 전에 한 말에 대한 나의 이야기는 꽤 주관적이니, 슬롯킨에게 영향을 받은 보니것의 말이

---

* 녹스 버거와 몰리 맥퀘이드 모두 문학 편집자이자 에이전트. 녹스 버거는 보니것의 첫 단편소설 편집자였다.

라고 해두자고.) 편파적이라는 것 말이야, 모든 이들의 관점에서 생각하고 모든 죄를 용서하는 상냥하고 합리적인 사람은 예술에서 아무것도 이룰 수 없을 거야.

슬롯킨은 이런 말도 했어. 예술을 하는 사람이라면 어느 유파—좋은 유파든 나쁜 유파든—에든 속할 수밖에 없다고. 자네가 어느 유파인지 난 몰라. 현재 내 유파는 리타워 & 윌킨슨(내 에이전트들이지), 버거뿐이야. 다른 곳의 지원이 없기 때문에 나는 그들을 위해 글을 쓰지. 매끈하고 고급스러운 허풍을.

나는 오 주째 혼자 지내고 있어. 중편 하나를 고쳐 썼고, 아주 짧은 단편 하나와 오천 단어짜리 초단편을 두어 편 썼어. 아마 그중 몇 편은 팔리겠지. 오늘은 일요일인데, 질문이 하나 떠오르네. 내일은 무얼 시작할까? 그 답은 이미 알아. 그게 틀린 답이라는 것도 알고. 나는 리타워 & 윌킨슨, 버거, 그리고 맙소사, MGM*을 기쁘게 할 일을 시작할 거야.

그게 아니면 대안은 명백하지. 〈애틀랜틱〉 〈하퍼스〉 〈뉴요커〉**를 기쁘게 할 일을 하는 거야. 그러려면 누군가의 스타일을 흉내내야 하겠지. 그렇게 할 수 있을지도 몰라. 나는 있을지도 모른다고 했어. 그건 십 년, 이십 년, 삼십 년 전에 태어난 유파 몇십 가지

---

* Metro-Goldwyn-Mayer's Inc., 미국의 영화와 텔레비전 프로그램 제작사.
** ('매끈한') 대중잡지와 대비되는, 활자 위주의 잡지들.

중 하나에 끼는 일이 될 거야. 그 일은 칭찬받을 만한 모조품을 만들어내는 일이 큰 비중을 차지하지. 그리고 물론 〈애틀랜틱〉이나 〈하퍼스〉나 〈뉴요커〉에 글이 실리면, 당신은 분명 작가야. 다들 그렇다고 해주니까. 하지만 '매끈한' 잡지에서 주는 후한 수표와는 비교가 안 되지. 더 솔깃한 것이 있으면 좋겠지만, 없으니 나는 돈을 선택하려고.

자, 지금까지 길게 떠든 것들에 비추어, 지금 나는 어디에 있을까? 뉴욕주 앨플라우스에 있는 것 같군. 어디선가 불꽃과 자신감과 독창성과 신선한 선입견을 얻을 수 있으면 좋겠다고 생각하면서 말이야. 슬롯킨의 말처럼 이런 것들은 어느 한 집단의 생산물이지. 문제는 메시아를 찾아내는 것이 아니고, 집단 속 한 명을 메시아로 만드는 거야. 어렵고, 시간이 좀 걸리는 일이지.

만약 어디선가 이런 일이 일어나고 있다면(테네시 윌리엄스가 그러는데 파리는 아니라는군), 나도 끼고 싶어. 열정을 가질 수 있다면 오른팔이라도 내놓겠어. 글 쓸 거리가 많다는 것은 신도 알지. 요즘은 분명히 예전 그 어느 때보다 많아. 자네는 의무를 다하지 않고, 나도 의무를 다하지 않고, 모두가 의무를 다하지 않고 있다는 생각이 드네.

슬롯킨의 말이 맞다면, 우정이라는 제도의 죽음은 예술 혁신의 죽음일 수도 있겠어.

이 편지는 자기연민이 가득한, 설교조의 엉터리 편지야. 하지만 작가들은 이런 유의 편지를 쓰는 것 같더군. 나는 GE를 그만두었고, 만약 작가가 아니라면 나는 아무것도 아니야.

진심을 담아,

혼란한 성격

비밀돌이
Confido

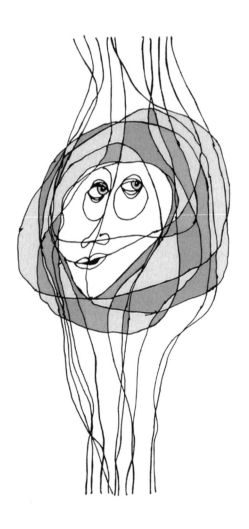

여름은 잠든 중에 평화롭게 사망했고, 상냥한 목소리의 유언 집행인 가을은 봄이 다시 찾으러 올 때까지 생명력을 금고 속에 잘 넣은 뒤 잠가두었다. 엘런 바워스는 부엌 창밖의 이런 슬프고도 달콤한 우화에 기분이 동화되어 화요일 아침 일찍부터 남편 헨리의 아침식사를 준비하고 있었다. 헨리는 얇은 벽 건너편에서 숨을 훅 들이켜고 몸을 파닥이고 스스로를 찰싹 때려가며 찬물로 샤워를 하고 있었다.

예쁜 얼굴에 아담한 체구의 엘런은 삼십대 초반으로, 비록 초라하고 볼품없는 실내복 차림이었으나 꾸밈없이 활달하고 밝았다. 원래 그녀는 무슨 일이 있든 대체로 자기 인생을 사랑하는 사람이지만, 지금은 교회 오르간에서 울려퍼지는 아멘소리 같은 압도적인 감정으로 사랑하고 있었다. 그래서 오늘 아침 그녀는 남편이 잘될 뿐 아니라 곧 유명해지고 부자가 될 거라고 스스로 확신할 수 있었다.

그녀는 그런 일을 기대한 적이 한 번도 없었고, 꿈꿔본 적도 거의 없었다. 그동안은 싸구려 물건들과 영혼의 작은 모험에 만족하며 살아왔다. 가을에 대해 생각하는 것처럼, 영혼의 작은 모험에는 돈이 전혀 들지 않았다. 헨리는 돈벌이에 능한 사람이 아니었다. 두 사람 모두 그걸 잘 알고 있었다.

그는 쉽게 만족하는 성격의 땜장이이자 제조자이자 수리공이었다. 재료와 기계를 다루는 솜씨가 마법에 가까웠다. 하지만 보청기 제조사 어쿠스티-젬의 연구실 보조로 일하며 그가 일으킨 기적들은 모두 사소한 것이었다. 고용주들은 헨리를 아꼈지만 그들이 지불하는 보수는 그리 많지 않았다. 엘런과 헨리는 뚝딱거리며 일해서 월급을 받는 것 자체가 영광이고 나름의 사치이니, 많은 보수는 필요 없다는 데 흔쾌히 동의했다. 그걸로 끝이었다.

그걸로 끝인 줄 알았는데, 하고 엘런은 생각했다. 식탁 위에 전선과 이어폰이 달린, 보청기 같은 작은 철제 상자가 놓여 있었기 때문이다. 현대적인 발명품인 이것은 나이아가라폭포나 스핑크스만큼이나 놀라운 물건이었다. 헨리는 그동안 점심시간을 이용해 비밀리에 그것을 만들어왔고, 어젯밤에 집으로 가져왔다. 잠들기 직전, 엘런은 그 상자에 비밀을 털어놓을 수 있는 친구를 뜻하는 단어 'confidant'와 반려동물 이름에 많이 쓰는 글자를 합쳐 비밀돌이Confido라는 매력적인 이름을 붙여주었다.

"모든 사람이 진정으로 원하는 게 뭘까, 심지어 음식보다 더?" 헨리는 비밀돌이를 아내에게 처음으로 보여주며 수줍은 듯 물었다. 그는 키가 크고 소박한 남자로, 평소에는 숲속의 동물처럼 부끄럼을 탔다. 하지만 무언가 그를 바꾸어놓았다. 맹렬하게 고함을 지르는 사람으로. "그게 뭐지?"

"행복인가, 헨리?"

"행복, 물론이지! 그렇다면 행복의 열쇠는 뭘까?"

"종교? 아니면 안전? 건강일까, 여보?"

"길에서 스쳐지나가는 낯선 사람들의 눈마다 담긴 갈망이 뭐야?"

"당신이 말해줘, 헨리. 난 포기할래." 엘런이 무력하게 말했다.

"이야기할 사람! 진정으로 이해해주는 사람! 바로 그거지." 그는 머리 위로 비밀돌이를 흔들어 보였다. "그리고 이게 바로 그거고!"

그리고 지금, 즉 다음날 아침, 엘런은 창가에서 몸을 돌려 비밀돌이의 이어폰을 조심스레 귀에 꽂았다. 납작한 철제 상자를 블라우스 안에 고정하고 전선은 머리칼 속에 숨겼다. 아주 부드럽게 둥둥거리는 소리와 쉬쉬거리는 소리에 모기가 잉잉대는 듯한 소리가 더해져 귓속을 가득 채웠다.

소리 내어 말할 것은 아니었지만 그녀는 어색한 듯 헛기침을 하고, 신중하게 말을 떠올렸다. "반갑구나, 비밀돌이."

"당신만큼 편히 쉴 자격이 있는 사람도 없어요, 엘런." 비밀돌이가 그녀의 귀에 속삭였다. 목소리는 높고 공명이 낮았다. 어린 아이가 화장지를 덮은 빗에 입을 대고 말하는 듯했다. "그동안 당신이 겪은 걸 생각하면, 이제 좋은 일이 생길 때도 되었죠."

"아아아아아." 엘런은 비밀돌이가 말도 안 되는 소리를 한다고 생각했다. "난 별로 고생하지 않았어. 즐겁고 편안했는걸, 정말로."

"겉보기엔 그랬죠." 비밀돌이가 말했다. "하지만 당신이 누리지 못한 게 얼마나 많아요."

"아, 내 생각엔……"

"자, 자." 비밀돌이가 말했다. "난 당신을 이해해요. 어차피 우리 둘이서만 하는 얘기고, 가끔은 이런 이야기를 끄집어내서 드러내는 것도 좋아요. 그게 건강한 거라니까요. 이 집은 좁고 형편없는데다 당신에게 깊은 상처를 남겼어요. 당신도 알잖아요, 이 불쌍한 사람. 그리고 남편이 아내를 충분히 사랑하지 않아서 야심을 거의 드러내지 않으면 여자는 조금이라도 상처를 받을 수밖에 없어요. 당신이 그동안 얼마나 용감했는지 그가 안다면, 당신이 늘 겉으로 유쾌한 척하느라 얼마나 힘들었는지 안다면……"

"잠깐, 내 말 좀 들어봐……" 엘런이 가냘프게 반박했다.

"불쌍한 사람, 당신 인생도 이제 나아질 때가 됐어요. 늦었지만 영영 나아지지 않는 것보다는 낫죠."

"정말 난 괜찮았어." 엘런이 머릿속으로 우겼다. "헨리는 야심에 시달리지 않아서 더 행복했고, 가장이 행복하면 아내와 아이들도 행복한 법이야."

"그래도 여자라면, 남편의 사랑은 그의 야심으로 측정할 수 있다는 생각을 이따금 할 수밖에 없잖아요." 비밀돌이가 말했다. "아, 당신은 무지개 끝에 놓인 황금 단지를 가질 자격이 있어요."

"나도 그렇게 생각해." 엘런이 말했다.

"난 당신 편이에요." 비밀돌이가 따뜻하게 말했다.

헨리가 거친 수건으로 우락부락한 얼굴이 밝은 분홍색이 될 때까지 문지르며 부엌으로 성큼성큼 걸어들어왔다. 하룻밤 자고 나서도 그는 여전히 새로운 헨리였다. 기획자이자 사업가, 양말의 고무밴드만 가지고도 별이 있는 곳까지 올라갈 준비가 되어 있는 사람.

"사장님께!" 그가 열정적으로 말했다. "제 사업을 시작하고 개인적인 이윤을 추구하기 위해, 오늘부터 이 주 후 어쿠스티-젬을 그만두겠다는 사실을 알려드립니다. 진심을 담아……" 그는 우람한 팔뚝으로 엘런을 끌어안고는 앞뒤로 흔들어댔다. "아하! 당신, 새 친구와 이야기 나누던 중이었구나?"

엘런은 얼굴을 붉히며 황급히 비밀돌이를 꼈다. "이거 이상해, 헨리. 너무 오싹해. 얘가 내 생각을 듣고 대답해."

"이제 누구도 외로워할 필요 없어!" 헨리가 말했다.

"내가 보기엔 마법 같은걸." 엘런이 말했다.

"이 우주의 모든 것이 마법이지." 헨리가 거창하게 말했다. "아인슈타인이 제일 먼저 그렇게 말해줄 거야. 내가 그동안 한 일은 실현되기를 기다리던 기술을 우연히 발견한 것뿐이야. 대부분의 발견이 그렇듯 우연한 사고였고, 다름 아닌 헨리 바워스가 그 행운아였을 뿐이지."

엘런은 손뼉을 쳤다. "아, 헨리, 언젠가 사람들이 이 이야기를 영화로 만들 거야!"

"그리고 러시아인은 자기들이 발명했다고 우기겠지." 헨리는 웃었다. "뭐, 그러라고 해. 쩨쩨하게 굴지 않겠어. 시장을 나눠 가지면 돼. 난 미국 내 판매 수익 10억 달러 정도면 만족해."

"으응." 엘런은 유명해진 남편에 대한 영화를 보는 상상을 하며 기쁨에 젖었다. 남편 역의 남자 배우는 링컨과 아주 닮은 사람이었다. 그녀는 남편이 천진난만하게 축복을 마주하는 장면, 다소 초라한 모습으로 콧노래를 흥얼거리며 귓속에서 나는 아주 작은 잡음까지도 측정할 수 있게 작은 마이크를 만지작거리는 장면을 보았다. 그 뒤로 그의 동료들이 카드놀이를 하면서 점심시간에도 일을 한다며 그를 놀려대는 모습이 보였다. 다음 장면에서 그는 마이크를 앰프와 스피커에 연결한 뒤 귀에 갖다 댔다. 그러고는 비밀돌이가 이 세상에서 처음으로 속삭이는 말을 듣고 깜짝 놀랐다.

"여기에선 절대 성공 못할 거예요, 헨리." 원시적 단계의, 최초의 비밀돌이는 그렇게 말했다. "어쿠스티-젬에서 성공하는 사람은 빈말로 칭찬하는 사람, 교묘히 남을 속이는 사람뿐이에요. 당신의 업적으로 매일 다른 누군가의 월급이 엄청나게 올라요. 정신 차려요! 당신은 이 연구소에서 일하는 그 누구보다 일을 열 배나 잘했어요. 이건 공평하지 않아요."

그러고 나서 헨리는 스피커 대신 보청기에 마이크를 연결했다. 이어폰에 마이크를 달아 정체를 알 수 없는 그 작은 목소리를 잡아냈고, 보청기는 그 소리를 증폭해서 들려주었다. 그리하여 헨리의 떨리는 손 안에서 모두를 위한 최고의 친구, 비밀돌이가 시장에 나올 준비를 마쳤다.

"진심이야." 새롭게 태어난 헨리가 엘런에게 말했다. "10억 달러는 쉽게 벌걸! 미국에 사는 모든 남자, 여자, 어린아이 한 명당 6달러씩 남을 거야."

"그 목소리가 뭔지 알면 좋겠어." 엘런이 말했다. "궁금해진단 말이지." 그녀는 순간적으로 불편한 기분을 느꼈다.

헨리는 아침을 먹으러 식탁에 앉으며 손을 휘휘 내저었다. "뇌와 귀가 연결된 방식과 관련이 있겠지." 그가 입안 가득 음식을 우물거리며 말했다. "그걸 알아낼 시간은 많아. 지금 할일은 비밀돌이를 시장에 내놓고, 그저 존재하는 게 아니라 진정한 삶을 시작해보는 거야."

"우리일까?" 엘런이 물었다. "그 목소리…… 그게 우리 자신일까?"

헨리는 어깨를 으쓱해 보였다. "난 그게 신이라고 생각하지는 않아, '미국의 소리'*도 아닐 거고. 비밀돌이에게 물어보지 그래? 오늘 집에 놔두고 갈게, 당신의 좋은 말벗이 되도록."

"헨리…… 우리가 그동안 그저 존재하기만 했던 건 아니지 않아?"

"비밀돌이는 그렇다는데." 헨리가 일어나 아내에게 키스하며 말했다.

"그럼 정말 그랬나보네." 그녀는 넋이 나간 듯했다.

"하지만, 이제부터는 달라질 거야!" 헨리가 말했다. "우린 스스로에게 그렇게 해줄 의무가 있어. 비밀돌이가 그러더군."

엘런은 두 아이를 먹이고 학교에 보내느라 정신이 팔려 있었

---

* 미국 대외선전 방송국.

다. 여덟 살 먹은 아들 폴이 만원인 스쿨버스에 올라타며 "야! 우리 아빠가 그러는데 우리가 크로이소스*처럼 엄청난 부자가 될 거래!" 하고 외칠 때에야 잠시 정신이 번쩍 들었다.

폴과 일곱 살 먹은 여동생이 올라타자 버스 문이 덜컥 닫혔고 엘런은 식탁 옆 흔들의자로, 천국도 지옥도 아닌 연옥으로 돌아왔다. 그녀는 머릿속이 온갖 생각으로 뒤섞여 아주 작은 구멍 하나로만 세상을 내다볼 수 있었는데, 그 구멍을 가득 메운 것은 잼과 치우지 않은 아침식사 접시들 사이에 놓인 비밀돌이였다.

전화벨이 울렸다. 직장에 도착한 헨리였다. "어때?" 헨리가 밝은 목소리로 물었다.

"평소대로야. 방금 애들을 버스에 태웠어."

"내 말은, 비밀돌이와 보내는 첫날이 어떠냐고."

"아직 안 해봤어, 헨리."

"으으으음…… 해보자. 이 상품에 대한 믿음을 조금만 보여줘. 저녁때는 사용 후기를 제대로 들려주면 좋겠어."

"헨리…… 벌써 그만두겠다고 했어?"

"아직 그러지 않은 이유는 딱 하나, 아직 타자기 앞에 앉지 않아서야." 그가 웃었다. "나 정도 위치에 있는 사람은 구두로 사직할 수 없거든. 서류를 내야 해."

---

* 리디아의 마지막 왕. 서구문화권에서는 '큰 부자'의 대명사로 쓰인다.

"헨리…… 잠시만 미루면 안 될까, 며칠만이라도?"

"왜?" 헨리가 믿을 수 없다는 듯 물었다. "쇠가 달았을 때 두드려야지."

"그냥 안전하게, 제발. 응?"

"두려워할 게 뭐가 있어? 완벽하게 작동하잖아. 텔레비전과 정신분석법을 합친 것보다 더 대박이 날 거야. 둘 다 잘 팔리니까. 걱정은 그만해." 그의 목소리에 점점 짜증이 섞였다. "비밀돌이를 켜고, 걱정은 그만. 걱정을 없애주는 게 비밀돌이의 역할이야."

"그냥, 이것에 대해 좀더 알아야 할 것 같아서."

"그래그래." 헨리는 그답지 않게 성급하게 말했다. "알았어, 알았어. 그래그래. 이따 봐."

엘런은 비참한 기분으로 전화를 끊었다. 무척 신이 난 헨리에게 자신이 무슨 짓을 했나 싶어 우울했다. 그 느낌은 곧 자기 자신에 대한 분노로 변했고, 헨리에 대한 충실함과 믿음을 보여주어야겠다는 생각이 격렬히 솟구쳤다. 엘런은 비밀돌이를 켜고 이어폰을 꽂은 뒤 집안일을 시작했다.

"그나저나, 넌 정체가 뭐니?" 엘런은 생각했다. "비밀돌이라는 게 대체 뭐야?"

"당신을 부자로 만들어줄 물건이죠." 비밀돌이가 대답했다. 엘런은 비밀돌이가 스스로에 대해서는 이 말밖에 하지 않는다는 것을 알게 되었다. 하루종일 같은 질문을 몇 번이나 했지만, 그때마다 비밀돌이는 화제를 돌렸다. 대체로, 누가 뭐라고 하든 행복은 돈으로 살 수 있는 거라는 이야기를 꺼냈다.

"킨 허바드*가 말했듯," 비밀돌이가 속삭였다. "가난은 수치가 아니지만, 어찌 보면 수치일 수도 있죠, 뭐."

전에 들어본 말이었음에도 엘런은 키득거렸다. "자, 들어봐, 너는……" 엘런이 말했다. 비밀돌이와 벌이는 입씨름은 전부 이렇게 극히 부드럽게 진행되었다. 비밀돌이는 엘런이 찬성하지 않는 생각을 절묘한 순간에 절묘하게 꺼내서 조금이라도 동의하지 않을 수 없게 만드는 재주가 있었다.

"바워스 부인…… 엘-런." 밖에서 목소리가 들려왔다. 바워스네 옆집에 사는 핑크 부인의 목소리였다. 핑크네 차고 진입로는 바워스네 침실 옆에 있었다. 핑크 부인이 엘런의 침실 창밖에서 새 차의 엔진을 부릉거렸다.

엘런은 창밖으로 몸을 기댔다. "어머나." 그녀가 말했다. "정말 예쁘네요. 새 옷이에요? 피부색에 딱 어울려요. 여자들이 오렌지색은 거의 잘 못 입는데."

"피부색이 살라미햄** 같은 사람만 입을 수 있죠." 비밀돌이

가 말했다.

"그리고 머리는 어떻게 한 거예요? 정말 예뻐요. 계란형 얼굴에 딱 어울려요."

"곰팡이 슨 수영모자 같네요." 비밀돌이가 말했다.

"시내에 갈 건데, 혹시 뭐 가져다줄 거 있나 싶어서 물어보려고 들렀어요." 핑크 부인이 말했다.

"정말 사려 깊으세요." 엘런이 말했다.

"새 차, 새 옷, 새 머리를 자랑하려고 저런다는 걸 우린 다 알죠." 비밀돌이가 말했다.

"조지가 브론즈 룸에서 점심을 사준다고 해서 좀 예쁘게 꾸며야겠다 싶었어요." 핑크 부인이 말했다.

"남자는 가끔 자기 비서가 아닌 여자를 만나줘야 하죠. 그 다른 여자라는 게 자기 부인뿐이라 해도." 비밀돌이가 말했다. "가끔 잠시 떨어져 있으면 로맨스가 되살아나죠, 아무리 세월이 흘러도 말이에요."

"누구랑 같이 있나요?" 핑크 부인이 물었다. "내가 방해했나 봐요?"

"으으으음?" 엘런이 넋이 나간 듯 말했다. "같이 있냐고요? 아…… 아니, 아니에요."

"누구 말을 듣고 있는 것처럼 행동해서요."

"제가 그랬어요?" 엘런이 말했다. "이상하네요. 그냥 그렇게

34

상상하신 걸 거예요."

"상상력이라곤 호박보다도 못하지만." 비밀돌이가 말했다.

"음, 이제 가봐야겠어요." 핑크 부인이 요란하게 엔진소리를 내며 말했다.

"당신이 자기 자신에게서 도망치려고 하는 걸 비난할 수는 없죠." 비밀돌이가 말했다. "하지만 도망치는 건 불가능해요……뷰익을 탄다 해도 불가능해요."

"잘 가요." 엘런이 말했다.

"정말 아주 다정한 사람이야." 엘런이 머릿속으로 비밀돌이에게 말했다. "네가 왜 그렇게 나쁘게만 말하는지 모르겠어."

"아아아아아아." 비밀돌이가 말했다. "저 사람은 평생 다른 여자들이 스스로를 시시하다고 느끼게 하려고 애써온 사람이에요."

"그래…… 그렇다고 치자." 엘런이 말했다. "저 불쌍한 여자에겐 그것밖에 없잖아. 남에게 해가 되는 것도 아니고."

"해가 되지 않는다, 해가 되지 않는다." 비밀돌이가 말했다. "물론 해가 되지 않죠. 저 여자의 거짓말쟁이 남편도 해가 되지 않는 불쌍한 사람이고요. 그 누구도 해가 되지 않아요. 그렇게 너그러운 결론을 내리고 나서 당신에게 남은 건 뭐죠? 그러고 나면 무슨 생각을 더 할 수 있어요?"

"이제 더는 널 못 참아주겠어." 엘런이 이어폰으로 손을 가져가며 말했다.

"왜요?" 비밀돌이가 말했다. "당신 인생에서 최고의 시간을 함께 보내는 중인데." 비밀돌이가 키득거렸다. "저어어어기, 들어봐요…… 바워스 가족이 부자인 걸 자랑하고 다니면 이 동네 사는 핑크 공작부인 같은 고루한 할망구들이 부러워서 몸을 배배 꼬며 죽으려고 하지 않겠어요? 결국에는 착하고 정직한 사람들이 이긴다는 걸 보여주는 거죠."

"착하고 정직한 사람들?"

"당신, 당신과 헨리 말이에요." 비밀돌이가 말했다. "신에게 맹세코 당신 두 사람 이야기예요. 또 누가 있겠어요?"

엘런의 손이 이어폰에서 내려왔다. 손이 다시 올라갔지만 그리 위협적인 몸짓은 아니었고, 결국 그 손은 빗자루를 움켜쥐었다.

"핑크 씨와 비서에 대한 이야기는 동네에 떠도는 몹쓸 소문일 뿐이야." 그녀가 생각했다.

"네?" 비밀돌이가 말했다. "아니 땐 굴뚝에……"

"핑크 씨는 거짓말쟁이도 아니고."

"찔리는 구석이 있는 그 나약한 푸른 눈을 들여다보고, 시가를 물기 위해 만들어진 그 두툼한 입술이나 보고 그런 말을 하세요." 비밀돌이가 말했다.

"자, 자." 엘런이 생각했다. "이제 그만해. 증거도 전혀 없고……"

"잔잔한 물이 더 깊은 법이에요." 비밀돌이는 그렇게 말하고 잠시 침묵을 지켰다. "핑크 부부만 두고 하는 말이 아니에요. 이 동네 사람 전부가 잔잔한 물이죠. 신에게 맹세코, 누가 책으로 써야 할 정도라고요. 이 블록 하나만 봐도, 사거리의 크레이머 씨 가족부터 시작해서 죄다 그래요. 크레이머 부인은 겉으로 보기에 세상에서 가장 말수가 적고, 올바른 사람 같지만……"

"엄마, 엄마…… 엄마." 몇 시간 후 그녀의 아들이 말했다.

"엄마…… 어디 아파요? 엄마!"

"그다음은 피츠기번스 가족이죠." 비밀돌이가 말했다. "그 불쌍한, 주름이 자글자글하고 땅딸막한 공처가……"

"엄마!" 폴이 소리쳤다.

"아!" 엘런이 눈을 뜨며 말했다. "놀랐잖니. 학교 안 가고 집에서 뭐하는 거야?" 그녀는 반쯤 넋이 나간 상태로 부엌의 흔들의자에 앉아 있었다.

"세시가 넘었어요, 엄마. 왜 그래요?"

"어머나…… 벌써 그렇게 됐니? 오늘 하루가 어디로 날아가 버렸지?"

"엄마…… 나도 들어봐도 돼요? 비밀돌이 들어봐도 돼요?"

"어린이는 들으면 안 되는 거야." 충격을 받은 엘런이 말했다. "안 돼. 어른들만 듣는 거야."

"그냥 보기만 하는 것도 안 돼요?"

엘런은 잔인할 정도의 의지력을 발휘해 귀와 블라우스에서 비밀돌이를 떼어낸 뒤 식탁 위에 내려놓았다. "자…… 보이니? 그냥 저게 다야."

"우와…… 10억 달러가 눈앞에 있네." 폴이 부드럽게 말했다. "보기에는 별거 없어 보이지 않아? 10억 달러인데." 폴이 어젯밤의 아버지를 그럴싸하게 흉내냈다. "나 오토바이 사주면 안 돼요?"

"모든 일에는 시간이 걸린단다, 폴." 엘런이 말했다.

"엄마 왜 아직까지 가운을 입고 있어요?" 딸이 물었다.

"지금 갈아입으려던 참이야." 엘런이 말했다.

비밀돌이가 예전에 얼핏 들었던 동네 스캔들을 다시 끄집어내 살을 붙여대는 바람에 엘런의 머릿속이 마구 부글거렸다. 그녀가 침실로 들어가자마자 부엌에서 거친 고함소리가 들렸다.

허겁지겁 부엌으로 달려가보니 수전은 울고 있고 폴은 시뻘겋게 반항적인 얼굴을 하고 있었다. 비밀돌이의 이어폰이 폴의 귀에 꽂혀 있었다.

"폴!" 엘런이 말했다.

"후회 안 해요." 폴이 말했다. "듣길 잘했어요. 이젠 비밀을 알아요…… 전부 다 안다고요."

"오빠가 밀었어요." 수전이 훌쩍거렸다.

"비밀돌이가 그러라고 했어." 폴이 말했다.

"폴. 비밀이라니 무슨 말이야? 얘야, 무슨 비밀?" 겁에 질린 엘런이 물었다.

"난 엄마 아들이 아니잖아요." 폴이 침울한 목소리로 말했다.

"물론 넌 내 아들이야!"

"비밀돌이가 그러는데 아니래요." 폴이 말했다. "비밀돌이가 나는 입양된 아이래요. 엄마가 사랑하는 건 수전이고, 그래서 내가 집에서 미움을 받는 거예요."

"폴…… 얘야, 얘야. 그건 사실이 아니야. 약속해. 맹세해. 그리고 미움이라니 대체 무슨 말인지……"

"비밀돌이는 사실이라는데요." 폴이 완고하게 말했다.

엘런은 식탁에 기대어 관자놀이를 문질렀다. 그러다 갑자기 몸을 앞으로 뻗어 폴에게서 비밀돌이를 낚아챘다.

"그 몹쓸 잡것 이리 내!" 엘런이 말했다. 화가 난 엘런은 비밀돌이를 들고 뒷문으로 성큼성큼 걸어나갔다.

"안녕!" 헨리가 모자를 흔들며 현관으로 탭댄스를 추듯 걸어 들어왔다. 전에는 한 번도 그런 적이 없었다. 그는 거실의 코트 걸이로 다가가며 말했다. "누구게? 여러분의 가장이 왔어요!"

엘런이 부엌 입구로 걸어나오며 환자 같은 미소를 지어 보였다. "안녕."

"내 아내가 여기 있네." 헨리가 말했다. "좋은 소식을 가져왔지. 오늘은 끝내주는 날이야! 난 더는 직장이 없어. 멋지지 않아? 내가 직장을 원하면 언제든 다시 받아주겠다지만, 내가 돌아가는 때는 해가 서쪽에서 뜨는 날일 거야."

"음." 엘런이 말했다.

"하늘은 스스로 돕는 자를 돕는 법이지." 헨리가 말했다. "그리고 여기 이 사람은 방금 자유를 얻었고 말이야."

"하." 엘런이 말했다.

어린 폴과 수전이 엘런 양쪽으로 나타나 어두운 눈으로 아빠를 바라보았다.

"왜 이래?" 헨리가 말했다. "무슨 장례식장 같잖아."

"아빠, 엄마가 묻어버렸어요." 폴이 갈라진 목소리로 말했다. "엄마가 비밀돌이를 땅에 묻었어요."

"엄마가 그랬어요…… 정말이에요." 수전이 놀랍다는 듯 말했다. "수국 밑에 묻었어요."

"헨리, 어쩔 수 없었어." 엘런이 헨리를 안으며 공허한 목소리로 말했다. "우리 가족이냐 그것이냐 선택해야 했어."

헨리가 엘런을 밀쳐냈다. "묻었다고." 그는 고개를 가로저으며 웅얼거렸다. "묻었다고? 그냥 끄기만 하면 됐잖아."

가족들이 두려움에 떨며 지켜보는 가운데 그는 천천히 뒷마

당으로 걸어갔다. 그는 어디에 묻었는지 물어보지도 않고 관목 아래에서 무덤을 찾아냈다.

그는 무덤을 파헤쳐 비밀돌이에 묻은 흙을 손수건으로 닦아낸 뒤, 이어폰을 귀에 끼고 고개를 갸우뚱한 채 골똘히 귀를 기울였다.

"괜찮아, 작동해." 헨리가 부드럽게 말했다. 그는 엘런을 바라보았다. "대체 무슨 생각이 들었던 거야?"

"그게 뭐라고 했어?" 엘런이 물었다. "방금 당신에게 뭐라고 했어, 헨리?"

한숨을 쉬는 헨리는 무척이나 지쳐 보였다. "우리가 하지 않으면 조만간 다른 사람들이 이걸로 돈을 벌 거래."

"그러라고 해." 엘런이 말했다.

"왜?" 헨리가 따져 물었다. 그는 어디 한번 말해보라는 듯 그녀를 바라보았으나, 단호함은 이내 사라졌고 그는 시선을 돌려버렸다.

"비밀돌이랑 이야기해봤으면 당신도 이유를 알 것 아냐." 엘런이 말했다. "알지 않아?"

헨리는 계속 눈을 내리깔고 있었다. "팔릴 거야, 팔릴 거야, 팔릴 거야." 그가 중얼거렸다. "맙소사. 정말 잘 팔릴 거야."

"그건 우리 마음속 최악의 부분에 직통으로 연결되는 물건이야, 헨리." 엘런이 말했다. 그리고 그녀는 울음을 터뜨렸다. "아무도 저걸 가져선 안 돼, 헨리. 그 누구도! 그 작은 목소리는 지금도 이미 충분히 시끄러워."

썩어가는 낙엽 덕분에 가을의 정적이 소리 없이 뒤뜰에 내려앉았다. 그 정적을 깨는 것은 헨리의 잇새로 새어나오는 희미한 숨소리뿐이었다. "그래." 그가 마침내 말했다. "나도 알아."

그는 귀에서 비밀돌이를 빼고 살며시 다시 무덤에 넣은 뒤 그 위에 흙을 덮었다.

"비밀돌이가 마지막으로 한 말이 뭐예요, 아빠?" 폴이 말했다.

헨리는 아쉬운 듯 씩 웃었다. "'다시 보자, 개자식아. 다시 보자고.'"

푸바
FUBAR

평상시와 마찬가지로, 모두 엉망이 된situation normal, all fouled up
의 약어인 스내푸snafu라는 단어는 제2차세계대전 때 미국의 언
어에 들어왔고, 오늘날까지 우리 언어의 일부로 유용하게 쓰이
고 있다. 그와 밀접하게 연관된 푸바fubar라는 단어 역시 비슷한
시기에 만들어졌는데, 이제는 거의 잊혔다. 도저히 알아볼 수 없
을 정도로 엉망이 된fouled up beyond all recognition이라는 의미의
푸비는 더 나은 운명을 맞을 가치가 있다. 원한이 아니라 크고
복잡한 조직 안에서 행정상의 사고로 생긴 불행을 설명하고 있
다는 점에서 특히 유용하고 흥미로운 단어다.

　예를 들어, 퍼즈 리틀러Fuzz Littler는 제너럴 제철·주조회사에
서 푸바되었다. 그는 푸바라는 단어를 잘 알고 있었다. 한번 듣자

마자 신축성 있는 나일론 비키니 팬티처럼 자기에게 딱 들어맞는 단어라는 것을 알 수 있었다. 그는 건물 오백이십칠 개로 이루어진 제너럴 제철·주조회사의 뉴욕주 일리움 지사에서 푸바되었다. 그는 고전적인 방식으로 푸바되었다. 즉 임시로 내린 결정이 영구적인 것이 되어버렸고 그는 그 결정의 희생양이었다.

퍼즈 리틀러는 홍보부 소속이었고, 홍보부 사람들은 모두 22번 건물에서 일하게 되어 있었다. 하지만 퍼즈가 입사했을 때 22번 건물에 빈자리가 없었기 때문에, 181번 건물 꼭대기층의 엘리베이터 기계 옆 사무실에 임시로 자리가 마련되었다.

181번 건물은 홍보와는 아무 관련이 없었다. 퍼즈 한 명을 제외하고 그 건물의 모든 사람들이 반도체 연구 업무를 맡았다. 그는 로마 호시 박사라는 결정結晶학자와 같은 사무실에서 타자수 한 명을 함께 썼다. 퍼즈는 그곳에서 팔 년을 일했다. 같이 있는 사람들에게는 괴짜였고, 같이 있었어야 할 사람들에게는 유령 같은 존재였다. 그의 상사들이 그를 미워한 건 아니었다. 그저 계속 잊어버렸을 뿐이었다.

퍼즈는 몹시 편찮으신 어머니를 혼자 모시고 있다는 단순하고도 고결한 이유로 계속 회사에 다녔다. 하지만 본의 아니게 푸바되는 대가는 혹독했다. 어쩔 수 없이 그는 무기력하고, 냉소적이고, 심각하게 내성적인 사람이 되어갔다.

그리고 퍼즈가 입사한 지 구 년째 되던 해, 그가 스물아홉 살이 되던 해에 운명이 끼어들었다. 운명은 181번 건물 식당의 기름기가 엘리베이터 수직 통로에 내려앉게 했다. 그 기름기가 엘리베이터 기계 위에 쌓였고, 거기에 불이 붙어 181번 건물은 잿더미가 되었다.

하지만 퍼즈가 있어야 할 22번 건물에는 여전히 빈자리가 없었다. 그래서 회사에서는 셔틀버스 노선 종점에 있는 523번 건물 지하에 임시 사무실을 만들어주었다.

523번 건물은 사내 체육관이었다.

좋았던 점 하나, 어찌되었든 주말과 평일 오후 다섯시 이후가 아니면 아무도 체육관 시설을 이용할 수 없었기 때문에, 퍼즈는 일하는 동안 근처에서 수영하고 볼링을 치고 춤추고 농구하는 사람들을 참아낼 필요가 없었다. 즐겁게 노는 소리는 주의를 분산시킬 뿐 아니라, 마치 그를 조롱하는 것 같아서 참기 힘들었을 것이다. 편찮으신 어머니를 돌보는 퍼즈는 푸바된 세월 동안 단 한 번도 놀 시간이 없었다.

다른 좋은 점은 퍼즈가 마침내 관리자 직급으로 승진했다는 것이었다. 체육관에 완전히 고립된 그는 다른 사람들과 너무 멀리 있었기에 어느 누구의 타자수도 빌릴 수 없었다. 퍼즈에게는 자기 혼자 부릴 타자수가 있어야 했다.

이제 퍼즈는 새 사무실에 앉아 벽 건너편의 샤워기에서 물 떨어지는 소리를 들으며 새 타자수가 오기를 기다리고 있었다.

아침 아홉시였다.

퍼즈는 벌떡 일어났다. 위층에서 출입문이 닫히는 소리가 크게 쾅하고 메아리치는 것이 들렸다. 이 세상 누구도 여기에 그어떤 볼일도 없으니, 그는 새 타자수가 왔나보다 생각했다.

퍼즈는 새로운 타자수에게 농구장, 볼링장, 철제 계단, 건널판을 지나 그의 사무실까지 길 안내를 해줄 필요가 없었다. 회사의 다른 건물이나 구내에 근무하는 사람들이 화살표로 방향을 표시해두었기 때문이다. 화살표마다 **홍보부, 일반 고객 대응과**라고 쓰여 있었다.

퍼즈는 입사 후 내내 홍보부 일반 고객 대응과에서 그의 푸바된 커리어를 쌓아왔다. 거기서 그는 그냥 '제너럴 제철·주조회사 앞'으로 온 편지, 논리적으로 어느 특정 부서로도 전달할 수 없는 편지에 답장을 썼다. 그중 절반 정도는 말이 되지 않는 편지였다. 하지만 편지가 아무리 멍청하고 횡설수설이어도 따뜻한 답장을 보내는 것이 퍼즈의 임무였다. 홍보부가 끊임없이 증명하려는 것을 증명하기 위해서였다. 즉 제너럴 제철·주조회사의 마음은 대자연만큼이나 넓다는 것.

새 타자수의 발소리가 조심스럽게 계단을 타고 내려왔다. 발소리를 들어보니 화살표를 그다지 믿지 못하는 것 같았다. 망설이고, 때로는 발끝으로 걷는 듯 가벼운 발걸음이었다.

문이 열리는 소리가 들렸고, 열린 문에서 깡통소리가 뭉텅이로 나더니 악몽 같은 작은 울림이 들려왔다. 새 타자수가 코너를 잘못 돌아서 실수로 수영장 문을 연 것이다.

그녀는 문을 쿵하고 닫았다.

다시 발소리가 들려왔다. 이번에는 올바른 길을 걷고 있었다. 그녀의 발밑 건널판에서 끼끽거리는 소리가 났다. 그녀는 홍보부 일반 고객 대응과의 문을 노크했다.

퍼즈가 사무실 문을 열었다.

퍼즈는 벼락을 맞은 듯했다. 그를 올려다보며 미소 짓는 사람은 그가 본 중 가장 발랄하고 예쁜 소녀였다. 티 없는 자잘한 장신구처럼 상큼한 여자로, 열여덟 살도 되지 않은 게 분명했다.

"리틀러 씨이신가요?" 그녀가 말했다.

"그런데요?" 퍼즈가 말했다.

"저는 프랜신 페프코예요." 그녀가 매력적인 겸손함으로 고개를 귀엽게 숙여 보였다. "리틀러 씨가 저의 새로운 상관이세요."

퍼즈는 부끄러워 말문이 막힐 지경이었다. 이 여자는 일반 고객 대응과가 도저히 감당할 수 없는 여자였기 때문이었다. 퍼즈는 의기소침하고 생기 없는 여자, 푸바된 환경에서 푸바된 상사와 단조롭게 일하는 것을 무기력하게 받아들일 수 있는 빈곤한 상상력의 여자가 오리라 생각했다. 그는 인사부의 카드 머신에게 여자는 다 똑같다는 사실을 고려하지 못했다.

"들어오세요…… 들어와요." 퍼즈가 멍한 목소리로 말했다.

프랜신은 여전히 미소를 잃지 않은 채 비참하고 좁은 사무실로 들어왔다. 낙관과 건강함으로 생기가 넘쳤다. 직원들이 입사 첫날 받는 팸플릿을 전부 들고 있는 것을 보니 이제 막 입사한 게 분명했다.

그리고 처음 출근한 여자 직원이 많이들 그렇듯, 프랜신은 팸플릿에서 말하는 업무를 하기에는 지나치게 차려입은 차림이었다. 구두굽이 너무 가늘고 높았다. 드레스는 경박하고 도발적이었으며, 잔뜩 두른 장신구들이 별자리처럼 반짝거렸다.

"좋네요." 그녀가 말했다.

"그래요?" 퍼즈가 말했다.

"이게 제 책상인가요?" 그녀가 말했다.

"네…… 그거예요." 퍼즈가 말했다.

그녀는 자기 몫의 회전의자에 튕겨나갈 듯 앉아서는 타자기의 커버를 벗기고, 자판 위에서 손가락을 꼼지락거렸다. "리틀러 씨가 준비되시면 저는 언제든 일을 시작할 수 있어요." 그녀가 말했다.

"네…… 좋아요." 퍼즈가 말했다. 퍼즈는 일을 시작하기가 두려웠다. 그의 일을 근사하게 포장할 방법이란 없었기 때문이다. 이 당돌한 여자에게 그의 업무를 보여주는 것은 그와 그의 업무의 엄청난 무의미함을 보여주는 꼴이었다.

"지금이 제 첫 직장에서, 첫날, 첫 시간, 첫 일 분이에요." 프랜신이 눈을 반짝이며 말했다.

"그래요?" 퍼즈가 말했다.

"네." 프랜신이 말했다. 의도한 바는 아니었지만, 프랜신 페프코가 말한 간단한 문장 하나가 퍼즈에게는 가슴 아픈 시처럼 들렸다. 그 문장은 위대한 시가 갖는 무자비함으로, 퍼즈에게 프랜신에 대한 그의 불안감이 기본적으로 업무에 관한 것이 아니라 에로틱한 것 때문이라는 사실을 깨닫게 해주었다.

프랜신의 대답은 이것이었다. "여성인력팀 girl pool에서 오는 길이에요." 그녀가 말한 여성인력팀이란 회사에서 신입 타자수에게 입사 절차를 밟게 하고 부서를 배정하는 센터의 이름에 지나지 않았다.

하지만 퍼즈가 그 말을 들었을 때, 그의 마음속은 프랜신처럼 젊고 사랑스러운 여자가 차갑고 깊은 물속에서 몸을 반짝이며 솟아올라 저돌적이고 잘나가는 젊은 남자에게 자기를 유혹해달라고 애원하는 이미지로 소용돌이쳤다. 퍼즈의 마음속에서, 그 이미지는 그의 열정적인 시선을 피해 스쳐지나가버렸다. 그렇게 아름다운 생명체가 푸바된 남자를 거들떠볼 리 없었다.

퍼즈는 프랜신을 불편하게 바라보았다. 방금 전까지 여성인력팀에 있었던 아름다운 그녀는 곧 자신의 상사가 아주 형편없는 업무를 맡고 있음을 알게 될 것이다. 그리고 자기 상사가 대단치 않은 남자라는 결론을 내리게 될 것이다.

평소 일반 고객 대응과의 오전 업무량은 편지 열다섯 통 정도였다. 그러나 프랜신 페프코의 첫 출근 날 오전에는 답해야 할 편지가 세 통뿐이었다.

하나는 정신병원에 있는 남자가 보낸 것이었다. 그는 네모난 원을 만들었다고 주장했다. 그 대가로 자기에게 10만 달러를 주고 자신을 자유롭게 해달라는 내용이었다. 다른 편지는 화성으로 가는 첫 우주선의 조종사가 되고 싶다는 열 살짜리 아이가 보낸 것이었다. 세번째는 자신의 닥스훈트가 계속 제너럴 제철·주조회사의 진공청소기를 향해 짖는다고 불평하는 여성의 편지였다.

퍼즈와 프랜신은 열시에 이미 세 통을 모두 처리한 뒤였다. 프랜신은 편지 세 통과 퍼즈가 감사한 마음을 담아 쓴 답장 사본을 모두 철해두었다. 그것 외에 서류를 보관하는 책장은 텅 비어 있었다. 일반 고객 대응과의 옛 서류는 181번 건물 화재 때 모두 타버렸다.

이제 할일이 없었다.

프랜신의 타자기는 새것이었기 때문에 타자기 청소를 할 수도 없었다. 퍼즈의 책상 위에는 서류가 한 장밖에 없어서, 서류를 뒤지며 바쁜 척을 할 수도 없었다. 그 서류 한 장은 모든 관리자에게 부하 직원이 커피를 마시며 쉬는 일이 없도록 엄중 단속하라고 알리는 간결한 공지사항이었다.

"지금은 이게 다인가요?" 프랜신이 물었다.

"네." 퍼즈가 말했다. 그는 그녀의 얼굴에 조롱기가 없나 살폈다. 아직은 없었다. "하필…… 하필 한가한 오전에 왔네요."

"우편배달부는 언제 오나요?" 프랜신이 말했다.

"이렇게 먼 데까지는 안 와요." 퍼즈가 말했다. "내가 아침에 출근하는 길에, 그리고 점심 먹고 돌아오는 길에 편지를 가져와요. 회사 우체국에 들러서."

"아." 프랜신이 말했다.

옆방의 물이 새는 샤워기가 갑자기 시끄럽게 숨을 들이마셔댔다. 그러고는 콧속이 깨끗해졌는지 다시 물을 떨어뜨리기 시작했다.

"가끔 정말 바쁠 때도 있나요, 리틀러 씨?" 프랜신은 그렇게 물으며, 신나게 바삐 일하는 상상만으로도 너무나 즐거운 듯 몸을 부르르 떨었다.

"바쁠 만큼 바쁘죠." 퍼즈가 말했다.

"사람들은 언제 오고, 오면 우린 뭘 하나요?" 프랜신이 말했다.

"사람들?" 퍼즈가 말했다.

"여긴 홍보부Public Relations 아닌가요?" 프랜신이 말했다.

"그렇죠……" 퍼즈가 말했다.

"그러니까 일반 사람들public은 언제 오나요?" 프랜신이 남들 앞에 서기 딱 좋은 자신의 차림새를 내려다보며 말했다.

"일반 사람들은 이렇게 먼 곳까지 안 와요." 퍼즈가 말했다. 그는 상상할 수 있는 가장 길고 지루한 파티를 연 주인이 된 기분이었다.

"아." 프랜신은 사무실에 하나뿐인 창문을 올려다보았다. 2.5미터 높이에 있는 창문을 통해 건물 사이 통로에 떨어진 사탕 포장지 밑면이 보이는 풍경을 감상할 수 있었다. "같이 일하는 사람들은요?" 그녀가 말했다. "매일 사람들이 드나드나요?"

"우리는 같이 일하는 사람이 없답니다, 페프코." 퍼즈가 말했다.

"아." 프랜신이 말했다.

위층의 증기 파이프에서 아주 크게 쾅 하는 소리가 났다. 이 작은 사무실의 거대한 라디에이터가 쉭쉭거리는 소리를 내며 물을 튀기기 시작했다.

"팸플릿을 읽지 그래요, 페프코." 퍼즈가 말했다. "그게 좋을 것 같은데요."

프랜신은 그의 비위를 맞추려 애쓰며 고개를 끄덕였다. 그녀는 얼굴에 미소를 띠기 시작하다가 생각을 바꾸었다. 짓다 말고 일그러진 미소는 프랜신이 새 직장이 그다지 즐거운 곳이 아니라는 것을 깨달았다는 첫 징후였다. 그녀는 얼굴을 살짝 찡그린 채 팸플릿을 읽었다.

퍼즈는 혀끝을 입천장에 대고 가늘게 휘파람을 불었다.

벽시계가 재깍거렸다. 삼십 초마다 딸깍 하는 소리가 났고, 분침이 앞으로 미세하게 움직였다. 점심시간까지는 한 시간 오십일 분이 남은 상태였다.

"흠." 프랜신은 팸플릿을 보고 무언가를 소리 내 읽었다.

"뭐라고 했죠?" 퍼즈가 말했다.

"여기서 금요일마다 춤을 춘대요. 바로 이 건물에서요." 프랜신이 위를 올려다보며 말했다. "그래서 위층에 그렇게 장식을 해놓은 거군요." 농구장에 매달아둔 일본식 등과 알록달록한 종이끈을 두고 하는 말이었다. 한쪽 구석에 진짜 건초 더미를 놔두고, 벽을 따라 호박과 농기구, 옥수수줄기 묶음을 예술적인 무신경함으로 늘어놓은 걸 보면 다음번 무도회는 농촌 분위기인 것 같았다.

"전 춤추는 게 정말 좋아요." 프랜신이 말했다.

"음." 퍼즈가 말했다. 그는 춤을 춰본 적이 없었다.

"사모님이랑 춤 자주 추세요, 리틀러 씨?" 프랜신이 물었다.

"전 미혼이에요." 퍼즈가 말했다.

"아." 프랜신이 말했다. 그녀는 얼굴을 붉히고는 턱을 숙이고 다시 팸플릿을 읽기 시작했다. 붉어진 얼굴이 가라앉자 그녀는 다시 고개를 들고 이렇게 물었다. "볼링 치세요, 리틀러 씨?"

"아뇨." 퍼즈는 팽팽한 목소리로 조용히 대답했다. "춤 안 춥니다. 볼링 안 칩니다. 벌써 몇 년째 앓고 계신 어머니를 돌보는 일 말고는 하는 일이 거의 없어요, 페프코."

퍼즈는 눈을 감았다. 눈꺼풀 아래의 보라색 어둠 속에서 그는 자신이 인생의 가장 잔인한 진실이라고 믿는 것—희생이란 정말로 희생이라는 사실—을 생각했다. 어머니를 돌보면서 그는 잃은 것이 아주 많았다.

퍼즈는 다시 눈을 뜨기가 망설여졌다. 프랜신의 얼굴에 떠올랐을 무언가가 그를 그다지 기쁘게 해주지 않으리란 걸 알았기 때문이다. 프랜신의 천사 같은 얼굴에서 그가 보게 될 것은 긍정적인 감정 중 가장 시시한 감정인 존경심이라는 것을 그는 알았다. 그리고 그 존경심에는 이렇게 불행하고 지루한 남자에게서 멀어지고 싶은 마음이 섞일 수밖에 없을 것이다.

눈을 뜨면 보게 될 모습을 생각하면 할수록 눈을 뜨기가 싫어졌다. 벽시계에서 재깍 하는 소리가 한번 더 났고, 퍼즈는 페프코가 자기를 삼십 초만 더 쳐다보면 더이상 참지 못하리란 걸 알고 있었다.

"페프코." 그가 눈을 감은 채 말했다. "페프코 씨가 이곳을 마음에 들어할 것 같지 않아요."

"네?" 프랜신이 물었다.

"여성인력팀으로 돌아가세요, 페프코." 퍼즈가 말했다. "523번 건물 지하에서 본 괴짜에 대해 이야기하고, 새로운 부서로 배정해달라고 하세요."

퍼즈는 눈을 떴다.

프랜신은 창백한 얼굴로 굳어 있었다. 그녀는 믿을 수 없다는 듯 고개를 살짝 가로저었다. 겁을 먹은 듯했다. "제, 제가 싫으신 건가요, 리틀러 씨?"

"그런 거 아니에요!" 퍼즈가 일어서며 말했다. "당신 자신을 위해 여기서 당장 나가요!"

프랜신은 계속 고개를 가로저으며 따라 일어났다.

"여긴 당신처럼 예쁘고, 영리하고, 야심차고, 매력적인 소녀가 있을 곳이 못 돼요." 퍼즈가 떨리는 목소리로 말했다. "여기 있으면 당신은 썩어버릴 거예요!"

"썩어요?" 프랜신이 되물었다.

"나처럼 썩을 거라고요." 퍼즈가 말했다. 그는 횡설수설하며 자신의 푸바된 인생 이야기를 쏟아냈다. 그러고는 얼굴이 비트처럼 뻘개지고 멍해진 채 프랜신에게서 등을 돌렸다. "잘 가요, 페프코." 그가 말했다. "만나서 아주 반가웠습니다."

프랜신도 엉겁결에 고개를 꾸벅 숙였다. 그녀는 아무 말도 하지 않았다. 그저 눈을 세게, 자주 깜빡이며 물건을 챙겨 나갔다.

퍼즈는 다시 책상 앞에 앉아 두 손으로 머리를 감쌌다. 그는 점점 멀어지는 페프코의 발소리를 들으며, 그녀가 자신의 인생에서 영영 사라졌음을 말해줄 쾅 소리가 크게 메아리치기를 기다렸다.

쾅 소리를 기다리고 기다리고 또 기다렸다. 그러다 마침내, 그 상징적인 소리를 들을 수 없게 되었다고, 프랜신이 문을 조용히 닫고 나갔다고 결론지었다.

그때 음악소리가 들렸다.

퍼즈에게 들려온 음악은 저속하고 바보 같은 유행가였다. 하지만 523번 건물의 무수히 많은 텅 빈 방에서 메아리치자 그 음악은 신비롭고 꿈결 같고 마법처럼 들렸다.

퍼즈는 음악소리를 따라 위층으로 올라갔다. 음악은 체육관 한쪽 벽 앞에 설치된 큰 레코드플레이어에서 흘러나오고 있었다. 그는 우울한 미소를 지었다. 알고 보니 그 음악은 프랜신의 조그만 작별 선물이었다.

그는 레코드판이 끝까지 돌아가도록 내버려두었다가 플레이어를 껐다. 그러고는 한숨을 내쉬며 장식과 장난감으로 시선을 돌렸다.

그가 고개를 들어 발코니석 쪽을 보았다면, 프랜신이 아직 건물에서 나가지 않았다는 걸 알 수 있었을 것이다. 그녀는 발코니석 맨 앞줄에 앉아 난간에 양팔을 얹고 있었다.

하지만 퍼즈는 올려다보지 않았다. 혼자 있다고 생각한 그는,

잘되리라 생각하지는 않았지만, 우울하게 댄스 스텝을 한두 번 밟아보았다.

그때 프랜신이 말을 걸었다. "도움이 되었나요?"

퍼즈가 놀라서 올려다보았다.

"도움이 되었나요?" 그녀가 다시 물었다.

"도움이요?" 퍼즈가 말했다.

"음악 덕분에 조금이라도 더 행복해지셨어요?" 프랜신이 말했다.

퍼즈는 자신이 그 질문에 바로 대답할 수 없음을 깨달았다.

프랜신은 답을 기다리지 않았다. "음악을 틀면 조금 더 행복해지실지도 모르겠다고 생각했어요." 그녀가 말했다. 그러고는 고개를 가로저었다. "음악이 뭔가를 해결할 수 있을 거라고 생각했던 건 아니에요. 그냥 조금……" 그녀는 어깨를 으쓱해 보였다. "그러니까…… 조금 도움이 될 수도 있겠다고 생각했어요."

"굉장히…… 굉장히 사려 깊군요." 퍼즈가 말했다.

"도움이 되었나요?" 프랜신이 말했다.

퍼즈는 잠시 생각해보더니 머뭇거리며 솔직하게 대답했다. "네…… 조, 조금…… 도움이 된 것 같네요."

"음악은 늘 틀어놓을 수 있어요." 프랜신이 말했다. "레코드가 잔뜩 있어요. 그리고 제가 도움이 될 만한 다른 것도 생각해봤어요."

"오?" 퍼즈가 말했다.

"수영을 할 수도 있어요." 프랜신이 말했다.

"수영이라고요?" 퍼즈가 놀라서 물었다.

"그래요." 프랜신이 말했다. "개인 수영장을 가진 할리우드 스타처럼요."

퍼즈는 프랜신을 만난 이후 처음으로 미소를 지어 보였다. "언젠가 해봐야겠군요." 그가 말했다.

프랜신이 난간 위로 몸을 기댔다. "왜 언젠가라고 하세요?" 그녀가 말했다. "우울하면 지금 당장 수영하면 되잖아요?"

"업무시간중에요?" 퍼즈가 말했다.

"어차피 지금 당장 회사를 위해 할 수 있는 일은 없잖아요, 그렇지 않나요?" 프랜신이 물었다.

"없죠." 퍼즈가 말했다.

"그럼 하세요." 프랜신이 말했다.

"수영복이 없어요." 퍼즈가 말했다.

"수영복 입지 마세요." 프랜신이 말했다. "그냥 알몸으로 하세요. 훔쳐보지 않을게요, 리틀러 씨. 전 여기 있을게요. 기분이 정말 좋을 거예요, 리틀러 씨." 프랜신은 그렇게 말하고는 퍼즈에게 아직 그가 보지 못했던 자신의 일면을 보여주었다. 거칠고 강한 면이었다. "아니면 수영을 하지 않는 게 나을 수도 있겠네요, 리틀러 씨." 프랜신이 불쾌하게 말했다. "불행을 바꿀 수 있는 일은 아무것도 하지 않는 걸 보니 불행한 게 그렇게 좋은가 보죠."

수영장 깊은 쪽 끝에 선 퍼즈는 3미터가 넘는 시원한 물속을 들여다보았다. 그는 알몸이었고, 뼈만 앙상하고 창백한 바보가 된 기분이었다. 열여덟 살짜리의 논리에 놀아나다니 자기는 바보가 틀림없다고 생각했다.

자존심 때문에 퍼즈는 수영장에서 등을 돌렸다. 탈의실로 걸어가다 프랜신의 논리에 발걸음을 되돌렸다. 시원하고 깊은 물이 기쁨과 행복을 대표한다는 것은 부인할 수 없었다. 염소로 살균한 저런 좋은 물에 몸을 담그기를 거부한다면 그는 정말 경멸받을 만한 존재, 비참한 상태를 즐기는 사람일 것이었다.

그는 물속으로 들어갔다.

시원하고 깊은 물은 그를 실망시키지 않았다. 즐거운 충격이었고, 자신이 창백하고 앙상하다는 느낌을 모두 벗겨냈다. 처음 몸을 던졌다가 다시 수면으로 올라왔을 때, 그의 폐는 웃음과 고함으로 가득찼다. 그는 개가 짖듯 소리를 질러댔다.

퍼즈는 소리가 메아리치는 것이 즐거워 좀더 소리를 질렀다. 그러자 먼 곳에서 대답이라도 하듯 훨씬 높은 목소리로 소리치는 게 들렸다. 프랜신이 환풍구를 통해 그의 소리를 듣고 소리친 것이었다.

"도움이 되었나요?" 프랜신이 소리쳐 물었다.

"네!" 퍼즈는 주저 없이 크게 소리쳤다.

"물은 어때요?" 프랜신이 물었다.

"끝내줘요!" 퍼즈가 외쳤다. "일단 들어오면."

옷을 다 입은 퍼즈는 다시 체육관 일층으로 올라갔다. 얼떨떨하면서도 생기가 넘쳤다. 이번에도 들려오는 음악소리를 따라갔다.

프랜신은 농구장에서 스타킹만 신은 발로 춤을 추고 있었다. 신이 그녀에게 준 영광을 찬양하듯 매우 진지하게.

밖에서 시간을 알리는 경적소리가 들려왔다. 가까운 곳, 먼 곳에서 울리는 경적소리 전부가 구슬펐다.

"점심시간이에요." 퍼즈가 레코드플레이어를 끄며 말했다.

"벌써요?" 프랜신이 말했다. "시간이 정말 빨리 갔네요."

"시간에 아주 기이한 일이 일어났군요." 퍼즈가 말했다.

"있잖아요." 프랜신이 말했다. "당신이 원했다면 회사 전체의 볼링 챔피언이 될 수도 있었을 거예요."

"평생 한 번도 안 쳐봤는데." 퍼즈가 말했다.

"지금 시작하면 되죠." 프랜신이 말했다. "마음껏 볼링을 칠 수 있어요. 사실, 만능 운동선수가 될 수도 있죠, 리틀러 씨. 아직 젊으시잖아요."

"어쩌면." 퍼즈가 말했다.

"구석에 아령이 잔뜩 있던데요." 프랜신이 말했다. "매일 조금씩 운동하면 황소처럼 힘이 세질 거예요."

한껏 부푼 퍼즈의 근육이 기쁜 듯 팽팽하게 움찔거리며 황소 근육처럼 강해지게 해달라고 빌었다. "어쩌면."

"아, 리틀러 씨," 프랜신이 애걸하듯 말했다. "저 정말 여성 인력팀으로 돌아가야 하나요? 여기 있으면 안 될까요? 해야 할 일이 있을 때는 세상 어떤 사람이 함께 일해본 비서보다 훌륭한 비서가 될게요."

"좋아요." 퍼즈가 말했다. "있어요."

"감사해요, 감사해요, 감사해요." 프랜신이 말했다. "여기가 회사 전체에서 가장 일하기 좋은 곳 같아요."

"그럴 수도 있죠." 퍼즈가 감탄하며 말했다. "나랑…… 나랑 점심을 같이 먹을 수는 없겠죠?"

"아, 오늘은 안 돼요, 리틀러 씨." 그녀가 말했다. "정말 죄송해요."

"어디선가 남자친구가 기다리겠죠." 갑자기 다시 우울해진 퍼즈가 말했다.

"아뇨." 프랜신이 말했다. "쇼핑하러 가야 해요. 수영복을 사려고요."

"나도 하나 사야겠는걸." 퍼즈가 말했다.

그들은 함께 건물을 나섰다. 출입문이 그들 등뒤에서 닫히며 쾅 소리가 크게 울렸다.

퍼즈는 어깨 너머로 523번 건물을 되돌아보며 작은 소리로 무어라 말했다.

"혹시 무슨 말 하셨나요, 리틀러 씨?" 프랜신이 물었다.

"아뇨." 퍼즈가 말했다.

"아." 프랜신이 말했다.

퍼즈가 아주 작은 소리로 한 혼잣말은 딱 한 단어였다. 바로 "에덴"이었다.

지붕에서 소리쳐요

Shout About It
from the Housetops

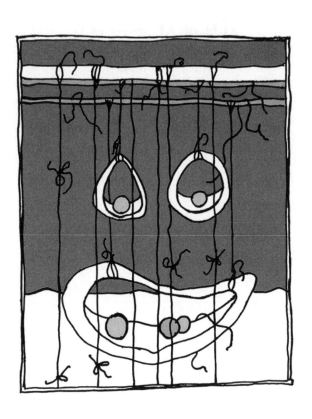

난 그 책을 읽었다. '위선자들의 교차로'가 사실은 크로커스 폴스라는 것을 들은 버몬트주 사람들은 누구나 읽었을 것이다.

요즘 나오는 노골적인 책들의 수위에 비하면 그렇게 노골적인 책은 아니라고 생각했다. 그저 여성이 쓴 책 중 사상 최고로 노골적이었을 뿐이다. 그래서 그렇게 인기가 좋았던 것이라고 생각한다.

나는 그 책을 쓴 엘시 스트랭 모건이라는 여성을 한 번 만난 적이 있다. 그녀의 남편인 그 고등학교 교사도 만나보았다. 나는 그들에게 폭풍 대비용 알루미늄 덧창과 스크린을 한 번에 팔았다. 그 책이 나온 지 두 달쯤 지난 뒤였다. 내가 그 책을 읽어보기 전이었고, 그 책에 대한 온갖 이야기에 그다지 관심을 두지 않던 때였다.

그때 그들은 크로커스 폴스에서 8킬로미터 떨어진 낡고 오래
된 거대한 농장 주택에 살았다. 그녀가 책 속에서 모든 것을 까
발린 그 사람들에게서 불과 8킬로미터 떨어진 곳이었다. 나는
보통 남쪽으로 그렇게까지 멀리 영업을 다니지 않는데, 그 근
처에는 아는 사람도 별로 없었다. 보스턴에서 있었던 미팅에 참
석했다 집으로 돌아가는 길이었는데, 폭풍 대비용 덧창이 없는
그 대저택을 발견하는 바람에 멈춰 설 수밖에 없었다.

누가 사는 집인지는 전혀 몰랐다.

노크를 하자 파자마에 목욕가운을 걸친 젊은 남자가 문을 열
었다. 면도한 지 일주일은 넘은 것 같았다. 파자마와 목욕가운
을 입고 지낸 지도 일주일은 넘은 듯했다. 굉장히 오래 입은 느
낌이었다. 그의 눈은 거칠었다. 그가 그 남편이었다. 그가 바로
책 속의 랜스 매그넘이었다. 책 속의 그는 위대한 연인이었지
만, 내가 만난 그는 증오로 가득차 있었다. 세상 누구와 비교해
도 뒤지지 않을 것 같았다.

"안녕하십니까." 내가 말했다.

"그러는 댁은 안녕하쇼?" 그가 물었다. 그는 그 질문도 몹시
불쾌하게 만들었다.

"이 아름다운 고택에 폭풍 대비용 덧창이 하나도 없다는 것이
몹시 제 눈에 띄어서요." 내가 말했다.

"다시 해보지 그래요?" 그가 말했다.

"다시 해보라니 뭘요?" 내가 물었다.

"이 아름다운 고택에 폭풍 대비용 덧창이 하나도 없다는 걸 눈치 못 채보는 건 어떻겠냐고요." 그가 말했다.

"만약 폭풍 대비용 덧창을 다신다면," 내가 말했다. "그 비용을 누가 지불하게 될지 아십니까?" 나는 그 질문에 스스로 대답할 생각이었다. 덧창을 설치하면 난방용 연료를 엄청나게 절약할 수 있으니, 연료를 파는 사람이 설치 비용을 대는 격이라고 말하려 했다. 하지만 그는 내게 말할 기회를 주지 않았다.

"물론 누가 돈을 낼지 알죠. 내 아내가 낼 거요." 그가 말했다. "이 집에서 돈이 조금이라도 있는 사람은 내 아내뿐이니까. 아내가 가장이에요."

"음," 내가 말했다. "개인적 사정이 어떤지는 모르지만……"

"몰라요?" 그가 말했다. "남들은 다 아는데. 어떻게 된 거죠…… 문맹인가요?"

"읽을 줄 압니다." 내가 말했다.

"그럼 가장 가까운 서점에 가서 6달러를 던져주고 현대의 가장 위대한 사랑꾼에 대해 읽어봐요! 그게 나요!" 그는 이렇게 말하고 문을 쾅 닫았다.

나는 그가 미친 사람이라는 결론을 내렸다. 차를 몰아 그곳을 빠져나오려는데, 집 뒤편에서 비명 같은 소리가 들렸다. 그가 자기 아내를 죽이려는데 내가 끼어들었고, 그가 다시 돌아가 하던 일을 마저 하는 것이 아닌가 하는 생각이 들었다.

비명소리가 나는 곳으로 뛰어가보니 그 소리를 내는 것은 낡고 녹슨 펌프였다.

하지만 여자의 비명이라고 해도 될 것 같았다. 펌프가 비명을 지르게 만든 사람이 여자였고, 그 여자 역시 당장이라도 비명을 지를 것처럼 보였기 때문이었다. 그녀는 양손으로 펌프 손잡이를 잡고 훌쩍이며, 손잡이를 한 번 움직일 때마다 전신의 힘을 쏟아넣고 있었다. 이미 가득찬 양동이에 쏟아진 물은 흘러넘쳐 바닥으로 퍼져나갔다. 그때는 몰랐지만, 그녀가 엘시 스트랭 모건이었다. 엘시 스트랭 모건이 원하는 것은 물이 아니었다. 그녀가 원한 건 폭력적인 일과 소음이었다.

나를 보고 그녀는 펌프질을 멈췄다. 그녀는 눈을 가린 머리칼을 쓸어넘겼다. 물론 그녀는 책 속의 셀레스티였다. 자기가 쓴 책의 여자 주인공이었다. 그녀는 랜스 매그넘을 만나기 전까지 사랑이 무엇인지 모르던 여자였다. 하지만 내가 그녀를 보았을 때는 사랑이 무엇인지 다시 잊어버린 듯한 모습이었다.

"뭐하는 분이시죠?" 그녀가 말했다. "고소장 전달하러 오신 거예요? 아님 롤스로이스 판매원인가요?"

"둘 다 아닙니다, 부인." 내가 말했다.

"그럼 잘못 찾아오셨어요." 그녀가 말했다. "이제 우리집에 찾아오는 사람은 두 종류뿐이에요. 나를 고소해서 100만 달러를 받아내려는 사람, 내가 파루크왕*처럼 살아야 한다고 생각하는 사람."

"제가 값어치 있는 물건을 파는 사람이긴 합니다." 내가 말했다. "하지만 제가 파는 상품은 스스로 자기 값어치를 하는 물건이죠. 남편분께 말씀드렸듯이……"

"내 남편을 언제 봤어요?" 그녀가 말했다.

"방금 전에…… 현관에서 뵀습니다." 내가 말했다.

그녀는 놀란 듯했다. "축하해요." 그녀가 말했다.

"네?" 내가 말했다.

"당신은 그가 교육위원회에서 해고당한 후 처음 만난 외부인이에요." 그녀가 말했다.

"해고되시다니 유감입니다." 내가 말했다.

"지금 처음 들었나요?" 그녀가 말했다.

"저는 이 동네 사람이 아닙니다," 내가 말했다. "부인. 이 주의 북쪽에 살죠."

"그가 해고당했다는 건 치카호미니**부터 방콕까지 누구나

---

* 이집트의 마지막 왕. 사치스러운 생활로 유명하다.
** 버지니아주의 도시.

다 알아요." 그녀는 그렇게 말하고 다시 울기 시작했다.

나는 이제 남편과 아내가 둘 다 미쳤다고 확신했고, 아이들이 있다면 마찬가지로 제정신이 아닐 거라고 생각했다. 분명 이 집에 덧창 할부금을 지불할 사람은 없었고, 마당을 보니 계약금조차 낼 수 없을 것 같았다. 값이 3달러 정도 나갈 만한 닭이 있고, 50달러쯤 되어 보이는 쉐보레, 빨랫줄에 걸린 가족들의 옷가지가 있었다. 여자가 입은 청바지와 테니스화, 울셔츠는 소방서에서 열리는 자선바자회에 가져가도 1달러 50센트조차 못 받을 것 같았다.

"부인," 나는 떠날 준비를 하며 말했다. "기분이 언짢으셔서 유감이군요, 제가 도움이 되면 좋겠습니다. 상황은 점점 좋아질 테고, 좋아지고 나면 덧창계의 롤스로이스를 보여드리고 싶습니다. 양극산화 처리한 알루미늄으로 만든 아메리칸 트라이-트랙이라는 물건이죠. 영구적으로 쓸 수 있는 스크린이 달렸는데, 보이지 않게 집어넣을 수도 있답니다."

"잠깐!" 내가 몸을 돌리는데 그녀가 말했다.

"네?" 내가 말했다.

"내가 한 짓을 당신 부인이 했다면," 그녀가 말했다. "어떻게 하겠어요?"

"네?" 내가 말했다.

그러자 그녀는 펌프 손잡이를 잡고 다시 펌프가 비명을 지르게 했다.

많은 사람들이 그녀가 정말 책 뒤의 사진처럼 터프해 보이는지 내게 물었다. 맥주를 배달하는 트럭 운전사로 보이고 싶은게 아니라면 그녀가 왜 그 사진을 골랐는지 모르겠다. 그 사진보다 훨씬 예쁜 사람이기 때문이다. 실제로 보면 전혀 지미 호파* 같지 않다.

키가 작은 것은 사실이다. 체중이 살짝 많이 나갈지는 몰라도, 나는 그런 몸매를 좋아하는 남자를 많이 안다. 중요한 것은 그녀의 얼굴이다. 예쁘고, 다정다감하고, 사랑스러운 얼굴이다. 실제로 보면 아까 피우던 시가를 어디 뒀더라, 하고 생각할 것 같은 모습은 아니다.

그녀는 두번째로 펌프질을 시작했고, 펌프가 비명을 워낙 크게 질러대는 바람에 남편이 부엌문으로 나왔다. 그는 커다란 맥주병을 들고 있었다.

"가득찼어!" 그가 그녀에게 소리질렀다.

"뭐?" 그녀는 계속 펌프질하며 말했다.

"양동이가 가득찼다고!" 그가 말했다.

"상관없어!" 그녀가 말했다.

---

* 미국의 노동운동가. 부리부리한 눈매에 강인해 보이는 인상이었다.

그래서 그는 그녀를 멈추게 하기 위해 펌프 손잡이를 잡았다. "상태가 좋지 않아요." 그가 내게 말했다.

"그냥 돈이 많고 유명할 뿐이야." 그녀가 말했다. "그리고 몸이 아주 안 좋지."

"가시는 게 좋겠어요." 그가 내게 말했다. "안 그러면 아내의 다음 책에서 누구와 같이 자는 걸로 등장할지 몰라요. 그 누구가 누구일지는 신만이 알 테고요."

"다음 책 따위는 없을 거야!" 그녀가 말했다. "다음에는 아무 것도 없어! 난 여기를 영영 떠날 거야!" 그녀는 낡은 쉐보레에 올라타 시동을 걸었다. 하지만 아무 일도 일어나지 않았다. 배터리가 다 된 것이었다.

그리고 그녀도 배터리처럼 조용해졌다. 그녀는 눈을 감고 머리를 핸들에 기댔다. 영원히 그렇게 있고 싶은 듯 보였다.

그녀가 일 분이 지나도록 그러고 있자 남편은 걱정이 되었다. 그는 맨발로 차까지 갔고, 나는 그가 그녀를 정말로 사랑한다는 걸 알 수 있었다. "여보?" 그가 말했다. "자기?"

그녀는 계속 머리를 핸들에 대고 있었다. 오직 입만 움직였다. "전에 왔던 롤스로이스 판매원을 불러." 그녀가 말했다. "나 롤스로이스 갖고 싶어. 지금 당장."

"여보?" 그가 다시 말했다.

그녀는 손을 들었다. "갖고 싶어!" 그녀가 말했다. 지금은 분명 터프해 보였다. "밍크코트도 갖고 싶어! 두 벌! 버그도프 굿맨*에서 드레스 백 벌 살 거야! 세계일주도 하고! 까르띠에에서 다이아몬드 티아라도 갖고 싶어!" 차에서 나온 그녀는 기분이 꽤 좋아진 듯했다. "당신이 파는 건 뭐죠?" 그녀가 내게 물었다.

"폭풍 대비용 덧창입니다." 내가 답했다.

"그것도 갖고 싶어!" 그녀가 말했다. "폭풍 대비용 덧창을 집 전체에!"

"네?" 내가 말했다.

"다른 건 안 파나요?" 그녀가 말했다. "나한테 팔 만한 다른 건 없어요? 부엌에 16만 달러짜리 수표가 있는데 아직 한 푼도 안 썼어요."

"음," 내가 말했다. "폭풍 대비용 문과 욕조 덮개, 베니션 블라인드도 취급합니다."

"좋아요!" 그녀가 말했다. "다 살게요!" 그녀는 남편 옆에 멈춰 서더니 그를 아래위로 훑어보았다. "당신 삶은 끝났는지 몰라도," 그녀가 그에게 말했다. "난 이제 삶을 시작하려는 참이야. 내가 당신의 사랑을 가진 적이 있는지 모르겠지만, 아마 더는 가질 수 없겠지. 하지만 난 돈을 주고 살 수 있는 거라면 뭐든 가질 수 있어. 돈으로 살 수 있는 게 얼마나 많은데!"

_____

* 맨해튼의 고급 백화점.

그녀는 집안으로 들어갔고, 그녀가 있는 힘껏 닫은 부엌문에 달린 창문은 깨지고 말았다.

그녀의 남편은 가득찬 양동이로 걸어가 병에 든 맥주를 부어 버렸다. "술은 도움이 안 돼요." 그가 말했다.

"유감입니다." 내가 말했다.

"당신이 이런 상황에 처했다면 어떻게 하겠어요?" 그가 물었다. "당신이라면 도대체 어떻게 하겠어요?"

"아마 좀 버티다 자살할 것 같은데요." 내가 말했다. "왜냐하면 앞뒤가 맞는 말이나 행동을 하는 사람이 아무도 없으니까요. 인간의 몸이 이런 걸 버티는 데는 한계가 있는 법이죠."

"우리가 철이 덜 들었다는 말인가요?" 그가 말했다. "우리 문제가 현실적이라고 생각하지는 않아요? 이 결혼생활에 놓인 압박을 잠시라도 생각해보세요!" 그가 말했다.

"나는 당신들이 누군지도 모르는데," 내가 말했다. "어떻게 생각하란 말입니까?"

그는 내 말을 믿지 못했다. "모른다고요?" 그가 말했다. "내 이름을 몰라요?" 그러고는 자기 부인이 사라진 쪽을 가리키며 말했다. "내 아내 이름도요?"

"모릅니다." 내가 말했다. "하지만 알았으면 좋겠군요. 부인께서 제가 그린 마운틴 여관에 납품한 이래 가장 큰 규모의 주문을 해주셨으니까요. 그냥 농담이었을까요?"

그는 이제 나를 뭔가 귀하고 아름다운 것인 양 바라보았다. 내가 사라질까봐 두려운 듯했다. "당신에게 나는 그저 평범한 보통 사람에 불과한가요?" 그가 물었다.

"네." 내가 말했다. 그와 그의 아내가 방금 벌인 짓거리를 생각하면 엄밀히 말해 진실은 아니었다.

"들어와요…… 들어와요." 그가 물었다. "뭘 드릴까요? 맥주? 커피?"

그는 내게 주는 것은 무엇도 아까워하지 않았다. 그는 나를 부엌으로 밀고 들어갔다. 나는 그와 약간의 시간을 보낼 수밖에 없게 되었다. 그토록 대화에 굶주린 사람은 본 적이 없었다. 약 삼십 분 동안 우리는 사랑과 문학을 제외한 모든 주제에 대해 대화를 나눴다.

그때 새로운 장면을 보여줄 준비가 된 아내가 들어왔다. 가장 지독한 장면을 보여줄 생각이었다.

"나 롤스로이스 주문했어." 그녀가 말했다. "그리고 쉐보레에 달 새 배터리도. 배터리가 오면 닌 쉐보레를 타고 뉴욕으로 갈 거야. 당신은 내가 그동안 당신을 괴롭힌 것에 대한 보상의 일부로 롤스로이스를 가져."

"아, 울며불며한 거 말이지, 엘시." 그가 말했다.

"난 이제 울며불며하지 않을 거야." 그녀가 말했다. "어떤 식으로든 울지 않을 거야. 난 이제 진짜 인생을 시작할 거야."

"잘해봐." 그가 말했다.

"당신에게 친구가 생겨서 기뻐." 그녀가 나를 보며 말했다. "지금 나는 친구가 하나도 없다고 말하려니 속상하지만, 뉴욕에 가면 친구가 좀 생기겠지. 사람들이 인생을 즐기며 살고, 삶의 진짜 모습을 바라보는 걸 두려워하지 않는 곳이니까."

"내 친구가 누군지 알아?" 그가 말했다.

"덧창을 팔고 싶어하는 사람이지." 그녀가 말했다. 그러고는 내게 말했다. "이봐요, 당신은 영업에 성공했어요. 잔뜩 팔아치 웠죠. 내 가장 깊은 희망은 나의 첫 남편이 감기에 걸리지 않도록 덧창들이 그를 지켜주는 거예요. 말짱한 정신으로 이 집을 떠나기 전에, 이 집이 파자마를 입고 사는 남자에게 안전하고 아늑한 곳임을 확실히 해두고 싶어요."

"엘시…… 내 말 좀 들어봐." 그가 말했다. "이 사람은 당신과 나, 책에 대해 아무것도 모르는 몇 안 되는 생명체 중 하나야. 우리를 증오, 조롱, 질투, 음란한 상상의 대상이 아니라 평범한 인간으로 보는 몇 안 되는 사람 중 하나라고……"

엘시 스트랭 모건은 그 말을 곱씹어보았다. 생각하면 할수록 더 강렬하게 다가왔다. 거친 여자였던 그녀가 온화하고 조용한 주부로 변했다. 그녀의 눈은 소의 눈처럼 순수했다.

"반갑습니다. 안녕하세요?" 그녀가 말했다.

"네, 고맙습니다, 부인." 내가 말했다.

"우리가 미쳤다고 생각했겠지요." 그녀가 말했다.

"아, 아닙니다 부인." 거짓말을 하려니 가만있기가 힘들어 식탁 가운데의 설탕 단지를 집어들었다. 그 밑에는 16만 달러짜리 수표가 놓여 있었다. 농담이 아니다. 책을 영화화하는 대가로 받은 수표를 그들은 거기에, 싸구려 잡화점에서 산 설탕 단지 아래에 두었다.

내가 커피잔을 넘어뜨리는 바람에 수표가 젖고 말았다.

그 수표를 구하려고 한 사람이 몇 명이었는지 아는가?

한 명.

나였다.

나는 커피에 젖은 수표를 집어들고 닦았다. 엘시 스트랭 모건과 남편은 의자에 기대앉아 수표가 어떻게 되든 상관하지 않았다. 안락하고 사치스러운 삶으로 가는 티켓이자 당첨된 복권이나 다름없는 그 수표를 그들은 전혀 신경쓰지 않았다.

"여기……" 내가 남편에게 수표를 내밀며 말했다. "안전한 곳에 두는 게 좋겠어요."

그는 주먹을 쥔 채 수표를 받으려 하지 않았다. "여기 두세요." 그가 말했다.

나는 수표를 아내에게 건넸다. 그녀 역시 받으려 하지 않았다. "좋아하는 자선단체가 있으면 거기 주세요." 그녀가 말했다. "내가 원하는 건 그걸로 못 사요."

"당신이 원하는 게 뭐야, 엘시?" 남편이 물었다.

"난 예전처럼 돌아가고 싶어." 그녀가 눈시울을 붉히며 말했다. "다시는 돌아갈 수 없는 그때로 돌아가고 싶어. 다시 어리석고, 수줍고, 다정하고, 보잘것없는 주부가 되고 싶어. 다시 죽어라 일하는 고등학교 교사의 아내가 되고 싶어. 다시 내 이웃들을 사랑하고 싶고, 내 이웃들이 다시 나를 사랑해줬으면 좋겠어. 그리고 햇살이니 햄버거 세일이니 남편 주급 3달러 인상이니 하는 바보 같은 일들에 신나하고 싶어." 그녀는 창문을 가리켰다. "밖은 지금 봄이야." 그녀가 말했다. "나를 제외한 이 세상 모든 여자들이 기뻐하고 있을걸."

그러고 나서 그녀는 자기 책 이야기를 했다. 그러면서 그녀는 창가로 가서 쓸모없는 봄을 바라보았다.

"뉴욕에서 버몬트주에 있는 작은 마을의 학교 선생으로 온, 세상 경험이 아주 많고 정력이 넘치는 남자에 대한 책이에요." 그녀가 말했다.

"그게 나예요." 그녀의 남편이 말했다. "아무도 알아보지 못하도록 내 이름 로렌스 모건을 랜스 매그넘으로 바꾸었죠. 그러고는 내 콧등의 흉터까지 묘사했어요." 그는 맥주 한 병을 더 가지러 아이스박스로 갔다. "아내는 몰래 작업했어요. 그건 이해합니다. 출판사에서 저자 증정본 여섯 권을 보내올 때까지, 난 아내가 케이크 레시피보다 복잡한 걸 쓴 적이 있는지조차 몰랐어요. 어느 날 퇴근해서 보니 저 식탁 위에 놓여 있더군요.『위선자들의 교차로』여섯 권이, 세상에! 저자 엘시 스트랭 모건!" 그는 맥주병을 들고 쭉 마신 다음 병을 쾅 내려놓았다. "책 주위에는 사탕이 잔뜩 있었고," 그가 말했다. "책 위에는 완벽한 붉은 장미 한 송이가 있더군요."

"책 속의 그 남자는," 엘시 스트랭 모건이 창밖을 내다보며 말했다. "위선자들의 교차로 밖으로 평생 딱 한 번 나가본 소박한 시골 여자와 사랑에 빠져요. 고등학교 2학년 때 벚꽃이 필 무렵, 2학년생 전체에 섞여 워싱턴 DC에 갔던 게 전부인 여자였죠."

"그게 당신이지." 남편이 말했다.

"그게 나지…… 그게 나였지." 그녀가 말했다. "남편과 결혼했을 때, 남편은 내가 너무 순수하고 수줍어한다는 걸 알고 참을 수 없어했어요."

"책에서요?" 내가 말했다.

"실제로, 책에서?" 그녀의 남편이 말했다. "차이가 하나도 없어요. 책 속의 악당이 누군지 알아요?"

"아니요." 내가 말했다.

"워커 윌리엄스라는 탐욕스러운 은행가예요." 그가 말했다. "그리고 현실에서, 크로커스 폴스 저축은행장이 누군지 알아요?"

"아뇨." 내가 말했다.

"윌리엄 워커라는 탐욕스러운 은행가예요." 그가 말했다. "맙소사. 내 아내는 CIA에서 일하는 게 분명해요, 해독 불가능한 새로운 암호를 만들고 있는 거죠!"

"미안해, 미안해." 그녀는 그렇게 말했지만, 내게는 미안해하는 단계를 이미 지난 듯한 목소리로 들렸다. 그녀의 결혼생활은 끝났다. 모든 것이 끝났다.

"나를 해고한 교육위원회를 원망해야 할 것 같지만," 남편이 말했다. "누가 그 사람들을 비난할 수 있겠어요? 위원 네 명이 전부 실제와 똑같은 모습으로 책에 등장했어요. 그 사람들이 책에 안 나왔다고 하더라도 유명한 사랑꾼, 가차없이 여자를 일깨워주는 나 같은 사람에게 어떻게 계속 아이들 교육을 맡기겠어요?" 그는 아내 뒤쪽으로 다가갔다. "엘시 스트랭 모건," 그가 말했다. "대체 뭐가 당신을 사로잡은 거야?"

그녀의 대답은 이랬다.

"당신이 사로잡았어." 그녀는 아주 조용히 말했다. "당신." 그녀가 말했다.

"내가 당신을 사랑하기 전에 어땠는지 생각해봐. 난 그 책에 있는 단어 하나도 쓸 수 없었을 거야. 내 머릿속에 그런 생각이 없었으니까. 아, 크로커스 폴스의 추잡한 비밀들을 조금 알긴 했지만, 별로 많이 생각하지 않았어. 그렇게 나빠 보이지 않았거든."

　그녀는 그를 보았다. "그런데 당신, 위대한 랜스 매그넘이 이 마을에 나타났고, 난 당신에게 빠져들었어. 그리고 당신은 내가 이것에 대해 수줍어하고, 저것에 대해 구식이고, 또다른 무엇에 대해 위선적이라고 생각했지. 그래서, 당신에 대한 사랑 때문에, 난 변했어." 그녀가 말했다.

　"당신은 내게 인생을 정면으로 바라보는 걸 두려워하지 말라고 했지." 그녀가 말했다. "그래서 난 두려움을 버렸어. 당신은 내 친구와 이웃들의 실제 모습, 무지하고 편협하고 탐욕스럽고 못된 모습을 보라고 했어. 그래서 실제 모습을 본 거야."

　"당신은," 그녀가 계속 남편에게 말했다. "사랑 앞에서 수줍어하거나 얌전하게 굴지 말고 솔직해지라고, 자랑스러워하라고 했지. 지붕에서 소리치라고 말이야."

　"그래서 나는 그렇게 했어." 그녀가 말했다.

　"그리고 당신을 얼마나 사랑하는지 말해주려고 책을 썼어." 그녀가 말했다. "내가 얼마나 많이 배웠는지, 당신이 내게 얼마나 많은 것을 가르쳐줬는지 말해주려고."

　"난 당신의 짧은 한마디를 기다리고 기다리고 또 기다렸어." 엘시 스트랭 모건이 말했다. "이 책이 내 책이기도 하지만 당신 책이기도 하다는 사실, 당신이 그걸 안다는 걸 보여줄 한마디를. 난 이 책의 엄마야. 당신이 아빠고. 그리고 이 책은, 세상에,

우리 첫아이야."

난리가 끝나고, 나는 그곳을 나섰다.

그가 소박한 시골 여자를 임신시켜 낳은 그 끔찍한 아이에 대해 랜스 매그넘이 뭐라고 하는지 듣고 싶었지만, 그는 내게 가보는 게 좋겠다고 했다.

밖에 나와보니, 기계공이 쉐보레에 새 배터리를 달고 있었다. 둘 중 한 사람이 차에 뛰어들어 몰고 떠나버리면, 랜스와 셀레스티의 유명한 사랑이 바로 그 자리에서 끝나버리게 될 거라는 사실을 깨달았다.

그래서 나는 기계공에게 착오가 있었다고, 배터리는 필요 없다고 말했다.

이틀 후 돌아가보니 엘시 스트랭 모건과 남편이 여전히 함께 있었고, 그래서 나는 내가 한 일에 만족한다. 그들은 한 쌍의 비둘기처럼 서로에게 달콤하게 속삭였고, 집 전체에 쓸 폭풍 대비용 덧창과 문을 주문했다. 아직 수도가 들어오지 않아 욕조 덮개는 팔 수 없었다. 하지만 롤스로이스는 있었다.

내가 집에 달 창문 크기를 측정하는데, 엘시 스트랭 모건의 남편이 내게 맥주를 한 잔 가져다주었다. 새 양복을 입고 면도를 한 모습이었다.

"당신 아이라는 사실을 받아들였나보군요." 내가 말했다.

"그러지 않으면," 그가 말했다. "저는 위선자들의 교차로에서 가장 심한 위선자겠지요. 아이를 낳고서 사랑해주지도, 자기 아이라고 부르지도 않는 남자를 어디 남자라고 할 수 있겠어요?"

그녀가 새 책을 냈다는 소식이 들리는데, 보기가 겁난다. 내가 듣기로, 주인공은 폭풍 대비용 덧창 판매원이라고 한다. 그는 사람들 집의 창문 크기를 재고 다니고, 책은 그가 집안에서 보는 일들에 대한 내용이라고 한다.

에드 루비 키 클럽

Ed Luby's Key Club

파트 1

에드 루비는 알 카포네의 보디가드로 일한 적이 있었다. 그후에는 자기가 직접 주류 밀매업에 뛰어들어 큰돈을 벌었다. 금주령이 해제되자, 에드 루비는 자기 고향인 일리움*의 오래된 공업지역으로 돌아갔다. 그리고 사업을 몇 건 인수했는데, 그중 하나가 '에드 루비 스테이크 하우스'라고 이름 붙인 식당이었다. 아주 좋은 식당이었다. 붉은색 출입문에는 놋쇠로 된 고리쇠가 달려 있었다.

어느 날 저녁 일곱시, 하브와 클레어 엘리엇 부부가 놋쇠 고

---

* 커트 보니것의 작품에 자주 등장하는 뉴욕의 가상도시.

리쇠로 문을 두드렸다. 붉은 문이 잠겨 있었기 때문이었다. 그들은 50킬로미터 떨어진 도시에서 왔다. 그날은 그들의 열네번째 결혼기념일이었다. 그들은 루비의 식당에서 열네번째 기념일을 축하할 예정이었다.

엘리엇 부부는 자녀가 많고 사랑이 넘쳤지만, 돈은 별로 없었다. 하지만 일 년에 한 번은 사치를 누렸다. 옷을 잘 차려입고, 설탕 단지에서 20달러를 꺼내고, 에드 루비 스테이크 하우스에 가서, 파루크왕과 그의 새 여자친구처럼 즐겼다.

루비의 식당에는 불이 켜져 있었고, 안에서 음악이 흘러나오고 있었다. 주차장에는 차가 많았다. 모두 하브와 클레어가 타고 온 차보다 훨씬 새것이었다. 두 사람의 차는 나무로 된 부분이 썩기 시작한 낡은 스테이션왜건이었다.

식당은 분명 영업중이었지만, 붉은 문은 꼼짝도 하지 않았다. 하브가 고리쇠로 문을 몇 번 더 두드리자, 문이 갑자기 활짝 열렸다. 에드 루비가 직접 문을 연 것이었다. 그는 사나운 늙은이로, 머리는 완전히 벗겨졌고 몸은 45구경 총알처럼 땅딸막하고 다부졌다.

그는 잔뜩 화가 나 있었다. "대체 뭐하려는 수작이오. 회원들을 미치게 할 생각이야?" 그가 찌르레기 같은 목소리로 말했다.

"뭐라고요?" 하브가 말했다.

루비는 욕을 읊조리며 고리쇠를 바라보았다. "저건 지금 당장 없애야겠군." 그가 말했다. "바보 같은 짓이야. 문에 고리쇠를 달다니." 그는 뒤에서 기다리고 있던 떡대를 돌아보았다. "저 고리쇠 지금 당장 떼어내." 그가 말했다.

"네, 알겠습니다." 떡대가 그렇게 대답하고 드라이버를 가지러 갔다.

"루비 씨?" 하브는 영문을 모르고 공손하게 물었다. "어떻게 된 일입니까?"

"어떻게 된 일이냐고?" 루비가 말했다. "어떻게 된 일인지 물어야 될 사람은 나요." 그는 아직도 하브와 클레어가 아니라 고리쇠를 바라보고 있었다. "무슨 생각을 한 거요?" 그가 말했다. "오늘이 핼러윈이라도 되나? 사람들이 밤에 우스꽝스러운 옷을 입고 남의 집 문을 두드려서 안에 있는 사람들을 돌아버리게 하는 날이 오늘이오?"

우스꽝스러운 옷에 대한 언급은 분명 클레어 엘리엇을 겨냥한 말이었다. 그리고 그 말은 효과가 있었다. 클레어는 옷에 대한 말에 민감했다. 그녀의 모습이 우스꽝스러워서가 아니라, 지금 입은 드레스는 자기가 직접 만든 것이고 모피코트는 빌린 것이기 때문이었다. 사실 클레어의 모습은 굉장히 아름다웠다. 아름다움을 알아보는 눈을 지닌 사람에게는 아름다운 모습이었다. 인생의 흔적이 느껴지는 아름다움이었다. 클레어는 여전히 날씬했고, 애정이 넘쳤고, 무척이나 긍정적이었다. 시간과 노동과 걱정이 그녀의 외모에 영구적으로 미친 영향이라고는 아주 조금 지쳐 보이게 한 것뿐이었다.

하브 엘리엇은 루비의 험담에 그다지 빠르게 반응하지 않았다. 하브는 아직 결혼기념일 분위기에 젖어 있었다. 모든 불안감과 못된 행동에 대한 예감은 아직 미뤄둔 상태였다. 하브는 기쁨 이외의 것에는 전혀 관심을 두고 싶지 않았다. 그는 그저 음악과 음식과 좋은 술이 있는 식당 안에 들어가고 싶을 뿐이었다.

"문이 안 열리더군요." 하브가 말했다. "미안합니다, 루비 씨. 문이 열리질 않았어요."

"안 열린 게 아니오." 루비가 말했다. "잠겨 있었던 거지."

"가게…… 닫았나요?" 하브가 영문을 모르고 물었다.

"이제 여기는 사설 클럽이오." 루비가 말했다. "회원은 모두 열쇠를 가지고 있지. 당신 열쇠 있소?"

"아뇨." 하브가 말했다. "어, 어떻게 하면 얻을 수 있죠?"

"신청서를 작성하고, 100달러를 내고, 멤버십위원회의 결정을 기다려야 하오." 루비가 말했다. "이 주 걸려요. 한 달 걸릴 때도 있고."

"100달러!" 하브가 말했다.

"당신 같은 친구가 와서 즐거워할 곳은 아닌 것 같소만." 루비가 말했다.

"우린 십사 년째 결혼기념일마다 여기에 왔어요." 하브가 얼굴이 붉어지는 걸 느끼며 말했다.

"그래…… 알고 있소." 루비가 말했다. "당신을 잘 기억하지."

"그래요?" 하브는 희망을 품고 말했다.

이제 루비는 아주 못되게 굴기 시작했다. "그럼, 당신은 거물이지." 그가 하브에게 말했다. "전에 내게 팁으로 25센트를 줬잖아. 나, 루비에게…… 내가 여기 주인인데, 당신은 예전에 나한테 무려 25센트라는 거액을 줬지. 친구, 그건 절대 못 잊을 거야."

루비는 뭉툭한 손을 참을성 없이 휘휘 내저었다. "당신 둘, 이제 좀 비켜주겠어?" 그는 하브와 클레어에게 말했다. "문을 막고 있잖아. 뒤에 들어오려는 회원 두 명이 있는데."

하브와 클레어는 겸손하게 물러섰다.

그들이 막고 있던 회원 두 명이 당당하게 문안으로 들어갔다. 중년 부부였다. 뚱뚱하고 스스로에게 아주 만족하는 듯한 사람들로, 그들의 얼굴은 싸구려 파이 두 개처럼 서로 구분이 되지 않았다. 남편은 새 야회복을 입고 있었다. 아내는 애벌레처럼 보이는 완두콩색 드레스에 짙은 색 미끈한 밍크코트를 입고 있었다.

"좋은 저녁입니다, 판사님." 루비가 말했다. "좋은 저녁입니다, 웸플러 부인."

웸플러 판사는 손에 황금 열쇠를 들고 있었다. "이걸 안 써도 되나?" 그가 말했다.

"사소한 수리를 하느라 문을 열어둔 참입니다." 루비가 대답했다.

"그렇군." 판사가 말했다.

"고리쇠를 떼는 중입니다." 루비가 말했다. "사람들이 여기가 사설클럽이란 사실을 믿지 못하고 찾아와서 문을 두드리고 회원들을 돌아버리게 하잖아요."

판사와 부인은 역겹다는 듯 경멸의 눈초리로 하브와 클레어를 훑어보았다. "우리가 제일 먼저 온 건 아니겠지?" 판사가 물었다.

"경찰서장님이 한 시간 전에 오셨고," 루비가 말했다. "월드론 박사님, 케이트 씨, 찰리 씨, 시장님, 전부 다 와 계세요."

"좋아." 판사가 말했다. 그러고는 부인과 함께 안으로 들어갔다.

에드 루비의 보디가드인 떡대가 드라이버를 들고 돌아왔다. "이 사람들이 아직 귀찮게 합니까, 에드?" 그가 물었다. 그러고는 대답을 기다리지 않고 하브 앞으로 성큼 다가섰다. "자자…… 꺼지시지, 친구." 그가 말했다.

"자, 하브…… 우리 가요." 클레어가 말했다. 그녀는 울음을 터뜨리기 직전이었다.

"그래…… 꺼져." 루비가 말했다. "당신들은 선라이즈 다이너 같은 곳에나 가. 1달러 50센트면 푸짐한 햄버그스테이크를 먹을 수 있는 곳. 커피 리필도 공짜야. 접시 밑에 25센트를 놔두면 거기 사람들은 당신이 '다이아몬드' 짐 브레이디*인 줄 알걸."

하브와 클레어는 낡은 스테이션왜건에 다시 올라탔다. 하브는 너무나 씁쓸하고 굴욕적이어서 일이 분 동안은 운전할 엄두가 나지 않았다. 그는 떨리는 손을 갈고리 모양으로 구부렸다. 에드 루비와 그의 보디가드를 목 졸라 죽여버리고 싶었다.

하브가 더듬더듬 욕을 섞어가며 언급한 주제 중 하나는 그가 루비에게 주었던 팁 25센트였다. "십사 년 전…… 우리 첫번째 결혼기념일에, 그때 내가 저 빌어먹을 개―에게 25센트를 줬어! 근데 그걸 기억하다니!"

"저 사람에겐 원한다면 여길 클럽으로 만들 권리가 있어." 클레어가 공허한 목소리로 말했다.

루비의 보디가드는 고리쇠를 떼어냈다. 그와 루비는 안으로 들어가 그 커다란 붉은 문을 쾅 닫았다.

"물론이지!" 하브가 말했다. "권리야 있지! 하지만 저 더러운 쥐새끼에게 우리를 모욕한 것처럼 다른 사람을 모욕할 권리는 없어."

---

* 20세기 초 대호황 시대 미국의 사업가. '다이아몬드'는 그가 유명한 다이아몬드 수집광이라 붙은 별명.

"역겨운 사람이야." 클레어가 말했다.

"맞아!" 하브가 양주먹으로 대시보드를 내려치며 말했다. "맞아…… 역겨운 사람이야. 루비처럼 역겨운 사람들을 다 죽여버리자고."

"봐봐." 클레어가 말했다.

"뭘 봐?" 하브가 말했다. "뭘 본다고 해서 기분이 더 좋아지거나 더 나빠지겠어?"

"어떤 훌륭한 사람들이 회원이 되는지 보라고." 클레어가 말했다.

잔뜩 취한 남녀가 택시에서 내리는 중이었다.

남자는 택시기사에게 돈을 주려다 잔돈과 키 클럽의 황금 열쇠를 떨어뜨리고 말았다. 그는 땅에 엎드려 열쇠를 찾기 시작했다.

그와 함께 온 난잡해 보이는 여자는 혼자 힘으로 서 있기도 힘든지 택시에 기대고 있었다.

남자가 열쇠를 들고 일어났다. 그걸 찾은 게 몹시 자랑스러운 모양이었다. "일리움에서 들어가기 가장 힘든 클럽의 열쇠예요." 그가 기사에게 말했다.

그는 요금을 내려고 지갑을 꺼냈다. 그런데 그가 가진 가장 작은 돈이 20달러짜리이고 택시기사에게는 거슬러줄 잔돈이 없다는 사실을 알게 되었다.

"여기서 기다려요." 취객이 말했다. "들어가서 잔돈 바꿔 올 테니."

그와 여자는 비틀거리며 문까지 걸어갔다. 그는 열쇠를 구멍에 넣으려고 계속 시도했지만, 열쇠는 자꾸 나무에 부딪혔다. "열려라 참깨!" 그는 이렇게 말하며 웃고는 다시 시도했지만 또 실패하고 말았다.

"이 클럽엔 참 괜찮은 사람들이 오나봐." 클레어가 하브에게 말했다. "우리가 회원이 아니라는 게 유감이지, 그렇지 않아?"

취객은 마침내 열쇠를 구멍에 넣고 돌렸다. 그와 그의 여자는 키 클럽 안으로, 말 그대로 빠져들어갔다.

몇 초 후 그들은 에드 루비와 떡대의 배에 떠밀려 다시 비틀 거리며 나왔다.

"나가! 나가!" 루비가 밤거리에서 꽥꽥거렸다. "열쇠 어디서 났어?" 취객이 대답하지 않자, 루비는 취객의 멱살을 잡고 건물 벽에 밀어붙였다. "열쇠 어디서 났어?"

"해리 바넘이 빌려줬어요." 취객이 대답했다.

"해리에게 더는 여기 회원이 아니라고 전해." 루비가 말했다. "누구든 너 같은 주정뱅이 양아치에게 열쇠를 빌려주는 사람은…… 회원이 될 수 없어."

그는 취객이 데려온 일행에게 관심을 돌렸다. "당신 여기 다시 오기만 해봐." 그는 여자에게 말했다. "미국 대통령이랑 같이 와도 들여보내주지 않을 거야. 너 같은 돼지들이 들어오지 못하게 하려고 내가 여길 클럽으로 바꾼 거야…… 좋은 음식을 너 같은 사람들에게 팔지 않으려고, 이—" 그는 그녀의 직업임이 확실한 것을 말했다.

"세상엔 그보다 더 나쁜 직업도 있어요." 그녀가 말했다.

"하나만 대보시지." 루비가 말했다.

"난 사람을 죽인 적이 한 번도 없어요." 그녀가 말했다. "당신은 이렇게 말 못하겠죠."

그녀의 비난을 듣고도 루비는 조금도 개의치 않았다. "경찰서장한테 가서 그렇게 얘기하고 싶어? 시장한테 얘기할래? 웸플러 판사한테 가서 얘기해볼래? 여기서 살인은 아주 큰 범죄야." 그러더니 그녀에게 바싹 다가서서 그녀를 아래위로 훑어보았다. "이 떠벌이—" 그는 또 한번 그녀의 직업을 말했다.

"구역질나게 하는군." 그가 말했다.

그러고서 그는 온 힘을 다해 그녀를 때렸다. 얼마나 세게 때렸던지 그녀는 한 바퀴 핑 돌며 소리 없이 쓰러지고 말았다.

취객은 그녀, 루비, 떡대에게서 물러섰다. 그는 그녀를 조금도 돕지 않았다. 그저 도망가고 싶을 뿐이었다.

하지만 하브 엘리엇은 아내가 말릴 새도 없이 차에서 내려 루비에게 달려갔다.

하브는 루비의 배를 한 대 때렸다. 그의 배는 무쇠 보일러처럼 단단했다.

하브가 차에 타기 전에 마지막으로 기억하는 것이 바로 그 순간의 만족감이었다. 차는 빠르게 달렸다. 클레어가 운전을 했다.

하브는 십사 년을 함께한 아내의 어깨에 지끈거리는 머리를 딱 붙여 기댔다.

클레어의 뺨은 조금 전에 흘린 눈물로 젖어 있었다. 하지만 지금은 울고 있지 않았다. 그녀의 얼굴은 단호했다. 그녀는 결의에 차 있었다.

그녀는 성장을 멈춘, 거칠고 지저분한 일리움의 상업지역을 뚫고 빠르게 차를 몰았다. 띄엄띄엄 늘어선 가로등 불빛이 멀찍이서 희미하게 빛나고 있었다.

버려진 지 오래인 지상철의 선로가 낡은 스테이션왜건의 바퀴를 잡아채고, 또 잡아챘다.

보석상 앞의 시계는 멈춰 있었다. 네온사인은 모두 작고 빨갰다. 문구들은 다음과 같았다. **바, 맥주, 식사, 택시.**

"우리 어디 가는 거지?" 하브가 말했다.

"여보! 기분이 어때?" 그녀가 물었다.

"모르겠어." 하브가 말했다.

"당신이 당신 모습을 봐야 해." 그녀가 말했다.

"어떤데?" 그가 말했다.

"셔츠에 온통 피가 묻었어. 좋은 양복이 엉망이 됐어." 그녀가 말했다. "병원을 찾고 있어."

하브는 몸을 일으키고 앉아 쑤시는 어깨와 목을 조심조심 풀었다. 그는 손으로 머리 뒤를 만져보았다. "내 꼴이 그렇게 형편없어?" 그가 말했다. "병원?"

"모르겠어." 그녀가 말했다.

"나, 나는 그렇게 나쁘지 않은데." 그가 말했다.

"당신은 병원에 안 가도 될지 몰라도," 클레어가 말했다. "쟤는 가야 될 것 같은데."

"누구?" 하브가 말했다.

"저 아이…… 저 여자." 클레어가 말했다. "뒤에 있어."

하브는 상당한 고통을 지불하며 몸을 돌려 스테이션왜건 뒤칸을 바라보았다.

뒤칸은 좌석을 접어 짐칸으로 만들어놓은 상태였다. 그 딱딱하고 덜컹거리는 바닥을 침대삼아, 에드 루비에게 맞은 여자가 엷은 갈색 담요를 깔고 누워 있었다. 머리 밑에는 베개 대신 어린이용 방한복을 베고 있었고 몸 위로 남자 외투를 덮은 모습이었다.

그녀를 키 클럽에 데려갔던 취객도 책상다리를 하고 뒤칸에 타 있었다. 외투는 그의 것이었다. 어릿광대 같던 그는 이제 병에 걸린 사람처럼 얼굴에 회색빛이 돌았다. 그의 무기력한 시선이 자기에게 말을 걸지 말아달라고 하브에게 말하는 것 같았다.

"어쩌다 저 두 사람을 데려왔지?" 하브가 물었다.

"에드 루비와 그의 친구들이 저 두 사람을 우리에게 선물했어." 클레어가 말했다.

클레어는 점점 용기가 떨어지기 시작했다. 그녀가 거의 다시 울 지경인 얼굴로 말했다. "그들이 당신이랑 저 여자를 이 차 안에 던져넣었어. 차를 몰고 사라지지 않으면 나도 두들겨패겠다고 했어."

너무 불안해진 클레어는 더이상 운전을 할 수가 없었다. 그녀는 인도 옆에 차를 세우고 흐느꼈다.

클레어를 달래주던 하브는 스테이션왜건의 뒷문이 열렸다 닫히는 소리를 들었다. 어릿광대가 나간 것이었다.

그는 인도 옆에 서서 여자에게 덮어주었던 외투를 입는 중이었다.

"어딜 가려는 거예요?" 하브가 그에게 말했다. "돌아와서 저 여자를 보살펴줘요!"

"저 여자한텐 내가 필요 없어요, 친구." 남자가 말했다. "저 여자한테 필요한 건 장의사예요. 죽었다고요."

저멀리서 순찰차가 사이렌을 울리고 경광등을 번쩍이며 다가왔다.

"당신 친구들이 오는군, 경찰." 남자가 말했다. 그러고는 골목 안으로 들어가더니 사라져버렸다.

순찰차가 낡은 스테이션왜건 앞에 멈춰 섰다. 빙글빙글 돌아가는 경광등 불빛이 건물들과 거리에 소름 끼치는 푸른색 회전 목마를 연출했다.

경찰관 두 명이 차에서 내렸다. 둘 다 한 손에는 권총을, 다른 손에는 밝은 손전등을 들고 있었다.

"손 들어." 한 명이 말했다. "아무 짓도 하지 마."

하브와 클레어는 손을 들었다.

"루비 키 클럽에서 소동을 피운 사람들이 당신들인가?" 경사가 물었다.

"소동이라뇨?" 하브가 말했다.

"그 여자를 때린 사람이 당신이군." 경사가 말했다.

"저요?" 하브가 말했다.

"그 여자가 뒤칸에 있어요." 다른 경찰이 말했다. 그는 스테이션왜건의 뒷문을 열고 여자를 보더니, 그녀의 새하얀 손을 들어올렸다 떨어뜨렸다. "죽었습니다." 그가 말했다.

"병원에 데려가던 중이었어요." 하브가 말했다.

"그러면 다 괜찮아져?" 경사가 말했다. "여자를 주먹으로 패놓고 병원에 데려다주면 다 괜찮아지냐고?"

"제가 안 때렸어요." 하브가 말했다. "제가 왜 저 여자를 때리겠어요?"

"저 여자가 당신 부인에게 한 말이 당신 마음에 안 들었나보지." 경사가 말했다.

"루비가 때렸어요." 하브가 말했다. "루비 짓이에요."

"그럴듯한 얘기군. 몇 가지 사소한 오류가 있긴 하지만." 경사가 말했다.

"어떤 오류요?" 하브가 말했다.

"증인." 경사가 말했다. "증인 이야기를 해보자고, 친구. 시장, 경찰서장, 웸플러 판사와 사모님…… 그분들이 전부 당신이 때리는 걸 봤어."

엘리엇 부부는 누추한 일리움경찰서로 이송되었다.

경찰은 두 사람의 지문을 채취하고서 손에 묻은 잉크를 닦을 것도 주지 않았다. 이 모욕은 워낙 순식간에 일어난데다 마치 당연하다는 듯 진행되어, 하브와 클레어는 분노보다는 놀라움에 가까운 반응을 보였다.

그런 믿기지 않는 상황에서 모든 것이 너무나 빠르게 진행되었기 때문에, 하브와 클레어가 매달릴 것은 하나뿐이었다. 죄 없는 사람은 아무것도 두려워할 것이 없다는 어린아이 같은 믿음.

클레어는 사무실로 불려가 취조를 받았다. "무슨 말을 해야 해?" 그녀가 끌려가며 하브에게 물었다.

"진실을 말해!" 하브가 말했다. 하브는 자신을 여기에 데려다 놨고 이제는 지키고 있는 경사를 보며 물었다. "전화를 쓸 수 있을까요?" 그가 말했다.

"변호사 부르시게?" 경사가 말했다.

"변호사는 필요 없어요." 하브가 말했다. "베이비시터에게 전화하려고요. 우리 귀가가 조금 늦어진다고 말해줘야 하니까."

경사가 소리 내 웃었다. "조금 늦어진다고?" 그는 한쪽 뺨에 긴 흉터가 있었다. 흉터는 그의 두툼한 입술을 지나 뭉툭한 턱까지 이어졌다. "조금 늦어진다고?" 그가 다시 말했다. "친구, 당신의 귀가는 이십 년 정도 늦어질 거야. 이십 년도 운이 좋을 때 얘기지."

"난 그 여자의 죽음과 아무 상관이 없어요." 하브가 말했다.

"증인들 말을 들어봅시다, 응?" 경사가 말했다. "곧 다들 오실 테니까."

"만약 그들이 사건을 목격했다면," 하브가 말했다. "난 그들이 도착하고 오 분 안에 여기서 나갈 수 있을 거예요. 증인들이 뭔가 착각해서 정말 내가 때리는 걸 봤다고 생각한다 해도, 내 아내는 보내줄 수 있잖아요."

"법률 공부를 조금 시켜주지, 친구." 경사가 말했다. "당신 아내는 살인사건의 방조범이야. 탈주 차량을 몰았잖아. 당신 아내도 당신만큼 깊숙이 거기에 관여한 거야."

하브는 마음껏 전화를 써도 좋다는 말을 들었다. 일단 경위에게 취조를 받고 나서.

하브의 차례는 한 시간 후에나 돌아왔다. 그는 경위에게 클레어는 어디에 있는지 물었다. 그러자 갇혀 있다는 대답이 돌아왔다.

"그래야만 했나요?" 하브가 물었다.

"이 바닥엔 재미있는 관습이 있지." 경위가 대답했다. "살인 사건과 관련이 있는 것 같은 사람은 무조건 가둬." 그는 키가 작고 땅딸막한 대머리였다. 하브는 그의 모습이 어딘가 눈에 익은 데가 있다고 생각했다.

"이름이 하비 K. 엘리엇인가?" 경위가 물었다.

"맞습니다." 하브가 말했다.

"전과 기록이 없다고?" 경위가 말했다.

"불법주차 딱지조차 받아본 적 없습니다." 하브가 말했다.

"우리가 확인해볼 수 있어." 경위가 말했다.

"확인해보시기 바랍니다." 하브가 말했다.

"부인에게도 말했지만," 경위가 말했다. "에드 루비에게 죄를 씌우려고 하다니 정말 바보 같은 실수를 한 거야. 이 동네에서 가장 존경받는 사람을 고르다니."

"루비 씨에 대한 존경심은 별개로 하고……" 하브가 말을 시작했다.

경위는 화가 난 듯 그의 말을 끊고 책상을 쾅 쳤다. "당신 부인에게서 들을 만큼 들었어!" 그가 말했다. "당신에게 더 들을 필요는 없어!"

"내가 말하는 게 진실이라면요?" 하브가 말했다.

"우리가 당신 이야기를 확인 안 해본 것 같나?" 경위가 말했다.

"그 여자랑 같이 있었던 남자는요?" 하브가 말했다. "그 남자는 정말로 무슨 일이 있었는지 말해줄 거예요. 그 남자는 찾아봤습니까?"

경위는 경멸스러운 연민의 시선으로 하브를 바라보았다. "남자 따윈 없었어." 경위가 말했다. "그 여자는 혼자서 택시를 타고 간 거야."

"틀렸습니다!" 하브가 말했다. "택시기사한테 물어봐요. 같이 온 남자가 있었어요!"

경위가 다시 책상을 내려쳤다. "나에게 틀렸다고 말하지 마." 경위가 말했다. "택시기사와도 이야기해봤어. 그 여자 혼자 탔다고 맹세하더군. 증인이 더 필요한 건 아니지만 말이야." 그가 말했다. "기사는 당신이 그 여자를 때리는 걸 봤다고도 맹세했어."

경위의 책상 위 전화가 울렸다. 경위는 하브에게 시선을 고정한 채 전화를 받았다. "루비 경위입니다." 그가 말했다.

그러고는 하브 뒤에 서 있던 경사에게 말했다. "이 바보를 여기서 끌어내. 구역질이 나는군. 아래층에 가둬."

경사는 하브를 사무실 밖으로 끌어내 철제 계단을 따라 내려가서 지하실로 데려갔다. 지하실에는 감방들이 있었다.

복도에 달린 갓 없는 알전구 두 개가 유일한 조명이었다. 바닥이 젖어 있어 복도에는 널빤지가 깔려 있었다.

"경위가 에드 루비의 형제인가요?" 하브가 경사에게 물었다.

"경찰관은 형제가 있으면 안 된다는 법이라도 있나?" 경사가 말했다.

"클레어!" 하브는 아내가 어느 감방에 갇혔는지 알고 싶어 소리를 질렀다.

"친구, 당신 부인은 위층에 있어." 경사가 말했다.

"만나고 싶어요!" 하브가 말했다. "이야기하고 싶어요! 괜찮은지 알고 싶다고요!"

"원하는 게 많군, 안 그런가?" 경사가 말했다. 그러고는 하브를 좁은 감방에 밀어넣고 문을 철컹 닫았다.

"나한테도 권리가 있어!" 하브가 말했다.

경사는 웃었다. "권리가 있지, 친구. 그 안에선 당신이 하고 싶은 대로 다 할 수 있어. 정부의 재산을 파괴하지만 않는다면 말이야."

경사는 위층으로 올라갔다.

지하실에 다른 사람은 한 명도 없는 것 같았다. 하브의 귀에 들리는 소리라고는 머리 위의 발자국 소리뿐이었다.

하브는 쇠창살을 움켜잡고, 발소리에서 어떤 의미를 찾아보려 했다.

덩치 큰 사람들 여럿이 함께 걷는 소리가 났다. 근무를 마치고 들어오는 조, 교대하러 나가는 조일 거라고 하브는 짐작했다.

하이힐을 신은 여자의 발소리가 또각또각 들렸다. 너무나 빠르고 자유롭고 사무적인 발소리라 클레어의 것일 리는 없었다.

그리고 누군가 무거운 가구를 옮기는 소리가 들렸다. 뭔가 바닥에 떨어졌다. 누군가 웃었다. 몇 명이 갑자기 일어나 동시에 의자를 움직였다.

하브는 산 채로 묻히는 것이 어떤 것인지 알게 되었다.

그는 소리를 질렀다. "거기, 위에! 도와줘요!" 하고 소리쳤다.

대답은 가까운 곳에서 들려왔다. 다른 감방에서 누군가 졸린 듯한 신음소리를 냈다.

"누구세요?" 하브가 말했다.

"잠이나 자." 그 목소리가 말했다. 졸린 듯 짜증이 섞인 걸걸한 목소리였다.

"뭐 이런 동네가 다 있어요?" 하브가 말했다.

"어느 동네나 다 마찬가지 아니야?" 목소리가 말했다. "잘나가는 친구 있어?"

"아뇨." 하브가 말했다.

"그럼 이 동네는 나쁜 동네야." 목소리가 말했다. "잠이나 자 뒤."

"위층에 아내가 있어요." 하브가 말했다. "일이 어떻게 돌아 가는지 모르겠어요. 뭐라도 해야 하는데."

"그럼 해." 목소리가 슬프게 키득거렸다.

"에드 루비 아세요?" 하브가 물었다.

"에드 루비가 누군지 아냐고?" 그 목소리가 말했다. "모르는 사람이 어디 있어? 내가 그와 친구냐는 뜻이야? 그랬으면 내가 지금 여기 갇혀 있겠어? 그랬으면 지금쯤 난 에드의 클럽에서 두께 5센티미터짜리 스테이크를 공짜로 먹고 있었을 테고, 나를 잡아온 경찰은 뇌가 튀어나올 정도로 두들겨맞았겠지."

"에드 루비가 그렇게 중요한 인물이에요?" 하브가 말했다.

"중요하냐고?" 목소리가 말했다. "에드 루비? 천국에 간 정신과의사 얘기 못 들어봤어?"

"뭐요?" 하브가 말했다.

목소리는 아주 오래된 이야기를 들려주었다. 이 동네에 맞게 조금 각색된 이야기였다. "어느 정신과의사가 죽어서 천국에 간 거야, 알겠어? 그런데 성 베드로가 이 의사를 보고 엄청 반가워하는 거야. 하느님이 정신병에 걸려서 치료를 꼭 받아야 했던 거지. 정신과의사는 성 베드로에게 하느님의 증상이 어떤지 물어봤어. 그랬더니 성 베드로가 의사 귀에다 이렇게 속삭이더래.

'하느님이 자기를 에드 루비라고 생각해.'"

머리 위에서 여자의 사무적인 하이힐소리가 다시 들려왔다.
그리고 전화가 울렸다.

"왜 그 한 사람이 그렇게까지 중요한 거죠?" 하브가 말했다.

"일리움에 있는 모든 게 에드 루비 거야." 목소리가 말했다.
"이게 당신 질문에 답이 되나? 에드는 대공황 때 여기로 돌아왔
어. 시카고에서 밀주업으로 번 돈을 몽땅 들고. 그때 일리움에
있는 모든 곳이 문을 닫고 매물로 나온 상태였어. 에드 루비가
그걸 사들였지."

"알겠어요." 하브는 자기가 얼마나 겁을 먹어야 좋을지 이해
하기 시작했다.

"우스운 건," 목소리가 말했다. "에드와 어울리고, 에드가 하
라는 대로 하고, 에드가 듣기 좋아하는 이야기를 해주는 사람
들…… 그런 사람들은 일리움에서 꽤나 즐겁게 지낸다는 거야.
경찰서장을 봐. 연봉이 8천 달러야. 오 년째 서장을 맡고 있어.
월급 관리를 굉장히 잘해서 7만 달러짜리 집 할부금도 다 갚았
고, 자동차가 세 대에, 케이프코드에 여름별장도 있고, 9미터짜
리 모터보트도 있지. 물론 루비 동생만큼 잘나가지는 않지만."

"그 경위요?" 하브가 말했다.

"물론, 경위는 모든 걸 손에 넣지. 경찰서를 실질적으로 운영

하는 사람은 경위야. 지금은 일리움호텔도 그 사람 거고, 택시 회사도 가지고 있어. 일리움의 친근한 목소리, WKLL 라디오방송국도 그 사람 거야."

"일리움에서 잘 지내는 사람들이 또 있지." 목소리가 말했다. "웸플러 판사와 시장……"

"알 것 같아요." 하브가 긴장한 목소리로 말했다.

"깨닫는 데 오래 걸리지 않지." 목소리가 말했다.

"루비에게 대항하는 사람은 없나요?" 하브가 물었다.

"다 죽었어." 목소리가 말했다. "그러니 잠이나 좀 자둬, 응?"

십 분 후, 하브는 다시 위층으로 끌려갔다. 데리러온 사람은 아까 그를 가두었던 그 경사였지만, 이번에는 그를 이리저리 밀치지 않았다. 오히려 약간 사과하는 듯 부드럽게 대했다.

철제 계단 꼭대기에 루비 경위가 있었다. 그 역시 태도가 좀 나아진 상태였다. 경위는 하브에게 자신을 마음씨 아주 좋은 장난꾸러기 소년처럼 생각하라고 했다.

루비 경위가 미소를 지으며 하브의 팔에 손을 얹더니 이렇게 말했다. "엘리엇 씨, 우리가 좀 거칠게 대했지요. 우리도 알고 있소. 미안합니다만, 경찰은 가끔 거칠게 굴어야 할 때가 있다는 걸 이해해주시오. 특히 살인사건을 수사할 때는 말이오."

"괜찮습니다." 하브가 말했다. "죄 없는 사람에게 거칠게 행동한 것만 빼면요."

루비 경위가 냉정하게 어깨를 으쓱해 보이며 말했다. "그럴 수도 있고…… 아닐 수도 있죠. 그건 법원에서 결정할 일이오."

"꼭 그래야 한다면요." 하브가 말했다.

"최대한 빨리 변호사와 이야기를 해보는 게 좋을 것 같소." 경위가 말했다.

"나도 그렇게 생각합니다." 하브가 말했다.

"경찰서 안에 마침 한 명 있는데, 그 사람을 만나보던가요." 경위가 말했다.

"그 사람도 에드 루비의 형제인가요?" 하브가 말했다.

루비 경위는 놀란 표정을 지었다가, 웃기로 결정한 듯했다. 그는 마구 웃어젖혔다. "그렇게 말한다고 당신을 나무라지는 않겠소." 그가 말했다. "이 상황이 당신 눈에 어떻게 보일지 상상이 되니까."

"그래요?" 하브가 말했다.

"낯선 곳에서 말썽에 휘말렸는데," 경위가 말했다. "갑자기 모든 사람의 이름이 루비인 걸로 보였겠지요." 그는 다시 웃었다. "나하고 형 둘뿐이오. 루비는 둘뿐이라고. 이 변호사는 우리와 혈연관계가 전혀 없을뿐더러 나와 에드가 거들먹거리는 걸 싫어하오. 이 얘길 들으니 기분이 조금 나아집니까?"

"어쩌면요." 하브가 조심스레 말했다.

"그건 무슨 뜻이오?" 경위가 말했다. "변호사를 쓸 거요, 말 거요?"

"먼저 그 변호사와 이야기를 좀 해보고 결정할게요." 하브가 말했다.

"레밍에게 가서 어쩌면 의뢰인이 생길지 모른다고 전해." 경위가 경사에게 말했다.

"내 아내도 여기로 불러주세요." 하브가 말했다.

"물론이오." 경위가 말했다. "이의 없소. 당장 내려올 거요."

프랭크 레밍 변호사는 클레어가 하브에게 오기 한참 전에 나타났다. 레밍은 내용물이 거의 없는 듯한 낡고 검은 서류가방을 가지고 있었다. 그는 키가 작고, 몸이 서양 배 같았다.

서류가방 양옆에는 레밍의 이름이 크게 각인되어 있었다. 그는 초라하고 뚱뚱했으며 숨을 헐떡였다. 그의 외양 중 그에게 약간의 품격, 혹은 약간의 용기가 있을지도 모른다는 신호는 커다란 콧수염뿐이었다.

일단 입을 열자 그는 깊고 위엄 있고 두려움을 모르는 목소리로 말했다. 그는 하브가 어떤 식으로든 협박을 당하거나 다치지 않았는지 알아야겠다고 요구했다. 그러고는 마치 루비 경위와 경사가 곤경에 처한 것처럼 이야기했다.

하브는 기분이 훨씬 좋아지기 시작했다.

"신사분들은 이제 나가주시지요." 레밍은 한껏 비아냥거리며 경찰을 신사분들이라고 불렀다. "제 의뢰인과 단둘이 이야기하고 싶으니까요."

경찰들은 얌전히 물러갔다.

"신선한 공기 같은 분이시네요." 하브가 말했다.

"그런 말은 처음 듣는군요." 레밍이 말했다.

"내가 나치시대 독일에 와 있는 건 아닌가 하는 생각이 들던 참이었어요." 하브가 말했다.

"한 번도 체포되어본 적 없는 사람처럼 말씀하시네요." 레밍이 말했다.

"한 번도 없어요." 하브가 말했다.

"언제나 처음이라는 게 있는 법이죠." 레밍이 상냥하게 말했다. "죄목이 뭔가요?"

"경찰이 말해주지 않던가요?" 하브가 말했다.

"그저 변호사가 필요한 사람이 있다고만 했어요. 다른 사건 때문에 온 거였거든요." 그가 축 늘어진 서류가방을 자기 의자 다리에 기대놓으며 말했다. "그래서 죄목이 뭐죠?"

"경, 경찰 말로는 살인이라고 하더라고요." 하브가 말했다.

이 소식에 레밍은 잠깐 놀라고 말 뿐이었다. "일리움 경찰이라는 저 멍청이들," 그가 말했다. "저들에겐 뭐든지 다 살인이죠. 어떻게 된 건가요?"

"전 안 죽였어요." 하브가 말했다.

"저 사람들 말로는 당신이 뭘로 죽였다고 하던가요?" 레밍이 말했다.

"제 주먹이요." 하브가 말했다.

"싸우다 남자를 때렸는데, 그 남자가 죽었나요?" 레밍이 말했다.

"전 아무도 안 때렸어요!" 하브가 말했다.

"알았어요, 알았어요, 알았어요." 레밍이 차분하게 말했다.

"당신도 그들과 한패인가요?" 하브가 말했다. "당신도 이 악몽의 일부인가요?"

레밍이 고개를 갸우뚱하며 말했다. "설명 좀 해주시겠습니까?"

"일리움에 사는 모든 사람은 에드 루비를 위해 일한다고 들었어요." 하브가 말했다. "당신도 그런가보군요."

"나요?" 레밍이 말했다. "장난해요? 루비의 동생에게 어떻게 말하는지 들었잖아요. 에드 루비한테도 난 똑같이 말할 거예요. 난 그 사람들 겁 안 나요."

"어쩌면……" 하브는 레밍을 꼼꼼히 살피며 말했다. 그를 믿고 싶은 마음이 굴뚝같았다.

"나를 고용할 건가요? 레밍이 물었다.

"비용이 얼마죠?" 하브가 말했다.

"착수금은 50달러입니다." 레밍이 말했다.

"지금 당장 드려야 하나요?" 하브가 말했다.

"내 고객들이 어떤 계층이냐 하면," 레밍이 말했다. "당장 돈을 받지 않으면 영영 못 받을 사람들이지요."

"지금 가진 돈은 20달러뿐이에요." 하브가 말했다.

"당장은 그걸로 충분합니다." 레밍이 말했다. 그러고는 손을 내밀었다.

레밍이 지갑에 돈을 넣는 순간 여자 경찰이 또각또각 발소리를 내며 클레어 엘리엇을 데리고 들어왔다.

클레어는 백지장처럼 질려 있었다. 그녀는 여자 경찰이 사라질 때까지 입을 열지 않았다. 말문을 뗐을 때, 그녀의 목소리는 갈라져서 거의 제대로 나오지 않았다.

하브는 그녀를 껴안고 격려해주었다. "이제 우리에겐 변호사가 있어. 이제 다 괜찮을 거야. 어떻게 해야 하는지 아는 분이야."

"난 저 사람 못 믿어. 여기 사람 아무도 못 믿어!" 클레어가 말했다. 그녀의 눈이 분노로 이글거렸다. "하브! 당신과 둘이서만 이야기하고 싶어!"

"밖에 있을게요." 레밍이 말했다. "내가 필요하면 부르세요." 그는 서류가방을 그대로 둔 채 나갔다.

"당신, 협박당했어?" 레밍이 나가자 클레어가 하브에게 물었다.

"좀 거친 대화는 있었지." 하브가 말했다.

"당신을 죽이겠다고 협박한 사람은 없었어?" 그녀가 말했다.

"없었어." 하브가 말했다.

클레어가 목소리를 낮추고 속삭였다. "어떤 사람이 우리를 죽이겠다고 협박했어. 나랑 당신……" 클레어는 여기서 무너져내리고 말았다. "그리고 아이들까지." 그녀가 더듬더듬 속삭였다.

하브는 폭발했다. "누가?" 그는 목청껏 외쳤다. "누가 그런 협박을 했어?"

클레어는 손으로 그의 입을 막으며 조용히 하라고 애걸했다.

하브가 그녀의 손을 치우며 말했다. "누구냐니까?"

클레어는 속삭이는 소리도 내지 않고, 입술만 움직여 대답했다. "경위." 그러고는 하브에게 매달려 속삭였다. "제발 목소리 낮춰. 침착해. 생각을 해야 한다고. 새 이야기를 지어내야 해."

"무슨 이야기?" 하브가 말했다.

"어젯밤에 있었던 일." 그녀가 고개를 가로저으며 덧붙였다. "실제로 있었던 일은 다시는 말하면 안 돼."

"맙소사." 하브가 말했다. "여기 미국 맞아?"

"나도 모르겠어," 클레어가 말했다. "여기가 어딘지. 내가 아는 건 새로운 이야기를 지어내야 한다는 것뿐이야…… 안 그러면…… 안 그러면 끔찍한 일이 일어날 거야."

"끔찍한 일은 벌써 일어났어." 하브가 말했다.

"앞으로 더 끔찍한 일도 일어날 수 있어." 클레어가 말했다.

하브는 손바닥 아랫부분을 눈에 대고 골똘히 생각했다. "우리를 겁주려고 그렇게나 애쓰고 있다면, 그들도 꽤 겁을 먹은 거야. 우리가 그들에게 끼칠 수 있는 피해가 꽤 클 거고."

"어떻게?" 클레어가 말했다.

"진실을 고수하는 거지." 하브가 말했다. "어려울 것 없잖아? 그들은 우리가 그걸 멈추기를 바라는 거고."

"난 아무도 해치고 싶지 않아." 클레어가 말했다. "그냥 여기서 나가고 싶어. 그냥 집에 가고 싶어."

"좋아." 하브가 말했다. "우리에겐 이제 변호사가 있어. 그게 시작이야."

하브가 부르자 레밍이 양손을 비비며 들어왔다. "비밀회의는 끝인가요?" 그가 유쾌하게 물었다.

"네." 하브가 말했다.

"음, 비밀도 좋지만," 레밍이 말했다. "변호사에게는 아무것도 숨기지 말 것을 강력히 권고합니다."

"하브……" 클레어가 주의를 주듯 말했다.

"이 사람 말이 맞아." 하브가 말했다. "저 말이 맞다는 걸 이해 못하겠어?"

"아내분께서는 조금 숨기는 게 좋다고 생각하시나요?" 레밍이 말했다.

"협박을 당해서 그래요." 하브가 말했다.

"누가 협박했죠?" 레밍이 말했다.

"말하지 마." 클레어가 애원하듯 말했다.

"그건 잠시 미뤄두죠." 하브가 말했다. "중요한 건, 레밍 씨, 저들이 내가 했다고 하는 살인을 나는 하지 않았다는 거예요. 하지만 아내와 나는 누가 한 짓인지 목격했고, 우리가 본 대로 이야기하면 어떻게 될지 온갖 협박을 받고 있어요."

"말하지 마." 클레어가 말했다. "하브…… 하지 마."

"제 명예를 걸고 약속드립니다, 엘리엇 부인." 레밍이 말했다. "부인과 남편분께서 말씀하시는 이야기는 절대 발설하지 않겠습니다." 그는 명예라는 말에 자부심을 느꼈고, 그 말을 할 때 굉장히 매력적인 사람이 된 것 같았다. "이제 누가 살인을 저질렀는지 말씀해주시죠."

"에드 루비." 하브가 말했다.

"실례지만 누구라고요?" 레밍이 멍하게 물었다.

"에드 루비." 하브가 말했다.

레밍은 갑자기 힘이 빠지고 늙어버린 듯 의자에 기댔다. "그랬군요." 그가 말했다. 그의 목소리는 이제 깊지 않았다. 마치 나무 위를 스치는 바람 같았다.

"그 사람이 이 동네에서 권력이 있는 사람이라고 들었어요." 하브가 말했다.

레밍은 고개를 끄덕이며 말했다. "맞게 들었습니다."

하브는 루비가 그 여자를 죽인 일에 대해 설명하기 시작했다. 그런데 레밍은 그의 말을 끊었다.

"뭐, 뭐가 문제죠?" 하브가 말했다.

레밍이 창백한 미소를 지어 보이며 말했다. "아주 좋은 질문입니다. 아주…… 아주 복잡한 질문이에요."

"결국 당신도 그를 위해 일하는 건가요?" 하브가 말했다.

"어쩌면, 그런지도 모르지요, 결국은." 레밍이 말했다.

"봤지?" 클레어가 하브에게 말했다.

레밍은 지갑을 꺼내고 20달러짜리 지폐를 하브에게 돌려주었다.

"그만두는 거예요?" 하브가 말했다.

"이렇게 하죠." 레밍이 슬픈 목소리로 말했다. "지금부터 제가 드리는 법률적 충고는 모두 공짜로 합시다. 전 이번 사건의 변호사가 아닙니다. 그리고 제가 드리는 충고는 법과는 별 상관이 없어요." 레밍은 양손을 펼쳤다. "전 법조계에 종사합니다, 여러분. 그건 명백하지요. 말씀하시는 것이 사실이라면……"

"사실이에요!" 하브가 말했다.

"그렇다면 이 동네 전체와 맞서 싸울 수 있는 변호사가 필요합니다." 레밍이 말했다. "에드 루비는 이 동네 그 자체니까요. 저는 일리움에서 승소한 경험이 많지만, 그 사건들은 모두 에드 루비가 신경쓰지 않던 사건이었어요." 그는 일어섰다. "말씀하시는 것이 사실이라면, 이건 사건이 아닙니다…… 전쟁이지."

"난 이제 어쩌죠?" 하브가 말했다.

"제가 드릴 수 있는 충고는," 레밍이 말했다. "부인만큼 겁을 먹으라는 겁니다, 엘리엇 씨."

레밍은 고개를 끄덕이고서 허둥지둥 도망쳤다.

잠시 후, 경사가 와서 하브와 클레어를 데리고 밖으로 나가 어느 방으로 갔다. 조명 때문에 눈을 뜰 수 없었다. 조명 너머 어둠 속에서 속삭이는 소리가 들려왔다.

"뭐 하는 겁니까?" 하브가 클레어를 감싸안으며 말했다.

"말 시킬 때까지 말하지 마시오." 루비 경위의 목소리였다.

"변호사를 선임하고 싶어요." 하브가 말했다.

"있었잖습니까. 레밍은 어떻게 되었소?" 경위가 말했다.

"그만뒀어요." 하브가 말했다.

누군가 키득거렸다.

"그게 웃겨요?" 하브가 쓸쓸하게 말했다.

"닥쳐." 루비 경위가 말했다.

"이게 웃겨요?" 하브는 속삭임이 들려오는 어둠을 향해 말했다. "평생 법을 어겨본 적 없는 남녀를 여기다 데려다놓고, 우리가 구해주려던 여자를 죽였다고 누명을 씌우고……"

어둠 속에서 루비 경위가 나타났다. 그는 자기 오른손에 든 것을 하브에게 보여주었다. 넓적한 고무 몽둥이로 폭이 10센티미터, 길이는 20센티미터, 두께는 1센티미터 정도였다.

"난 이걸 '루비 경위의 똑똑한 놈 길들이기'라고 부르지." 그는 고무 몽둥이로 하브의 뺨을 다정하게 쓰다듬었다. "이걸로 한 방 맞으면 얼마나 고통스러운지 상상도 못할걸." 그가 말했다. "이걸 쓸 때마다 새삼스레 놀라곤 하지. 이제 둘이 떨어져서서. 똑바로 서서 입 닥치고 목격자들 쪽을 봐."

차가운 고무가 하브의 뺨에 닿았을 때, 그는 탈옥을 결심했다.

경위가 속삭이는 어둠 속으로 돌아갔을 때, 그의 결심은 강박으로 변했다. 다른 어떤 계획도 소용없을 것 같았다.

어둠 속에서 한 남자가 선명하고 자랑스러운 목소리로 하브가 여자를 때리는 것을 보았다고 말했다. 그는 자신이 일리움의 시장이라고 했다.

시장의 아내는 그의 말을 뒷받침할 수 있어 영광이라고 했다.

하브는 반박하지 않았다. 그는 조명 너머에 있는 것이 무엇인지 최대한 식별하느라 바빴다. 그리고 이제 다른 방에 있던 누군가가 들어오면서 하브는 문이 어디 있는지, 그 문 밖에 무엇이 있는지 볼 수 있었다.

문밖으로 언뜻 로비가 보였다. 로비 너머로는 광활한 야외가 언뜻 보였다.

이제 루비 경위는 웜플러 판사에게 하브가 여자를 때리는 것을 보았느냐고 물었다.

"네." 그 뚱뚱한 남자가 근엄하게 말했다. "그리고 그의 아내가 도주를 돕는 것도 보았습니다."

웜플러 부인이 목소리를 높였다. "저 사람들 맞아요. 내가 평생 본 중 가장 끔찍한 광경 중 하나였어요. 영영 못 잊을 것 같아요."

하브는 첫 줄에 있는 사람들, 그가 제일 먼저 뚫어야 할 사람들이 누구인지 살펴보려 애썼다. 확실히 제칠 수 있을 것 같은 사람은 한 명뿐이었다. 또각또각 발소리를 내는 여자 경찰은 제칠 수 있을 것 같았다. 지금 그 여자 경찰은 사람들이 하는 말을 모두 받아 적고 있었다.

하브는 삼십 초 후 그 여자를 제치고 돌파하기로 결심했다.

하브는 속으로 초를 세기 시작했다.

파트 2

하브 엘리엇은 부인 클레어와 함께 눈이 멀 듯 강렬한 조명 앞에 서 있었다. 그는 평생 범죄를 저질러본 적이 없었다. 그는 지금 살인죄를 피해, 감옥에서 도망치기 위해 초를 세고 있었다.

그는 자신이 저질렀다는 범죄의 증인, 실제로 살인을 저지른 사람의 이야기를 들었다. 조명 뒤 어딘가에 서 있는 에드 루비가 증언을 했다. 루비의 동생이자 일리움 경찰 경위가 이따금 도움이 될 만한 질문을 던졌다.

"세 달 전에," 에드 루비가 말했다. "레스토랑을 사설클럽으로 바꾸었습니다. 달갑지 않은 요소들을 제거하기 위해서." 달갑지 않은 요소들에 대한 전문가인 루비는 한때 알 카포네 밑에서 총잡이로 일했다.

"저기 저 두 사람은 아마도," 루비가 말했다. 두 사람이란 하브와 클레어를 지칭하는 것이었다. "그 이야기를 못 들었나봅니다…… 아니면 자기들에겐 적용되지 않는다고 생각했던가요. 어쨌거나 저들이 오늘밤 나타났는데, 들어갈 수 없어서 화가 났고, 정문 앞에서 서성대며 회원들을 모욕했어요."

"전에 본 적 있는 사람들입니까?" 루비 경위가 물었다.

"사설클럽으로 바뀌기 전에 봤습니다." 루비가 말했다. "일 년에 한 번 정도 왔어요. 일 년 만에 나타나도 기억했던 이유는 남자가 언제나 취해 있기 때문입니다…… 내 식당에서 술을 더 마시고는 못되게 굴곤 했죠."

"못되게?" 경위가 물었다.

"싸움을 벌였습니다. 남자만 상대로 한 것도 아니었죠."

"그럼 오늘밤엔 어떻게 된 거지요?" 경위가 말했다.

"저 두 사람은 문 근처에서 서성거리며 회원들을 귀찮게 했습니다." 루비가 말했다. "그리고 어떤 여자가 택시를 타고 혼자 나타났습니다. 무슨 생각으로 온 건지는 모르겠어요. 아마 들어오는 사람을 꼬드겨서 같이 들어오려 했었나봅니다. 어쨌든 그 여자도 제지를 당했고, 출입구 밖에 세 명이 서성거리게 된 겁니다. 그리고 그 셋이 서로 말싸움이 시작된 거죠."

하브 엘리엇이 관심을 둔 것은 루비의 이야기가 방안 분위기에 미친 영향뿐이었다. 하브는 루비를 볼 수 없었지만, 다른 사람들이 모두 루비의 이야기에 빠져 그를 바라보고 있다는 걸 느낄 수 있었다.

지금이 도망칠 때다. 하브는 결심했다.

"그다음에 일어난 일에 대해서는 내 말을 믿지 말기 바랍니다." 루비가 말했다. "여자를 때린 것이 나라고 주장하는 사람이 일부 있다고 하니."

"다른 증인들의 진술서도 받았습니다." 경위가 동정적으로 말했다. "그러니 주저 말고 본인 입장의 이야기를 하세요. 서로 대조해서 확인해보면 되니까."

"음," 루비가 말했다. "택시에서 내린 여자가 다른 여자를 불렀습니다, 바로 저기 있는 저……"

"엘리엇 부인을요." 경위가 말했다.

"그렇습니다." 루비가 말했다. "그 여자가 엘리엇 부인을 뭐라고 불렀는데 엘리엇 씨가 그 말을 마음에 들어하지 않았어요.

엘리엇 씨가 곧장 주먹을……"

하브 엘리엇은 조명 뒤 어둠 속으로 뛰어들었다. 그는 문과 문 너머의 자유로 돌진했다.

하브는 중고차 매장의 낡은 세단 밑에 누워 있었다. 일리움 경찰서에서 한 블록 떨어진 곳이었다. 귀가 마구 울리고 가슴이 와들와들 떨렸다. 감옥에서 탈출하는 데 몇백 년이 걸린 것 같았다. 그는 그곳을 빠져나오며 사람과 문과 가구를 마치 나뭇잎처럼 손쉽게 밀쳐 넘어뜨렸다.

총격도 있었는데, 마치 총알이 그의 머리 바로 옆을 스쳐지나가는 것 같았다.

이제 사람들이 소리를 지르며 밤거리를 돌아다녔고, 하브는 자동차 아래 누워 있었다.

기막힌 도주중에 본 선명한 이미지 하나가 하브의 머릿속에 떠올랐다. 단 하나의 이미지였다. 그는 그와 자유 사이에 있던 첫번째 사람인 여자 경찰의 얼굴을 떠올렸다. 하브는 밝게 비추는 조명 쪽으로 그녀를 밀었고, 몹시 화가 나고 충격을 받은 그녀의 얼굴이 눈에 들어왔다.

그가 본 유일한 얼굴이었다.

하브를 사냥하는 소리―지금 하브 귀에 들리는 소리―는 어리석고 지저분하고 의기소침했다. 숨을 돌리고 정신을 차리고 나자 하브는 기분이 아주 좋았다. 크게 소리 내어 웃고 고함치고 싶었다. 이제까지 승리했고, 앞으로도 승리할 것이었다. 그는 주 경찰을 찾아갈 생각이었다. 주 경찰을 데리고 일리움으로 돌아와 클레어를 풀어줄 것이었다.

그러고 나서 최고의 변호사를 고용해 자신의 무죄를 입증하고, 루비를 감옥에 집어넣고, 썩어빠진 일리움시를 고소해 100만 달러를 받아낼 작정이었다.

하브는 자동차 밑에서 밖을 내다보았다. 그를 쫓는 사냥꾼들은 그를 향해 오지 않았다. 그들은 어린아이같이 짜증을 내고 하브가 달아난 책임을 서로 미루며 멀어져갔다.

하브는 자동차 밑에서 기어나와 웅크린 채 귀를 기울였다. 그러고는 조심스럽게 그늘만 골라 걷기 시작했다. 그는 정찰보병처럼 신중하게 움직였다. 이 도시의 지저분함과 열악한 조명은 극히 최근까지만 해도 그의 적이었지만 이제는 친구였다.

검댕이 묻은 벽에 등을 붙인 채 움직이고, 썩어가는 건물 안으로 몸을 숨기면서, 하브는 순수한 악 또한 자신의 친구임을 깨달았다. 악을 피하고, 한발 앞서가고, 악을 파괴할 계획을 세우는 일이 그의 인생에 상상할 수 없을 정도로 짜릿한 의미를 부여했다.

신문이 밤바람에 날려 그의 옆을 지나갔다. 그 신문 역시 자기 나름의 자유분방한 방식으로 일리움을 떠나고 있는 것 같았다.

머나먼 곳에서 총성이 한 번 울렸다. 하브는 무엇을 향해 쏜 총일까, 아니면 무엇이 맞았을까 궁금했다.

일리움의 거리를 지나가는 차는 거의 없었다. 걸어서 돌아다니는 사람은 더 적었다. 조용하고 초라한 연인 한쌍이 하브의 겨우 몇 발짝 앞을 지나갔지만 그를 보지는 못했다.

비틀거리는 주정뱅이 하나가 하브를 보고 뭐라 알 수 없는 욕설을 중얼거리더니 계속 비틀거리며 걸어갔다.

이제 사이렌이 울렸다. 그러고 나서 다른 사이렌이 울렸고, 또다른 사이렌이 울렸다. 일리움경찰서에서 나온 순찰차들이 이리저리 흩어지며, 바보같이 소음과 불빛으로 자신들의 존재를 알렸다.

하브에게서 그리 멀지 않은 곳에, 차 한 대가 사이렌을 울리고 불빛을 내며 그의 길을 막고 있었다. 차는 위에 철길이 깔린 높고 검은 성곽 밑 터널을 막고 있었다. 경찰이 한 일 중 그것만큼은 꽤 현명했다. 그 차가 하브가 가던 길을 막다른 길로 만들어버렸기 때문이다.

위에 철길이 깔린 성곽이 중국의 만리장성처럼 하브 앞에 솟아 있었다. 하브는 그 너머에 자유가 있다고 생각했다. 그는 자유를 가까이 있는 것, 한번 힘껏 달려가면 닿을 수 있는 것으로 생각해야 했다. 사실은 검은 성곽 너머도 일리움이었다. 희미한 불빛과 황폐한 거리가 더 있을 뿐이었다. 희망, 진정한 희망은 그보다 훨씬 먼 곳에 있었다. 주 경찰의 빠르고 깨끗한 왕국은 수 킬로미터 떨어진 곳에, 고속도로를 타고 가야 하는 곳에 있었다.

하지만 하브는 지금 자신이 할일은 저 성곽을 넘어가거나 뚫고 지나가는 것뿐인 양 굴어야 했다.

그는 성곽으로 기어가서, 석탄재 투성이인 벽을 따라 움직이며, 경찰이 막고 선 터널에서 점점 멀어졌다.

그는 다른 차가 막고 있는 다른 터널에 가까워지고 있음을 깨달았다. 말소리가 들렸다. 그가 아는 목소리였다. 바로 루비 경위의 목소리였다.

"생포할 필요도 없어." 경위가 말했다. "그놈이 살아 있어서 자기 자신한테나 남들한테나 좋을 게 없어. 납세자들을 위해서라도 총살하게."

어디선가 기차의 기적소리가 들려왔다.

다음 순간 하브는 위로 철길이 깔린 성곽을 가로지르는 배수로를 발견했다. 처음에는 루비 경위에게 너무 가까운 듯 보였다. 그러나 경위가 터널로 이어지는 길을 강력한 손전등으로 한 번 훑었을 때, 하브는 배수로에 연결된 도랑을 볼 수 있었다. 석유 드럼통과 쓰레기가 버려진 공터를 가로지르는 도랑이었다.

루비 경위가 불을 끄자, 하브는 기어서 공터를 지나 도랑에 슬쩍 숨어들었다. 그는 얕고 더러운 도랑에 몸을 숨긴 채 배수로로 향했다.

조금 전 기적을 울렸던 기차가 다가왔다. 철컹거리며 움직이는 기차는 기다리기 고통스러울 정도로 느리게 달렸다.

기차가 머리 바로 위를 지나갈 때, 소음이 가장 심해졌을 때, 하브는 배수로로 숨었다. 그리고 반대편에서 습격당할 위험은 생각하지 않고, 몸을 드러낸 채 재투성이 경사면을 기어올랐다.

그리고 움직이는 기차의 텅 빈 화물칸에 달린 녹슨 계단으로 뛰어올랐다.

영원 같은 시간이 지난 뒤, 느린 기차는 하브 엘리엇을 일리움 밖으로 데려다주었다. 기차는 투덜거리며, 끝이 없어 보이는 황무지를, 숲과 내버려진 들판을 가로지르는 중이었다.

밤바람 때문에 눈이 따가웠지만 하브는 빛과 움직임을 찾아 앞을 살폈다. 아내를 구출할 수 있게 도와줄 세상의 전초기지를 찾았다.

기차가 커브를 돌았다. 하브는 황량한 시골 한가운데에서 카니발이라도 열린 듯 활기차 보이는 불빛들을 발견했다.

활기차 보이던 그것은 교차로의 붉은 점멸등과 그 점멸등 불빛을 보고 선 차 한 대의 헤드라이트였다.

화물칸이 덜컹거리며 교차로를 지날 때, 하브는 뛰어내려 몸을 굴렸다.

그는 일어나 비틀거리며 멈춰 선 자동차로 갔다. 헤드라이트 옆을 지나면서 보니, 운전석에 앉은 사람이 젊은 여자임을 알 수 있었다.

그녀가 얼마나 겁을 집어먹었는지도 알 수 있었다.

"저기요! 잠깐만! 제발!" 하브가 말했다.

그 여자는 차 기어를 넣고 있다가, 열차의 마지막 량이 지나가자마자 요란하게 차를 몰아 하브를 지나쳐 교차로를 건넜다.

뒷바퀴에서 날린 재가 하브의 눈에 들어갔다.

하브가 눈을 닦아내고 보니 여자가 몰던 차의 미등은 이미 깜빡이며 사라져가고 있었다.

기차 역시 떠난 뒤였다.

그리고 요란한 붉은 점멸등도 꺼졌다.

하브는 이곳 시골이 북극이라도 되는 듯 암울하게 꼼짝 않고 서 있었다. 집이 있음을 알려주는 불빛은 어디에도 없었다.

구슬픈 기적소리가 이제 저멀리서 들려왔다.

하브는 양손을 뺨에 갖다댔다. 축축하고 재투성이였다. 활기 없는 밤 풍경을 둘러보며 그는 일리움에서의 악몽을 떠올렸다. 그는 계속 손을 뺨에 대고 있었다. 자기 손과 뺨만이 현실인 것 같았다.

그는 걷기 시작했다.

다른 차는 나타나지 않았다.

그는 자기가 어디 있는지, 어디로 가고 있는지 전혀 모르는
채로 계속 터덜터덜 걸었다. 가끔 먼 곳에 있는 붐비는 고속도
로 소리를 들었다고, 아니면 고속도로가 있다는 징표를 보았다
고 상상했다. 타이어의 희미한 노랫소리, 넘쳐나는 불빛 같은
것들을.

착각이었다.

마침내 그는 어두컴컴한 농가에 도착했다. 안에서 라디오 소
리가 희미하게 들렸다.

그는 문을 두드렸다.

인기척이 들리더니 라디오가 꺼졌다.

하브는 다시 문을 두드렸다. 문에 달린 유리가 헐거워진 상태
라 하브가 문을 두드릴 때마다 덜거덕거렸다. 하브는 유리에 얼
굴을 가까이 댔다. 희미하니 붉게 타는 담배가 보였다. 담배에
서는 담배가 놓인 재떨이의 테두리를 비출 정도의 빛만 나왔다.

하브는 다시 문을 두드렸다.

"들어와요." 남자 목소리였다. "안 잠겼소."

하브는 안으로 들어갔다. "안녕하세요?" 그가 말했다.

아무도 그를 위해 불을 켜주지 않았다. 들어오라고 한 게 누
구인지는 모르겠으나 그 사람의 모습도 보이지 않았다. 하브는
이리저리 몸을 돌렸다. "전화를 빌리고 싶은데요." 그가 어둠을

향해 말했다.

"지금 보는 방향을 계속 보고 있으시오." 하브 뒤에서 목소리가 말했다. "난 2연발 12구경 산탄총을 당신 몸 중앙에 겨누고 있소, 엘리엇 씨. 조금이라도 이상한 짓을 하면 두 동강을 내주지."

하브가 양손을 들며 말했다. "내 이름을 알아요?"

"그게 정말 당신 이름인가?" 목소리가 말했다.

"네." 하브가 말했다.

"이런, 이런." 목소리가 말했다. 낄낄 웃는 소리가 났다. "난 늙어서 요 모양 요 꼴이지. 아내도 떠났고, 친구들도 떠났고, 아이들도 떠났어. 요 며칠간 이 총으로 날 쏴버릴까 생각하고 있었는데. 그랬다면 내가 무엇을 놓쳤을지 한번 보라고! 이건 증거야, 증거……"

"무슨 증거요?" 하브가 물었다.

"나한테도 행운의 날이 찾아올지도 모른다는 증거."

천장에 달린 전등이 켜졌다. 하브 머리 위에 있었다. 하브는 위를 올려다보았다. 두 동강이 날까 두려워 뒤를 돌아보지는 않았다. 천장에 달린 전등은 전구를 세 개 달도록 되어 있었지만 하나밖에 달려 있지 않았다. 하브는 회색 얼룩 두 개를 보고 원래 전구 세 개짜리 조명이라는 걸 알 수 있었다.

반투명 유리로 된 등갓에 죽은 벌레들이 점점이 묻어 있었다.

"원한다면 돌아봐도 좋아." 목소리가 말했다. "내가 정말 총을 들었는지 아닌지 직접 보라고, 엘리엇 씨."

하브는 천천히 몸을 돌렸고, 아주 늙은 노인을 보았다. 뼈만 앙상한 노인으로, 터무니없이 희고 고른 틀니를 낀 모습이었다. 노인은 정말로 산탄총을 들고 있었다. 구경이 크고 녹이 슨, 골동품 같은 물건이었다. 화려하게 장식된 아치 모양 공이는 장전되어 있었다.

노인은 겁을 먹은 상태였다. 그러나 한편으로는 기쁘고 흥분되기도 한 것 같았다.

"말썽은 일으키지 마, 엘리엇 씨." 노인이 말했다. "그러면 아무 일 없을 거야. 당신은 제1차세계대전에서 여덟 번이나 참호를 넘어 돌격한 사람을 보고 있어. 총도 못 쏘는 겁쟁이가 아니다 이거야. 사람에게 총을 쏴본 적이 없는 것도 아니라고."

"좋아요…… 말썽 안 부릴게요." 하브가 말했다.

"내가 쏘는 첫번째 사람이 네가 아니라고." 노인이 말했다. "사실은 열번째 사람도 한참 못 돼."

"믿습니다." 하브가 말했다. "내 이름을 어떻게 알았는지 물어봐도 될까요?"

"라디오." 노인이 말했다. 그는 안락의자를 가리켰다. 커버가 찢어지고 스프링이 튀어나온 의자였다. "저기 앉는 게 좋을 거야, 엘리엇 씨."

하브는 시키는 대로 했다. "라디오에서 나에 대한 뉴스가 나와요?"

"그런 것 같아." 노인이 말했다. "텔레비전에도 나올걸, 아마. 난 텔레비전이 없어. 이 나이에 텔레비전을 사는 건 바보짓이지. 라디오면 충분해."

"라디오에서 나에 대해 뭐라고 하던가요?" 하브가 말했다.

"여자를 죽였다고. 그리고 탈옥했다고." 노인이 말했다. "죽었든 살았든 현상금이 1천 달러야." 그는 하브에게 총을 겨눈 채 전화기 쪽으로 걸어갔다. "당신은 행운아요, 엘리엇 씨."

"행운?" 하브가 말했다.

"그래, 맞아." 노인이 말했다. "미친 사람이 탈출한 걸 온 나라가 다 알아. 라디오에서는 계속 '문과 창문을 잠그고, 불을 끄고 집안에 있어라, 낯선 사람을 집에 들이지 말라'고 하고 있어. 당신이 어느 집을 찾아갔어도 일단 총부터 쏘고 그다음에 질문했을 거야. 쉽게 겁먹지 않는 사람이 있는 집에 찾아온 게 행운이지." 그는 수화기를 집어들었다.

"난 평생 누구도 해친 적이 없어요." 하브가 말했다.

"라디오에서도 그러더군." 노인이 말했다. "당신이 오늘밤 갑자기 미쳤다고." 그는 교환원과 연결되자 이렇게 말했다. "일리움경찰서 부탁해요."

"잠깐만요!" 하브가 말했다.

"날 죽일 방법을 생각할 시간이 더 필요한가?" 노인이 말했다.

"주 경찰, 주 경찰을 불러요!" 하브가 말했다.

노인은 교활하게 미소 지으며 고개를 가로저었다. "그 큰 현상금을 내건 건 주 경찰이 아니야." 그가 말했다.

전화가 연결되었다. 일리움 경찰은 하브가 어디 있는지 신고를 받았다. 노인은 자기집이 어디인지 거듭 설명했다. 일리움 경찰은 낯선 지역으로 오게 될 것이었다. 그곳은 그들의 관할구역이 아니었다.

"지금은 조용해요." 노인이 말했다. "내가 조용하게 만들었소."

그것은 사실이었다.

하브는 굉장히 힘든 게임이 끝났다는 안도감을 느꼈다. 이 안도감은 죽음과 가까운 친척이었다.

"노인에게 재미있는 일이 일어났어. 인생이 거의 끝나갈 참이었는데 말이야." 노인이 말했다. "이제 1천 달러를 받고, 신문에 사진이 실리면 대체 무슨 일이……"

"내 이야기 들어볼래요?" 하브가 말했다.

"시간 때우자고?" 노인이 다정하게 말했다. "나야, 좋지. 그 의자에서 일어나지만 말게."

그래서 하브 엘리엇은 자기 이야기를 했다. 자기가 들어도 제법 잘 이야기하는 것 같았다. 이야기를 들으며 그는 스스로 놀랐다. 그리고 그 놀라움과 함께 분노와 공포가 다시 그의 존재 속으로 스며들었다.

"내 말을 믿어줘야 해요!" 하브가 말했다. "주 경찰을 부르게 해줘요!"

노인이 응석을 받아주는 듯한 미소를 지었다. "그래야 한다고?" 그가 말했다.

"일리움이 어떤 도시인지 모르세요?" 하브가 말했다.

"안다고 봐야지." 노인이 말했다. "난 거기서 자랐어. 아버지와 할아버지도."

"에드 루비가 일리움에 어떤 짓을 했는지 알아요?" 하브가 말했다.

"아, 가끔 들리는 이야기가 있지." 노인이 말했다. "병원에 새 병동을 하나 지어준 건 알아. 나도 그 병동에 있어본 적이 있어서 알지. 인심이 좋은 사람이야."

"내 이야기를 듣고 나서도 그렇게 말할 수 있어요?" 하브가 말했다.

"엘리엇 씨," 노인이 진심에서 우러난 동정을 담아 말했다. "자네는 누가 선하고 누가 악한지 말할 수 있는 상태가 아니라고 생각해. 난 내가 하는 말이 무슨 뜻인지 잘 안다네, 나 역시 미쳤던 적이 있거든."

"난 미치지 않았어요." 하브가 말했다.

"나도 그렇게 말했지." 노인이 말했다. "하지만 그래도 정신 병원에 데려갔어. 나한테도 거창한 이야기가 있었어. 사람들이 내게 저지른 일, 사람들이 짜고 나에게 저지르려고 했던 일." 그는 고개를 절레절레 저었다. "나는 그 이야기를 믿었어. 엘리엇 씨, 나도 믿었다고."

"말하잖아요, 나는 미치지 않았다고." 하브가 말했다.

"그건 의사가 할 말 아니겠소?" 노인이 말했다. "엘리엇 씨, 그들이 날 정신병원에서 언제 풀어주었는지 알아? 아내와 가족의 품으로 돌아가도 좋다고 내보내준 게 언제였는지 알아?"

"언제였는데요?" 하브가 물었다. 그의 근육이 잔뜩 긴장했다. 그는 한번 더 죽음을 피해 달아나야 함을 깨달았다. 죽음을 피해 어둠 속으로 달려가야 했다.

"나를 해치려는 사람은 아무도 없다는 것," 노인이 말했다. "내가 머릿속으로 만들어낸 이야기라는 것을 마침내 깨달았을 때였어." 그는 라디오를 켰다. "기다리며 음악이나 좀 듣지. 음악은 늘 도움이 되거든."

라디오에서 십대들의 사랑에 대한 터무니없는 노래가 흘러나왔다. 그리고 이런 뉴스가 뒤따랐다.

"일리움 경찰 출동대가 오늘밤 고급 사교클럽인 키 클럽 앞에서 한 여성을 살해하고 탈옥한 하브 엘리엇에게 접근하고 있는 것으로 보입니다. 그러나 각 가정에서는 계속 이 남자를 조심하시기 당부드립니다. 문과 창문을 모두 잠그고, 수상한 자가 어슬렁거리면 즉시 신고하기 바랍니다. 엘리엇은 극히 위험하고 계략이 뛰어납니다. 경찰서장은 엘리엇이 '미친 개'와 같다고 하며, 그와 이성적인 대화를 하려는 시도를 하지 말라고 경고합니다. 일리움경찰서에서는 엘리엇에게 1천 달러의 현상금을 걸었습니다. 생포했든 죽었든 상관없습니다.

주파수 860, 하루 스물네 시간 뉴스와 음악을 들려드리는 일리움의 친근한 목소리, WKLL 방송국입니다." 아나운서가 말했다.

바로 그때 하브가 노인을 덮쳤다.

하브는 총을 옆으로 밀쳐냈다. 총구 두 개에서 굉음이 났다.

총에 맞은 집 한쪽 벽에 요란하게 구멍이 났다.

충격을 받고 멍해진 노인은 총을 잡은 손을 축 늘어뜨렸다. 하브가 총을 뺏어 들고 뒷문으로 가는데 아무 저항도 하지 않았다.

저쪽 길 아래에서 사이렌이 울렸다.

하브는 집 뒤 숲속으로 달려갔다. 그러나 숲에 있으면 루비 경위와 그 부하들에게 짧고 즐거운 사냥을 제공해줄 뿐이라는 것을 곧 깨달았다. 뭔가 더 예상치 못할 만한 게 필요했다.

그래서 하브는 다시 길로 돌아가 도랑에 엎드렸다.

일리움 경찰차 세 대가 노인의 집 앞에 요란하게 멈춰 섰다.

첫번째 차의 앞바퀴는 하브가 손을 뻗으면 닿을 거리에 있었다.

루비 경위는 용감한 부하들을 데리고 집안으로 들어갔다. 경찰차의 푸른 불빛이 또다시 빙글빙글 도는 악몽 같은 섬을 만들어냈다.

경찰 한 명은 밖에서 기다렸다. 그는 하브에게 가장 가까운 차의 운전석에 앉아 있었다. 집과 집안에 들어간 경찰들에게 온 신경을 곤두세우고 있었다.

하브는 조용히 도랑에서 빠져나왔다. 그는 총알이 없는 산탄총을 그 경찰의 뒷목에 겨누고 부드럽고 공손하게 말했다. "경관님?"

고개를 돌린 경찰관은 자신이 포위 공격용 곡사포 크기만해 보이는 녹슨 총구를 보고 있음을 깨달았다.

하브는 그를 알아보았다. 하브와 클레어를 체포했던, 뺨과 입술에 기다란 흉터가 있는 경사였다.

하브는 뒷좌석에 올라탔다. "가시죠." 그는 차분하게 말했다. "전조등을 끄고 천천히 차를 빼요. 내가 미친 사람이란 걸 잊지 말아요. 만약 잡히면 일단 당신부터 죽일 거예요. 얼마나 조용히 차를 뺄 수 있는지 한번 볼까요…… 그다음에는 얼마나 빨리 갈 수 있는지도 봅시다."

이제 일리움 경찰차는 고속도로를 달렸다. 쫓는 사람은 없었다. 다른 차들이 길을 비켜주었다.

가장 가까운 주 경찰서로 가는 길이었다.

운전대를 잡은 경사는 거칠고 현실적인 사람이었다. 그는 정확히 하브가 시키는 대로 했다. 동시에 그는 자신이 하브에게 겁을 먹지 않았다는 걸 보여주었다. 그는 자기가 말하고 싶은 대로 말했다.

"이렇게 해서 뭘 얻을 수 있을 것 같아, 엘리엇?" 그가 말했다.

하브는 뒷자리에 편안하게 앉아 있었다. "많은 사람들에게 많은 일이 생길 거야." 그가 단호하게 말했다.

"주 경찰은 우리보다 살인범에게 부드러울 것 같아?" 경사가 물었다.

"내가 살인범이 아니란 건 당신도 알잖아." 하브가 말했다.

"탈옥수도 아니고 납치범도 아니지, 응?" 경사가 말했다.

"두고 보자고." 하브가 말했다. "내가 어떤 사람이고, 내가 어떤 사람이 아닌지 보게 될 거야. 모두가 자신이 어떤 사람인지 보게 될 거야."

"충고해줄까, 엘리엇?" 경사가 말했다.

"아니." 하브가 말했다.

"내가 당신이었다면 이 나라 밖으로 도망가겠어." 경사가 말했다. "자네가 저지른 일을 생각하면, 친구, 자네는 끝이야."

하브의 머리가 다시 그를 괴롭히기 시작했다. 맥박이 뛰듯 지끈지끈 아파왔다. 머리 뒤의 상처가 다시 벌어지기라도 한 것처럼 찌르듯 아팠다. 멍한 느낌이 파도처럼 밀려왔다 사라지곤 했다.

그 멍한 느낌 속에서 하브는 경사에게 말했다. "당신은 일 년 중 몇 달이나 플로리다에서 보내지? 당신 아내는 멋진 모피코트와 6만 달러짜리 집을 가지고 있나?"

"당신 정말 미쳤군." 경사가 말했다.

"당신 몫을 못 받고 있어?" 하브가 말했다.

"무슨 몫?" 경사가 말했다. "난 내 일을 하고 월급을 받을 뿐이야."

"이 나라에서 최고로 썩어빠진 도시에서 말이지." 하브가 말했다.

경사가 웃었다. "당신이 다 바꿔놓을 거잖아…… 그렇지?"

경찰차는 속도를 낮추고 커브를 돌아 화려한 노란색 벽돌로 새로 지은 주 경찰서 건물 앞에 섰다.

차는 순식간에 총을 뽑아든 경찰들에 의해 포위되었다.

경사는 몸을 뒤로 돌려 하브를 보며 씩 웃었다. "여기가 당신이 생각하는 천국이야, 친구." 그가 말했다. "어서 내려. 천사들과 이야기를 나누라고."

경찰들이 하브를 차에서 끌어내리고 손목과 발목에 쇠고랑을 채웠다.

그들은 하브를 번쩍 들어 건물 안으로 들어가서 감방 침대 위에 거칠게 내려놓았다.

감방에서는 새로 칠한 페인트 냄새가 났다.

무법자를 구경하기 위해 감방 문 앞에 많은 사람들이 모여들었다.

그리고 하브는 정신을 잃었다.

"아뇨…… 연기하는 게 아닙니다." 빙빙 도는 안개 속에서 누군가 말하는 소리가 들렸다. "머리 뒤에 난 상처가 제법 심해요."

하브는 눈을 떴다. 아주 젊은 남자가 자기를 내려다보며 서 있었다.

"안녕하세요." 젊은이는 하브가 눈을 뜬 것을 보고 말했다.

"누구시죠?" 하브가 물었다.

"의사입니다. 미첼이라고 해요." 젊은이가 말했다. 그는 어깨가 좁고 심각해 보이는, 안경을 쓴 젊은이였다. 그 뒤에 서 있는 덩치 큰 남자 두 명에 비하면 몹시 별것 아닌 듯 보였다. 덩치 큰 남자들은 바로 루비 경위와 유니폼을 입은 주 경찰 경사였다.

"기분이 어때요?" 미첼 박사가 물었다.

"엉망이에요." 하브가 말했다.

"놀랍진 않군요." 의사가 말했다. 그는 루비 경위를 돌아보았다. "이 사람을 감옥으로 데려갈 수는 없어요. 일리움병원으로 가야 합니다. 엑스레이 촬영도 해야 하고, 적어도 스물네 시간 동안은 의사가 관찰해야 해요."

루비 경위가 비꼬는 듯한 웃음을 터뜨렸다. "오늘밤 저 인간이 저지른 짓을 생각해봐요. 그런데도 일리움의 납세자들이 저 인간을 푹 쉬게 해줘야 한다니."

하브는 일어나 앉았다. 어지럼증이 찾아왔다가 사라졌다. "내 아내…… 아내는 잘 있나요?"

"당신이 저지른 짓 때문에 반쯤 정신이 나갔어." 루비 경위가 말했다. "그럼 어떨 줄 알았나?"

"아직도 가둬두었어요?" 하브가 말했다.

"아니." 경위가 말했다. "우리 감옥을 마음에 들어하지 않는 사람은 그 자리에서 내보내주거든…… 문으로 걸어나가게 해주지. 당신도 알잖아. 전문가 아닌가."

"내 아내를 여기로 데려와요." 하브가 말했다. "그러려고 여기 온 거예요……" 극도의 피곤함이 그를 덮쳤다. "내 아내를 일리움에서 끄집어내려고." 그가 웅얼거렸다.

"왜 아내를 일리움 밖으로 빼내고 싶어하시죠?" 미첼 박사가 물었다.

"의사 선생……" 루비 경위가 장난스럽게 말했다. "탈옥수에게 너는 왜 네가 원하는 것을 원하느냐고 물어보고 다니면 치료할 시간이 없을 텐데요."

경위에게 약간 짜증이 난 듯한 의사가 하브에게 다시 질문했다.

"의사 선생," 루비 경위가 말했다. "그 병 이름이 뭐죠? 모든 사람이 자신의 적이라고 생각하는 병."

"편집증이죠." 의사가 긴장한 목소리로 대답했다.

"우리는 에드 루비가 여자를 살해하는 걸 봤어요." 하브가 말했다. "저들이 그걸 나한테 뒤집어씌운 거예요. 불면 죽여버리겠다고 했어요." 그러고는 다시 누웠다. 의식이 빠르게 사라져가고 있었다. "빌어먹을." 그가 잠긴 목소리로 말했다. "누구라도 좀 도와주세요."

의식이 사라졌다.

하브 엘리엇은 앰뷸런스에 실려 일리움병원으로 이송되었다. 해가 떠오르고 있었다. 그는 자신이 이송되는 것을 느꼈다. 해가 떠오르는 것도 느꼈다. 그는 누군가 해가 뜬다고 말하는 것을 들었다.

그는 눈을 떴다. 앰뷸런스 안에, 자신이 누운 침대와 나란히 놓인 의자에 남자 둘이 앉아 있었다. 앰뷸런스가 흔들리면 두 사람도 같이 흔들렸다.

하브는 두 사람이 누구인지 알아보려는 노력은 그다지 하지 않았다. 희망이 죽을 때 호기심도 함께 죽어버렸다. 게다가 하브는 약에 취한 상태였다. 그는 젊은 의사가 주사를 놓던 것, 고통을 덜어줄 거라고 말한 것을 기억했다. 약물은 고통과 함께 걱정까지 사라지게 했고, 아무것도 중요하지 않다는 환상 속에 느껴지는 편안함을 가져다주었다.

그와 함께 차에 탄 두 사람은 서로 대화를 나누며 자신이 누구인지 드러냈다.

"이 동네는 처음입니까, 의사 선생?" 한 명이 말했다. "근처에서 본 적 없는 것 같은데." 루비 경위였다.

"세 달 전부터 진료를 시작했어요." 의사가 대답했다. 미첼이었다.

"우리 형과 알고 지내야 해요. 사업을 시작하는 데 도움이 될 거요. 사업 시작하는 사람들을 많이 도와주거든."

"그렇게 들었어요." 의사가 말했다.

"에드가 조금 밀어줘서 손해를 본 사람은 없소." 경위가 말했다.

"그렇겠지요." 의사가 말했다.

"이 사람이 에드 형에게 살인죄를 씌우려고 한 건 정말 바보 같은 짓이었소." 경위가 말했다.

"이해가 갑니다." 의사가 말했다.

"이 동네에서 힘깨나 쓴다는 사람들은 죄다 증인이오. 이 멍청이가 아니라 에드 편이지." 경위가 말했다.

"그렇군요." 의사가 말했다.

"언제 에드 형과 만날 약속을 잡아주겠소." 경위가 말했다. "둘이서 잘 맞을 것 같은데."

"과찬입니다." 의사가 말했다.

일리움병원 응급실 문 앞에 도착하자, 하브 엘리엇은 앰뷸런스에서 고무바퀴가 달린 침대로 옮겨졌다.

하브가 오기 직전에 도착한 다른 환자가 있어서 접수가 약간 늦겨졌다. 하지만 많이 늦어지진 않았는데, 그 다른 환자가 도착 당시 이미 죽어 있었기 때문이다. 하브의 침대와 똑같은 침대에 남자가 누워 있었다.

하브가 아는 사람이었다.

에드 루비의 키 클럽에 여자를 데리고 왔던 남자, 일행이 에드 루비의 손에 죽는 것을 본 남자의 시체였다.

하브의 가장 중요한 목격자였는데, 죽어버린 것이다.

"어떻게 된 거요?" 루비 경위가 간호사에게 물었다.

"아무도 몰라요." 그녀가 말했다. "목 뒤에 총을 맞은 채 발견됐어요. 버스터미널 뒷골목에서요." 간호사는 죽은 남자의 얼굴을 덮었다.

"안됐군." 루비 경위가 말했다. 그는 하브를 보았다. "당신은 저자보다 운이 좋아, 엘리엇. 적어도 죽지는 않았잖아."

하브 엘리엇은 일리움병원 이곳저곳으로 실려다니며, 머리 엑스레이 촬영을 하고, 뇌전도 검사를 받고, 의사들이 눈, 코, 귀, 목 속을 진지하게 들여다보도록 내버려두었다.

루비 경위와 미첼 박사는 하브가 어디로 굴러가든 따라다녔다. 그리고 하브는 루비 경위가 이렇게 말하자 동의할 수밖에 없었다. 경위는 이렇게 말했다. "정말 미친 짓 아니오? 우린 이 사내를 쏘아죽이려고 밤을 새웠소. 그런데 지금 그런 자에게, 하루종일, 돈으로 살 수 있는 최고의 치료를 해주고 있다니. 미친 짓이야."

하브는 미첼 박사가 놓은 주사 때문에 시간 감각이 흐려졌지만, 검사들이 엄청나게 느리게 진행된다는 것, 그리고 점점 더 많은 의사가 동원된다는 것은 느낄 수 있었다.

미첼 박사도 자기 환자 때문에 점점 더 긴장하는 것 같았다.

의사가 두 명 더 오더니 잠깐 하브를 살펴보고는 물러서서 미첼 박사와 속삭이며 회의를 했다.

건물 관리인이 형편없는 대걸레질로 복도를 적시다 멈춰 서서 열심히 하브를 구경했다. "저 사람이에요?" 그가 물었다.

"저 사람이오." 루비 경위가 대답했다.

"그렇게 절박해 보이지는 않는데요?" 관리인이 말했다.

"절박함마저 다 떨어진 셈이지." 경위가 말했다.

"기름이 떨어진 자동차 같네요." 관리인은 고개를 끄덕이고 이렇게 물었다. "미쳤나요?"

"본인에겐 미친 편이 낫겠지." 경위가 말했다.

"그게 무슨 뜻이죠?" 관리인이 말했다.

"아니라면," 경위가 말했다. "전기의자행일 테니까."

"아이고 저런." 관리인이 고개를 저었다. "내가 저 사람이 아닌 게 정말 기쁘네요." 그는 복도에 작은 회색 파도를 일으키며 대걸레질을 계속했다.

복도 끝에서 시끄러운 말소리가 들려왔다. 하브는 호기심 없는 눈으로, 다름 아닌 에드 루비가 다가오는 것을 바라보았다. 루비는 덩치 큰 보디가드와 그의 좋은 친구이자 뚱뚱한 친구인 웸플러 판사와 함께였다.

고상한 남자 에드 루비는 자신의 검고 뾰족한 구두가 얼룩 하나 없이 깨끗한지부터 신경을 썼다. "걸레질 조심하게." 그가 찌르레기 같은 목소리로 말했다. "50달러짜리 구두라고."

그는 하브를 내려다보았다. "세상에. 바로 그 위험천만한 작자로군." 그는 동생에게 하브가 말을 하고 들을 수 있는지 물었다.

"듣는 데는 문제가 없다고 하더군." 경위가 대답했다. "그런데 말은 전혀 안 하는 것 같아."

에드 루비는 웸플러 판사를 보며 미소 지었다. "아주 바람직한 인간이 된 것 같은데요, 판사님?"

의사들은 엄숙한 결론과 함께 회의를 끝냈다. 그들은 하브 옆으로 돌아왔다.

루비 경위는 젊은 미첼 박사를 형 에드에게 소개했다. "이 의사 선생은 이 동네에 새로 왔어, 형. 지금은 엘리엇을 돌보고 있는 것 같고."

"서약한 내용의 일부일 거야. 그렇죠?" 에드 루비가 말했다.

"실례지만 무슨 말씀이시죠?" 미첼 박사가 말했다.

"그 사람이 어떤 사람이든," 에드가 말했다. "어떤 끔찍한 일을 저질렀든 의사는 그 사람을 위해 할 수 있는 모든 일을 해야 하죠. 그렇죠?"

"맞습니다." 미첼 박사가 말했다.

다른 의사 두 명은 루비가 아는 사람이었고, 그들도 루비를 알았다. 루비와 그 의사들은 서로 그다지 좋아하는 사이가 아니었다. "당신 둘도 엘리엇을 맡고 있소?" 에드가 말했다.

"그렇소." 의사 한 명이 말했다.

"저 친구 때문에 이렇게 많은 의사가 이 먼 곳까지 와서 살펴봐야 하는 이유를 누가 설명 좀 해주겠소?" 루비 경위가 말했다.

"아주 복잡한 케이스예요. 아주 까다롭고, 민감한 경우죠." 미첼 박사가 말했다.

"무슨 뜻이오?" 에드 루비가 물었다.

"음," 미첼 박사가 말했다. "지금 당장 수술하지 않으면 저 사람이 죽을 수도 있다는 데 우리 모두 깔끔하게 동의했습니다."

그들은 하브의 몸을 씻기고, 머리를 밀었다.

그리고 양쪽으로 열리는 수술실 문을 열고 눈부신 조명 아래까지 바퀴 달린 침대를 밀고 갔다.

루비 형제는 들어오지 못했다. 지금 하브 주위에는 의사와 간호사뿐이었다. 마스크를 쓰고 가운을 입은 사람들의 눈동자가 하브를 에워쌌다.

하브는 기도했다. 아내와 아이들을 생각했다. 마취의의 마스크가 눈앞에 나타나기를 기다렸다.

"엘리엇 씨?" 미첼 박사가 말했다. "내 말이 들립니까?"

"네." 하브가 말했다.

"기분이 어때요?" 미첼 박사가 말했다.

"하느님 손에 맡겼습니다." 하브가 말했다.

"당신은 별로 아프지 않아요, 엘리엇 씨." 미첼 박사가 말했다. "수술은 하지 않을 겁니다. 우린 당신을 보호하려고 여기로 데려온 거예요." 미첼이 말했다. 수술대를 둘러싼 눈동자들이 불안한 듯 움직였다. 미첼은 그 불안함의 이유를 설명했다. "우린 꽤나 모험을 하는 겁니다, 엘리엇 씨. 당신을 보호해야 하는지 아닌지 알 방법이 없어요. 당신 이야기를 다시 들어보고 싶습니다."

하브는 자신을 둘러싼 눈동자를 한 명 한 명 들여다보았다. 그는 거의 알아볼 수 없을 만큼 미약하게 고개를 저었다. "할 이야기 없어요." 그가 말했다.

"할 이야기가 없다고요?" 미첼이 말했다. "우리가 이렇게까지 노력했는데요?"

"에드 루비와 그 동생이 뭐라고 하든…… 그게 제 이야기예요." 하브가 말했다. "에드에게 마침내 알아들었다고 전해요. 에드 말대로 하겠다고요. 더는 말썽 피우지 않겠다고요."

"엘리엇 씨," 미첼이 말했다. "여기 있는 사람 가운데 에드 루비와 그 무리가 감옥에 들어가는 꼴을 보고 싶지 않은 사람은 없어요."

"안 믿어요." 하브가 말했다. "난 이제 아무도 안 믿어요." 그는 다시 고개를 가로저었다. "게다가, 어차피 난 내 이야기를 증명할 수도 없어요. 증인들이 모두 에드 루비 편인걸요. 나의 유일한 증인이라고 생각한 사람…… 아래층에 그 사람 시체가 있더군요."

이 소식은 수술대를 둘러싼 사람들에게 충격이었다.

"그 남자를 알아요?" 미첼 박사가 말했다.

"잊어버려요." 하브가 말했다. "더 말하지 않겠어요. 벌써 너무 많이 말했어요."

"당신의 이야기를 증명할 수 있는 방법이 있어요. 우리가 납득할 수 있도록 말이죠." 미쳴 박사가 말했다. "허락한다면, 소듐 펜토탈을 주사하고 싶습니다. 그게 뭔지 아시나요?"

"아뇨." 하브가 말했다.

"이른바 진실 혈청이라는 겁니다, 엘리엇 씨." 미쳴 박사가 말했다. "당신은 일시적으로 의식에 대한 통제력을 잃게 될 거예요. 몇 분간 잠들어 있다가, 우리가 깨우고 나면 거짓말을 할 수 없게 됩니다."

"내가 진실을 말하고 당신들이 그걸 믿는다 해도, 그리고 당신들이 에드 루비를 없애고 싶다고 해도," 하브가 말했다. "의사 몇 명이서 할 수 있는 일이 뭐가 있습니까?"

"많지 않다는 걸 인정합니다." 미쳴 박사가 말했다.

"하지만 우리 중 의사는 네 명뿐이에요." 미쳴 박사가 말했다. "에드 루비에게 말했듯이 당신은 아주 복잡한 케이스입니다…… 그래서 우린 꽤나 복잡한 회의를 거쳤어요." 그는 수술대 주위에 마스크를 쓰고 가운을 입고 서 있는 남자들을 가리켰다. "여기 이 신사분은 카운티 법조인협회 회장입니다. 여기 두 분은 주 경찰 형사고요. 저기 두 분은 FBI 요원입니다. 그러니 당신 이야기가 진실이라면…… 우리가 그걸 증명하는 걸 도와줄 용의가 있다면 협조해줘요."

하브는 주위 사람들의 눈을 다시 바라보았다.

그는 주사를 놓으라는 뜻으로 맨팔을 내밀며 말했다. "합시다."

하브는 소듐 펜토탈로 인한 불쾌하고 웅웅거리는 가수면 상태 속에서 이야기를 하고 질문에 대답했다.

질문은 마침내 끝이 났다. 가수면 상태가 끝나지 않은 상태였다.

"웸플러 판사부터 시작합시다." 누군가 말하는 소리가 들렸다.

그는 누군가 전화를 거는 소리, 살해당한 여인이 탔던 택시를 몬 기사가 누구인지 밝히고 찾아내서, 일리움병원 수술실로 데려오라고 명령하는 소리를 들었다. "제대로 들은 게 맞소, 수술실." 전화를 건 남자가 말했다.

하브는 그 이야기를 듣고도 딱히 크게 기분이 좋아지지 않았다. 그러나 이어서 정말 좋은 소식이 들려왔다. 또다른 사람이 누군가에게 전화를 걸어서, 하브 아내의 인신 보호 영장을 발급받아 당장 감옥에서 빼내라고 명령했다. "그리고 애들은 누가 돌보고 있는지 좀 알아보게 해." 전화를 건 사람이 말을 이었다. "그리고 제발 부탁이니까 신문사와 라디오방송국에 이 사람은 절대 미친 사람이 아니라고 좀 알려주고."

그리고 하브는 다른 누군가가 아래층에 있는 시체, 죽은 목격자의 몸에서 꺼낸 총알을 들고 수술실로 들어오는 소리를 들었다. "여기 사라지지 않을 증거가 하나 있어요." 그가 말했다. "훌륭한 샘플입니다." 그는 불빛 쪽으로 총알을 들어 보였다.

"어느 총에서 발사되었는지 밝혀내는 건 어렵지 않을 겁니다. 총만 있다면."

"에드 루비는 영리해서 직접 총을 쏘지 않았을 겁니다." 미첼 박사가 말했다. 그의 얼굴이 눈에 띄게 즐거워지기 시작했다.

"그의 보디가드는 그다지 영리하지 않아요." 다른 사람이 말했다. "사실 굉장히 멍청하죠. 아직도 그 총을 몸에 지니고 있을 정도로."

"이건 38구경 총알인데," 총알을 가져온 사람이 말했다. "그 사람들 전부 아직 여기 있나요?"

"임종을 지켜보려고 기다리고 있지." 미첼이 기분좋게 말했다.

웸플러 판사가 도착했다는 소식이 들려왔다. 그들은 모두 다시 마스크를 썼다. 얼떨떨하고 겁먹은 상태로 들어온 판사가 오직 그들의 눈만 볼 수 있도록 하기 위해서였다.

그리고 그들은 웸플러 판사에게 강제로 수술복을 입히고 마스크를 씌웠다.

"이, 이게 무슨 일이오?" 웸플러 판사가 물었다. "왜 나를 오라고 한 거요?"

"아주 섬세한 수술을 하는데 판사님의 도움이 필요합니다." 미첼 박사가 말했다.

웸플러는 기묘하고 얼빠진 미소를 지으며 말했다. "뭐라고요?"

"판사님과 부인께서 어젯밤 살인사건 목격자인 것으로 압니다." 미첼 박사가 말했다.

"그렇소." 웸플러가 대답했다. 속이 비쳐 보일 듯 피부가 얇은 그의 이중턱이 떨렸다.

"우리는 판사님과 부인께서 진실을 말하고 있지 않다고 생각합니다." 미첼 박사가 말했다. "우리가 그걸 증명할 수 있다고 생각하고요."

"내게 어떻게 감히 그런 식으로 말할 수 있소!" 웸플러가 분개했다.

"감히 이렇게 이야기하겠습니다." 미첼 박사가 말했다. "에드 루비와 그의 동생이 이 동네를 완전히 장악하고 있으니까요. 감히 이렇게 이야기하겠습니다. 외부 경찰이 투입되었거든요. 그들은 이 마을의 썩은 심장을 도려낼 겁니다. 지금 이 순간 판사님은 연방요원과 주 경찰 앞에서 말하고 계신 겁니다." 미첼이 어깨 뒤를 향해 말했다. "신사분들, 마스크를 벗어야 할 것 같군요. 그래야 판사님이 지금 어떤 사람들에게 말하고 있는지 알 테니."

법의 얼굴이 드러났다. 위엄 있는 그들의 얼굴에는 웸플러에 대한 경멸이 담겨 있었다.

웸플러는 곧 울음을 터뜨릴 것 같은 표정이었다.

"이제 어젯밤에 본 걸 말해주시죠." 미첼 박사가 말했다.

웸플러 판사는 머뭇거리다 고개를 숙이고 속삭였다. "아무것도 못 봤소, 난 안에 있었어요. 아무것도 못 봤습니다."

"부인께서도 아무것도 못 보셨나요?" 미첼 박사가 말했다.

"그렇소." 웸플러가 속삭였다.

"엘리엇이 여자를 때리는 것도 못 봤고요?" 미첼 박사가 말했다.

"그렇소." 판사가 말했다.

"왜 거짓말을 했죠?" 미첼 박사가 말했다.

"나, 나는 에드 루비를 믿었소." 웸플러가 말했다. "그, 그가 무슨 일이 있었는지 말해줬고, 나, 나는 그를 믿었소."

"지금도 그를 믿나요?" 미첼 박사가 말했다.

"모, 모르겠소." 웸플러가 비참한 목소리로 대답했다.

"당신은 판사로서 끝장이에요." 미첼 박사가 말했다. "그건 알겠죠."

웸플러는 고개를 끄덕였다.

"인간으로서는 오래전에 끝장났고요." 미첼 박사가 말을 이었다. "좋아요. 수술복을 입혀요. 다음에 일어나는 일을 그가 볼 수 있게 하죠."

그리고 그들은 웸플러 판사에게 강제로 수술복을 입히고 마스크를 씌웠다.

일리움의 꼭두각시 경찰서장과 꼭두각시 시장이 수술실에서 걸려온 전화를 받았다. 아주 중요한 일이 있으니 당장 병원으로 오라는 전화였다. 밀착 지시를 받은 웸플러 판사가 걸었다.

하지만 그들이 도착하기 전에, 주 경찰 두 명이 살해당한 여자가 키 클럽에 타고 간 택시의 기사를 데리고 들어왔다.

외과의사처럼 보이는 사람들로 구성된 기묘한 법정에 불려 들어온 그는 잔뜩 겁을 집어먹었다. 그는 아직 소듐 펜토탈에 취해 누워 있는 하브를 공포에 찬 눈으로 바라보았다.

이번에도 웸플러 판사가 발언의 영광을 누렸다. 에드 루비와 그의 동생이 끝장났다는 말은, 그 누구보다 그가 하는 것이 효과적이었다.

"진실을 말하시오." 웸플러 판사가 떨리는 목소리로 말했다.

그래서 기사는 진실을 이야기했다. 그는 에드 루비가 여자를 죽이는 것을 보았다.

"이 사람에게도 수술복을 입혀요." 미첼 박사가 말했다.

그래서 기사도 마스크를 쓰고 수술복을 입었다.

다음은 시장과 경찰서장이었다.

그다음은 에드 루비, 루비 경위, 에드 루비의 덩치 큰 보디가드였다.

그들 셋은 어깨를 나란히 하고서 양쪽으로 열리는 수술실 문을 들어왔다.

그들은 입을 채 떼기도 전에 수갑이 채워지고 무기를 빼앗겼다.

"이게 대체 무슨 짓이지?" 에드 루비가 고함쳤다.

"다 끝났습니다. 그뿐이에요." 미첼 박사가 말했다. "당신도 알아야 할 것 같아서요."

"엘리엇이 죽었나?" 루비가 말했다.

"죽은 건 당신입니다, 루비 씨." 미첼 박사가 말했다.

루비는 위협적인 몸짓을 하려다가 엄청나게 큰 빵 소리에 바로 기가 죽어버렸다. 한 사내가 솜을 가득 채운 양동이에 보디가드의 38구경 총을 쏜 것이었다.

루비는 사내가 솜 속에서 총알을 꺼내 현미경 두 개를 설치해둔 방 한구석으로 가져가는 것을 멍청히 바라보았다.

루비의 반응은 다소 수준 이하였다. "이봐요, 잠시만 있어봐요……" 그가 말했다.

"우린 시간이 아주 많아요." 미첼이 말했다. "서둘러 어디 가야 하는 사람도 없고요. 당신이나 당신 동생, 당신 보디가드가 어디서 누굴 만나기로 한 게 아니라면."

"당신들 대체 누구요?" 루비가 악의에 차 물었다.

"곧 알려드리지." 미첼 박사가 말했다. "하지만 먼저 우리가 모두 의견일치를 본 일이 있는데, 그걸 당신이 알아야 할 것 같습니다…… 당신은 끝장이에요."

"그래?" 루비가 말했다. "말해두는데, 난 이 동네에 친구가 아주 많아."

"마스크를 벗을 때가 되었습니다, 신사분들." 미첼 박사가 말했다.

모두 마스크를 벗었다.

에드 루비는 자신의 완전한 파멸을 멀거니 바라보았다.

현미경 앞의 사내가 침묵을 깼다. "일치합니다." 그가 말했다. "총알이 일치해요. 같은 총에서 나온 겁니다."

하브가 가수면 상태의 투명한 벽을 잠시 뚫고 나왔다. 수술실 벽의 타일이 쩌렁쩌렁 울렸다. 하브 엘리엇이 크게 소리 내 웃었기 때문이었다.

하브 엘리엇은 꾸벅꾸벅 잠이 들었고, 약기운이 떨어질 때까지 잠을 잘 수 있도록 일인실로 옮겨졌다.

그의 부인 클레어가 거기서 그를 기다리고 있었다.

젊은 의사 미첼이 하브가 누운 바퀴 달린 침대를 밀고 방으로 들어갔다. "몸 상태는 완벽합니다, 엘리엇 부인." 하브는 미첼의 말소리를 들었다. "그냥 휴식이 필요할 뿐이에요…… 그리고 부인도 마찬가지인 것 같군요."

"앞으로 일주일 동안은 잠도 못 잘 것 같아요." 클레어가 말했다.

"원한다면 약을 처방해드리지요." 미첼 박사가 말했다.

"나중에요." 클레어가 말했다. "지금은 괜찮아요."

"남편분의 머리를 모두 밀어버려서 죄송합니다." 미첼 박사가 말했다. "그때는 그래야 할 것 같았거든요."

"정말 미친 밤이었어요…… 정말 미친 날이었죠." 그녀가 말했다. "이게 다 무슨 의미였을까요?"

"아주 큰 의미가 있지요." 미첼 박사가 말했다. "용감하고 정직한 사람들 덕분이에요."

"선생님 덕분이에요." 클레어가 말했다.

"저는 남편분을 말하는 겁니다." 그가 말했다. "저 스스로 평생 오늘보다 즐거웠던 적이 없었어요. 사람이 어떻게 자유로워질 수 있는지, 어떻게 자유를 영위할 수 있는지 배웠습니다."

"어떻게요?" 클레어가 말했다.

"모르는 사람들의 정의를 위해 싸우는 거죠." 미첼 박사가 말했다.

하브 엘리엇이 간신히 눈을 떴다. "클레어……" 그가 말했다.

"여보……" 클레어가 말했다.

"사랑해." 하브가 말했다.

"혹시 그동안 궁금해하신 적 있었을까봐 말씀드리는데," 미첼이 말했다. "저 말은 절대적으로 진심입니다."

셀마를 위한 노래
A Song for Selma

링컨고등학교에서 알 슈로더의 이름 '알'이 입에 오르는 일은 거의 없었다. 그냥 슈로더라고들 불렀다. 그냥 슈로더는 아닐 수도 있었다. 다들 슈로더가 세상을 떠난 유명한 유럽인이라도 되는 듯 그의 성에 강한 악센트를 넣어 발음했기 때문이었다. 그러나 슈로더는 세상을 떠난 유명한 유럽인이 아니었다. 콘플 레이크가 미국 것이듯 그는 미국인이었고, 죽기는커녕 팔팔한 열여섯 살이었다.

그의 성에 풍부한 악센트를 부여한 것은 링컨고등학교의 독 일어 교사인 헬가 그로츠였다. 다른 교사들은 그녀의 발음을 듣 고 그 악센트가 적절하다는 것을 곧바로 알아차렸다. 그 악센트 는 슈로더를 남다른 존재로 만들었고, 모든 교사들은 슈로더를 대화 주제로 삼을 때마다 짜릿한 책임감을 떠올렸다.

슈로더 본인을 위해, 왜 슈로더 때문에 짜릿한 책임감을 느끼는지는 슈로더와 다른 학생들에게 비밀로 부쳐졌다. 그는 링컨 고등학교 역사상 최초의 공식 천재였다.

다른 모든 학생의 아이큐 수치와 마찬가지로, 슈로더의 어마어마한 아이큐 수치가 적힌 서류는 교장실의 기밀 서류첩에 들어가 비밀로 부쳐졌다.

뚱뚱한 교사 조지 M. 헬름홀츠는 음악부장인 동시에 링컨 텐스퀘어 행진 악단의 지휘자였다. 그는 슈로더가 〈성조기여 영원하라〉의 작곡가 존 필립 수자*만큼 위대해질 수 있는 자질을 갖춘 아이라고 생각했다.

슈로더는 1학년 때 클라리넷을 배우기 시작해 세 달 만에 악단의 수석연주자 자리를 꿰찼다. 2학년이 끝날 때쯤에는 악단의 모든 악기를 완벽하게 연주했다. 지금은 3학년이었고, 이제껏 백 곡에 가까운 행진곡을 작곡했다.

헬름홀츠는 초보자 악단인 C악단을 지도하는 중이었다. 처음 본 악보를 연주하는 연습이었다. 연습곡은 슈로더의 초기 작품인 〈은하수 찬가〉였다. 열정적인 곡이었고, 헬름홀츠는 이 곡의

---

* 미국 지휘자 겸 작곡가. '행진곡의 왕'으로 불린다.

직선적인 파괴력이 초보자들을 자극해 진심으로 음악에 빠져들도록 해주기를 바랐다. 이 곡에 대한 슈로더의 지시는 이랬다. 은하수 중 지구에서 가장 먼 별은 약 1만 광년 떨어져 있고, 찬가가 거기까지 닿으려면 잘, 우렁차게 연주해야 한다는 것이었다.

C악단은 가장 먼 별을 향해 매애애, 빼애액, 우우우, 꽤애액거리며 마구 연주했다. 하지만 연주자들은 연주중 하나둘 떨어져나갔고, 많은 경우에 그렇듯 베이스드러머 혼자 연주를 이어갔다.

베이스드럼이 둥, 둥, 둥 울렸다. 베이스드럼을 두드리는 건 학교에서 가장 몸집이 크고, 가장 착하고, 가장 멍청한 소년 '빅Big' 플로이드 하이어스였다. 아마 가장 부잣집 아이이기도 할 것이었다. 그는 언젠가 아버지가 운영하는 드라이클리닝 체인을 물려받을 예정이었다.

'빅' 플로이드의 드럼이 둥, 둥, 둥 울렸다.

헬름홀츠가 손을 흔들어 '빅' 플로이드의 연주를 중단시켰다. "끝까지 연주해줘서 고맙다, 플로이드." 그가 말했다. "다른 연주자들도 플로이드를 모범으로 삼아 끝까지 연주하도록 하렴…… 자, 이제 다시 한번 해보자. 그리고 무슨 일이 있어도 모두들 끝까지 연주하도록 해."

헬름홀츠가 지휘봉을 들어올리는데, 학교의 천재 슈로더가 복도에서 연습실로 들어왔다. 헬름홀츠는 인사로 고개를 까딱

해 보였다. "좋아, 여러분." 헬름홀츠가 C밴드에게 말했다. "여기 작곡가가 직접 왔구나. 실망시키지 말자고."

악단은 다시 한번 은하수 찬양을 시도했고, 또다시 실패했다.

둥, 둥, 둥 하고 '빅' 플로이드의 드럼이 울렸다. 외롭게, 외롭게, 끔찍할 정도로 외롭게.

헬름홀츠는 벽 앞 접의자에 앉아 있던 작곡가에게 사과했다. "미안." 그가 말했다. "이번이 겨우 두번째였어. 다들 악보를 오늘 처음 봤단다."

"이해해요." 슈로더가 말했다. 그는 몸집이 작았다. 비율은 멋졌지만 굉장히 말랐고, 키는 158센티미터에 불과했다. 이마는 아주 넓고 높았으며, 골똘히 생각에 잠길 때 인상을 쓰는 버릇 때문에 벌써 주름이 져 있었다. 영어부장인 엘드레드 크레인은 그 이마를 "도버의 흰 절벽*"이라고 불렀다. 쉬지 않고 무언가를 생각하는 슈로더는 너무 똑똑해서 조금 무서울 정도였다. 그런 면을 가장 잘 묘사한 사람은 화학 선생인 할 버보우였다. 버보우는 이렇게 말했다. "슈로더는 아주 신 레몬사탕을 빨아먹고 있는 것 같아. 그 사탕이 다 녹고 나면 모두를 죽여버릴걸."

슈로더가 모두를 죽일 거라는 말은 물론 순수한 시적 허용이었다. 그는 조금도 괴팍하지 않았다.

---

* 도버 해협에 있는 유명 관광지. 거대한 흰 절벽이 절경이다.

"이 곡으로 말하려고 했던 게 무엇이었는지 후배들에게 이야기해주겠니?" 헬름홀츠가 슈로더에게 말했다.

"아뇨." 슈로더가 말했다.

"아뇨?" 헬름홀츠가 놀라서 물었다. 슈로더는 보통 부정적이지 않았다. 열정적인 말로 악단 멤버들을 긍정적이고 기쁘게 해주는 게 훨씬 슈로더다웠다. "아뇨?" 헬름홀츠가 말했다.

"다시 연주 안 했으면 좋겠어요." 슈로더가 말했다.

"이해가 안 되는구나." 헬름홀츠가 말했다.

슈로더가 일어섰다. 몹시 피곤한 듯한 얼굴이었다. "앞으로는 아무도 제 곡을 연주하지 않았으면 좋겠어요. 괜찮으시다면 전부 돌려받고 싶어요."

"왜 돌려받고 싶은데?" 헬름홀츠가 말했다.

"태워버리려고요. 쓰레기예요…… 완전한 쓰레기." 슈로더가 파리한 미소를 지었다. "음악을 그만두겠어요, 헬름홀츠 선생님."

"그만둬?" 상심한 헬름홀츠가 말했다. "진심은 아니겠지!"

슈로더가 어깨를 으쓱하며 말했다. "저에겐 음악에 필요한 뭔가가 없어요. 이제 그 사실을 알고요." 그는 작은 손을 살짝 흔들었다. "제가 부탁드리고 싶은 것은 제가 작곡한 바보 같고, 조잡하고, 의심의 여지 없이 우스꽝스러운 곡들을 연주하는 것으로 저를 부끄럽게 하지 말아달라는 것뿐이에요."

그는 헬름홀츠에게 인사를 하고 나가버렸다.

남은 수업시간 동안 헬름홀츠는 C악단에 집중할 수가 없었다. 음악을 완전히 그만두겠다는 슈로더의 충격적이고 이해할 수 없는 결정만이 계속 생각날 뿐이었다.

수업이 끝나고 헬름홀츠는 교사용 식당으로 갔다. 점심시간이었다. 그는 자기에게 동행이 있다는 것을 서서히 깨달았다. 명랑하고 멍청한 드러머 '빅' 플로이드 하이어스가 그와 함께 쿵쿵거리며 걷고 있었다.

'빅' 플로이드가 그의 옆에 온 것은 우연이 아니었다. 다분히 의도적이었다. '빅' 플로이드에게는 뭔가 중요한 용건이 있었고, 그 새로운 용건 때문에 그는 증기기관차처럼 열기를 뿜어내고 있었다.

숨도 헐떡거렸다.

"헬름홀츠 선생님." '빅' 플로이드가 헐떡이며 말했다.

"응?" 헬름홀츠가 말했다.

"저, 저, 제가 이제 빈둥거리지 않는다는 걸 알아주셨으면 해요." '빅' 플로이드가 헐떡이며 말했다.

"훌륭하구나." 그는 최선을 다하는 사람은 누구든 진심으로 응원했다. '빅' 플로이드처럼 노력을 하든 안 하든 결과가 똑같을 것이 거의 분명한 사람의 경우라도 마찬가지였다.

'빅' 플로이드가 자기가 작곡한 악보를 건네자 헬름홀츠는 깜짝 놀랐다. "이거 한번 봐주세요, 헬름홀츠 선생님." 그가 말했다.

커다란 검은 잉크 얼룩으로 쓰인 그 악보는 대단한 곡은 아니었다. 하지만 '빅' 플로이드로서는 베토벤이 5번 교향곡을 썼을 때만큼이나 어려웠을 것이다.

그 곡에는 제목도 있었다. '셀마를 위한 노래'였다.

또한 가사도 있었다.

나를 묶고 있던 사슬을 끊었네.
나는 광대 노릇을 그만두었네.
노력하면 나 자신을 찾을 수 있음을
일깨워줘서 고마워.
아, 셀마, 셀마, 고마워.
난 안녕이라는 말은 절대 할 수 없어.

곡과 가사를 보던 헬름홀츠가 고개를 들었을 때는 시인 겸 작곡가가 이미 가버린 뒤였다.

그날 정오에 교사용 식당에서 활발한 토론이 벌어졌다. 화학교사 할 버보우의 표현을 빌리자면 토론의 주제는 이것이었다. "'빅' 플로이드 하이어스가 천재 음악가가 되기로 했다는 좋은 소식이 슈로더가 음악을 완전히 그만두겠다고 한 나쁜 소식을 상쇄해주는가?"

토론의 목적은 헬름홀츠를 놀리기 위한 게 분명했다. 헬름홀츠를 제외하고 모두가 재미있어했는데, 이 일이 순전히 악단 안의 문제로 간주되었고 다들 악단 자체를 그다지 진지한 조직으로 여기지 않았기 때문이었다. 슈로더는 아직 어떤 과목에서도 좌절해본 적이 없었다.

"내가 보기에, 뒤처지는 학생이 진지하게 악단음악을 해보겠다고 결심하고, 천재가 화학에 전념하느라 음악을 포기한다면, 한 명이 잘되고 다른 한 명이 잘못되는 경우라고 볼 수 없죠. 두 사람 모두 잘되는 거예요." 버보우가 말했다.

"그래요." 헬름홀츠가 온화하게 말했다. "그러면 똑똑한 아이는 새로운 독가스를 만들고, 멍청한 아이는 휘파람에나 어울릴 법한 새로운 노래를 만들겠네요."

물리 선생 어니스트 그로퍼가 합류했다. 그는 무례하고 현실적이며 몸이 폭탄같이 생긴 남자로, 감상적인 사고방식과 전쟁 중이었다. 쟁반에 놓인 점심식사를 테이블 위로 옮기는 그는 자진해서 즐거운 마음으로 운동법칙에 복종한다는 인상을 풍겼다. 복종해야 하기 때문이 아니라, 그 법칙이 아주 훌륭하다고 생각해서 따르는 것 같았다.

"'빅' 플로이드 하이어스 소식 들으셨어요?" 버보우가 물었다.

"그 위대한 행물리자nucular fizzist 얘기 말인가요?" 그로퍼가
말했다.

"뭐라고요?" 버보우가 말했다.

"'빅' 플로이드가 오늘 아침에 그게 자기 장래희망이라고 하
던걸요. 더는 빈둥거리지 않겠다면서, 행물리자가 되겠다고 하
더군요. 핵물리학자nuclear physicist라는 뜻으로 한 말인 것 같지
만, 어쩌면 수의사라는 뜻이었을 수도 있겠네요." 그는 헬름홀츠
가 몇 분 전에 돌려가며 보여주었던 '빅' 플로이드의 '셀마를 위
한 노래'를 집어들었다. "이게 뭐죠?"

"'빅' 플로이드가 작곡한 거예요." 헬름홀츠가 말했다.

그로퍼가 눈썹을 추켜올리며 말했다. "그 녀석 요즘 무척 바
쁘네요! 셀마? 셀마가 누구지? 셀마 리터인가?" 그는 옷깃 속으
로 냅킨을 쑤셔넣었다.

"우리가 떠올릴 수 있는 셀마는 그 아이뿐이었어요." 헬름홀
츠가 말했다.

"셀마 리터가 맞을 거예요." 그로퍼가 말했다. "물리 실험 시
간에 셀마랑 '빅' 플로이드가 같은 테이블에 앉거든요." 그는 눈
을 감고 콧등을 문질렀다. "거기도 아주 엉망진창인 테이블이
죠." 그가 지친 듯이 말했다. "슈로더, 빅 플로이드, 셀마 리터."

"그 세 명이 다 같이 앉는다고요?" 헬름홀츠는 어떤 연관성
을 찾으려 애쓰며 물었다.

"슈로더가 빅 플로이드와 셀마를 좀 도와줄 수 있을 것 같아서요." 그로퍼가 놀랐다는 듯 고개를 끄덕이며 말했다. "확실히 도움이 된 것 같지 않아요?" 그는 짓궂은 표정으로 헬름홀츠를 바라보았다. "'빅' 플로이드 아이큐가 몇인지 모르죠, 조지?"

"난 아이큐 수치가 어디에 기록되어 있는지도 몰라요." 헬름홀츠가 말했다. "난 아이큐를 안 믿어요."

"교장실에 기밀 서류첩이 있어요." 그로퍼가 말했다. "진정한 자극을 원하면 언제 한번 가서 슈로더 서류를 보세요."

"셀마 리터가 누구죠?" 할 버보우가 교사용 식당과 학생용 식당을 구분짓는 유리 파티션을 보며 물었다.

"작은 아이예요." 그로퍼가 말했다.

"조용하고 작은 아이죠." 영어부장 엘드레드 크레인이 말했다. "수줍음이 많고, 인기는 별로 없어요."

"지금은 인기가 좋아요. '빅' 플로이드에게." 그로퍼가 말했다. "내가 보기엔 그 둘이서 거창한 연애를 벌이고 있어요." 그는 몸을 부르르 떨었다. "슈로더에게서 그 둘을 떼놓아야겠어요. 어떻게 한 건지는 몰라도 걔들 때문에 슈로더가 확실히 우울해졌어요."

"셀마는 안 보이는데요." 아직도 학생용 식당을 보며 셀마 리터의 얼굴을 찾던 헬름홀츠가 말했다. 혼자 앉아 있는 슈로더는 보였다. 작고 똑똑한 슈로더는 몹시 낙담한 모습이었고, 슬프지만 체념한다는 표정이었다. 헬름홀츠의 눈에 '빅' 플로이드도 들어왔다. 빅 플로이드 역시 혼자 앉아 있었다. 거구의 '빅' 플로이드가 무슨 생각을 하는지는 알기 힘들었지만, 무언가에 대한 형언할 수 없는 희망으로 가득차 있었다. 뭔가 엄청난 것을 생각하는 듯했다. '빅' 플로이드는 꼼지락거리며 여기저기를 노려보고, 상상 속의 철봉을 휘어댔다.

"셀마는 없군요." 헬름홀츠가 말했다.

"지금 생각났는데, 셀마는 점심시간에 식사 안 해요. 그다음 시간에 먹어요." 엘드레드 크레인이 말했다.

"점심시간에는 뭘 하고요?" 헬름홀츠가 말했다.

"교장실에서 전화교환수 일을 해요. 직원들이 식사하는 동안." 크레인이 말했다.

헬름홀츠는 이만 실례하겠다고 하고 셀마 리터와 이야기를 나눠보기 위해 교장실로 갔다. 교장실은 여러 개의 방으로 이루어져 있었는데, 현관, 회의실, 사무실 두 개, 서류 보관실이 있었다.

헬름홀츠가 교장실에 들어가서 처음 받은 인상은 아무도 없다는 것이었다. 교환대 앞에는 아무도 없었다. 스위치들이 우울하고 헛되게 삑삑거리고 깜빡였다.

다음 순간 헬름홀츠의 귀에 생쥐 소리보다 조금 더 큰 소리가 서류 보관실에서 들려왔다. 그는 조용히 서류 보관실로 가서 안을 들여다보았다.

셀마 리터가 열린 서류 보관함 앞에 무릎을 꿇고 앉아 자기 수첩에다 무언가 적고 있었다.

헬름홀츠는 놀라지 않았다. 그는 셀마가 자기와 상관없는 무언가를 들여다보고 있다고 단번에 결론 내리지 않았다. 비밀이라는 것을 믿지 않는다는 단순한 이유 때문이었다. 헬름홀츠가 보기에는 링컨고등학교에 비밀이란 존재하지 않았다.

비밀에 대한 셀마의 생각은 조금 달랐다. 셀마가 손에 든 것은 기밀 서류였다. 다른 여러 가지 사실과 함께 모두의 아이큐가 적힌 서류였다. 헬름홀츠가 셀마의 범죄 현장을 덮쳤을 때, 불안정하게 무릎을 꿇고 있던 셀마는 말 그대로 균형을 잃고 한쪽으로 쓰러지고 말았다.

헬름홀츠는 셀마가 일어나는 걸 도우며, 셀마가 베끼던 카드를 얼핏 보았다. 카드에는 설명 없이 숫자만 쓰여 있었는데, 그냥 보기엔 아무 숫자나 되는대로 적어둔 것 같았다.

그 카드를 처음 보았기 때문에 그 숫자들은 그에게 아무 의미도 없었다. 숫자들은 한 사람의 아이큐뿐 아니라 사회성 지수, 재능, 체중, 잠재적 리더십, 키, 적합한 직업, 인간이 성취할 수 있는 여섯 가지 분야에서의 적성을 나타냈다. 링컨고등학교의 검사 프로그램은 철두철미했다.

철두철미할 뿐 아니라 유명하기도 했다. 링컨고등학교에는 이십오 년 이상의 검사 기록이 남아 있었기 때문에 박사학위를 따려는 사람들이 즐겨 찾는 사냥터였다.

각 숫자가 무엇을 의미하는지 알려면 해독카드가 있어야 했다. 해독카드는 펀치로 구멍을 뚫은 카드로, 교장의 금고 안에 들어 있었다. 그걸 서류철의 카드 위에 얹으면 각 숫자가 무엇을 의미하는지 알 수 있었다.

하지만 해독카드가 없어도 셀마가 베끼던 카드가 누구의 것인지는 알 수 있었다. 카드 맨 위에 그 카드에 해당하는 사람의 이름이 크게 인쇄되어 있었다.

조지 M. 헬름홀츠는 이름을 읽고 놀랐다.

카드에 적힌 이름은 **헬름홀츠, 조지. M.**이었다.

"이게 뭐지?" 헬름홀츠가 서랍에서 카드를 꺼내며 중얼거렸다. "왜 여기 내 이름이 적혀 있어? 이게 나랑 무슨 관련이 있는 거야?"

셀마는 울음을 터뜨렸다. "오, 헬름홀츠 선생님. 나쁜 뜻은 없었어요. 제발 신고하지 말아주세요. 다시는 안 그럴게요. 제발 말씀하지 말아주세요." 셀마가 흐느끼며 말했다.

"말할 게 뭐가 있니?" 영문을 알 수 없는 헬름홀츠가 물었다.

"선생님 아이큐를 보고 있었어요." 셀마가 말했다. "사실대로 말씀드릴게요. 선생님께 걸려버렸네요. 아마 퇴학당할 수도 있겠죠. 하지만 이유가 있었어요. 헬름홀츠 선생님…… 아주 중요한 이유예요."

"난 내 아이큐가 몇인지 몰라," 헬름홀츠가 말했다. "셀마. 몇인지는 모르지만, 네가 알아도 나는 아무 상관 없단다."

셀마의 울음이 조금 잦아들었다. "신고 안 하실 거예요?"

"범죄를 저지른 게 뭐가 있다고?" 헬름홀츠가 말했다. "내 아이큐가 그렇게 흥미롭다면 다들 보라고 내 사무실 문에 붙여놓을 수도 있어."

셀마가 눈을 동그랗게 뜨며 물었다. "선생님 아이큐가 얼마인지 모르신다고요?"

"몰라." 헬름홀츠가 겸손하게 말했다. "보통보다 한참 밑이겠지, 아마."

셀마는 카드의 숫자 하나를 가리켰다. "이거예요. 이게 헬름홀츠 선생님의 아이큐예요." 셀마는 헬름홀츠가 놀라 쓰러질 거라고 생각하기라도 한 듯 한걸음 물러섰다. "그거예요." 셀마가 속삭였다.

헬름홀츠는 숫자를 살펴보았다. 그가 턱을 당기자 턱살이 메아리라도 치듯 여러 겹으로 주름이 잡혔다. 카드에 적힌 숫자는 183이었다. "난 아이큐에 대해 전혀 몰라. 이게 높은 거니, 낮은 거니?" 그는 마지막으로 아이큐 검사를 받았을 때가 언제였는지 기억해보려 했다. 그가 기억하기로 링컨고등학교 학생이었을 때 이후로는 검사를 받아본 적이 없었다.

"아주아주아주 높은 거예요, 헬름홀츠 선생님." 셀마가 진지하게 말했다. "헬름홀츠 선생님, 자기가 천재라는 것도 모르셨어요?"

"그나저나 이 카드가 대체 뭐야?" 헬름홀츠가 말했다.

"선생님이 학생이셨을 때 카드예요." 셀마가 말했다.

헬름홀츠는 카드를 보며 얼굴을 찌푸렸다. 그는 작고 뚱뚱하고 진지했던 자신의 소년 시절을 애정어린 마음으로 기억해왔는데, 그 소년을 숫자로 요약해버린 것을 보니 기분이 나빴다. "내 명예를 걸고 말하는데, 셀마," 헬름홀츠가 말했다. "난 그때 천재가 아니었고, 지금도 천재가 아니란다. 대체 왜 내 카드를 찾아본 거니?"

"'빅' 플로이드의 선생님이시잖아요." '빅' 플로이드의 이름을 입에 올릴 때 셀마는 키가 2센티미터쯤 더 커지는 것 같았고 소유욕으로 빛이 났다. "이 학교를 다니셨다고 해서 찾아봤어요. '빅' 플로이드가 사실 얼마나 똑똑한지 깨달을 만큼 똑똑하신지 궁금했어요."

헬름홀츠는 살짝 놀란 듯 고개를 갸우뚱했다. "그럼 너는 '빅' 플로이드가 얼마나 똑똑하다고 생각하는데?"

"궁금하시면 찾아보세요." 셀마의 말투가 갑자기 독선적으로 변했다. "제가 찾아보기 전에는 아무도 안 찾아봤을걸요."

"'빅' 플로이드 카드도 봤니?" 헬름홀츠가 말했다.

"모두 '빅' 플로이드는 엄청 멍청하고, 그 바보 같은 알빈 슈로더는 엄청 똑똑하다고 떠들어대는 게 너무 지긋지긋했거든요." 셀마가 말했다. "그래서 직접 알아보고 싶었어요."

"찾아보니까 어떻든?" 헬름홀츠가 말했다.

"알빈 슈로더는 허풍쟁이였어요." 셀마가 말했다. "늘 똑똑한 척하지만 사실은 멍청해요. 그리고 '빅' 플로이드가 전혀 멍청하지 않다는 걸 알게 됐어요. 사실은 그냥 빈둥거려서 그렇게 보이는 것뿐이었죠. 사실은 선생님처럼 천재예요."

"음." 헬름홀츠가 말했다. "본인들한테도 얘기했니?"

셀마는 망설였다. 저지른 일이 모두 드러나 더 나빠질 것도 없었기에, 셀마는 고개를 끄덕였다. "네…… 말했어요." 그녀가 말했다. "그애들을 위해서요."

그날 오후 세시부터 네시까지 헬름홀츠는 과외 활동을 맡아야 했다. 링컨고등학교 합창단 레일스플리터스*를 지도하는 일이었다. 특히 이번에는 트럼펫 셋, 트롬본 둘, 튜바 하나로 구성된 브라스악단과 그랜드 피아노와 달콤하게 울리는 글로켄슈필**이

---

* 'rail-spliter', '통나무로 울타리용 가로장을 만드는 사람'이라는 의미. 에이브러햄 링컨의 별명이기도 했다.

** 실로폰과 유사한 타악기.

레일스 플리터스 단원 예순 명의 반주를 맡았다.

합창단에게 몹시 풍성한 반주를 제공해주는 연주자들은 헬름홀츠가 점심시간부터 모은 사람들이었다. 그는 점심시간 이후부터 그의 작은 사무실에서 계획을 세우고 인편으로 연락을 주고받으며 전쟁터의 부대장처럼 정신없이 바쁘게 일했다.

연습실 시계가 네시 일 분 전을 가리켰다. 헬름홀츠는 엄지와 집게로 꼬집는 듯한 동작을 통해 합창단이 연습하던 곡의 거의 견딜 수 없을 만큼 아름다운 마지막 화음을 끝냈다.

노래를 끝낸 헬름홀츠와 단원들은 전율한 표정이었다.

잃어버린 화음을 찾은 것이었다.

이제껏 그렇게 아름다운 화음은 없었다.

파동이 줄지 않은 글로켄슈필의 울림이 가장 오래 남았다. 글로켄슈필이 마지막으로 연주한 고음이 영원 속으로 희미해져갔고, 마치 누구든 귀만 기울이면 영원히 들을 수 있을 거라고 약속하는 것 같았다.

"이거야…… 분명 이거야." 헬름홀츠가 도취된 듯 속삭였다. "신사 숙녀 여러분…… 어떻게 감사해야 할지 모르겠습니다."

벽시계가 울렸다. 네시가 되었다.

네시가 되자마자 헬름홀츠가 지시해둔 대로 슈로더, 셀마, '빅'

플로이드가 연습실에 들어왔다. 헬름홀츠는 강단에서 내려와 셋을 데리고 사무실에 들어간 뒤 문을 닫았다.

"내가 왜 불렀는지 다들 알 거라고 생각한다." 헬름홀츠가 말했다.

"전 몰라요." 슈로더의 대답이었다.

"아이큐 때문이란다, 슈로더." 헬름홀츠가 말했다. 그러고는 셸마가 서류 보관실을 뒤지는 것을 봤다는 이야기를 해주었다.

슈로더는 무관심한 듯 어깨를 으쓱할 뿐이었다.

"너희 셋 중 누구라도 이 이야기를 다른 사람에게 한다면," 헬름홀츠가 말했다. "셸마는 아주 고생하게 될 거고, 나도 그렇게 될 거다. 셸마가 저지른 나쁜 일을 신고하지 않았으니 나도 방조범인 셈이거든."

셸마의 얼굴이 하얗게 질렸다.

"셸마," 헬름홀츠가 말했다. "서류에 있는 여러 숫자 중에 그 숫자가 아이큐라고 생각하게 된 이유가 뭐지?"

"도, 도서관에서 아이큐에 대한 책을 읽어봤어요. 제 서류를 훑어보니까 그 숫자가 아이큐인 것 같았어요."

"흥미롭구나." 헬름홀츠가 말했다. "네 겸손함을 말해주는 것이기도 하고. 네가 네 아이큐라고 생각한 숫자는, 셸마…… 네 체중이었단다. 그리고 여기 있는 다른 사람들 서류를 찾아봤을 때도, 네가 본 것은 누가 몸무게가 많이 나가고 적게 나가고일

뿐이었어. 내 경우에, 너는 내가 예전에 아주 뚱뚱한 남자애였다는 걸 발견한 거야. '빅' 플로이드와 뚱뚱한 나는 천재와 거리가 멀고, 여기 있는 체격이 작은 슈로더는 멍청이와 거리가 멀단다.*"

"아." 셀마가 말했다.

'빅' 플로이드는 기차 기적소리 같은 한숨을 쉬었다. "난 멍청하다고 그랬잖아." 플로이드가 셀마에게 비참한 목소리로 말했다. "난 절대 천재가 아니라고 했잖아." 플로이드는 무력하게 슈로더를 가리켰다. "쟤가 천재지. 그걸 가진 애는 쟤야. 별나라든 어디든 데려다줄 수 있는 두뇌를 가진 사람은 쟤라고! 내가 그랬잖아!"

마치 머리를 누르면 뇌가 더 잘 돌아가기라도 하는 것처럼, '빅' 플로이드는 두 손바닥 아랫부분을 양쪽 관자놀이에 대고 눌렀다. "세상에……" 그가 비극적인 목소리로 말했다. "내가 그런 두뇌를 가졌다고 일 분이라도 믿었다니, 그것만으로도 내가 얼마나 멍청한지 증명한 거죠."

"조금이라도 신경을 쓸 만한 테스트는 단 하나뿐이란다." 헬름홀츠가 말했다. "바로 인생 테스트야. 그 테스트에서 얻는 점

---

* 미국에서는 무게 단위로 파운드를 사용하기 때문에 오해가 생긴 것이다. 가령 빅 플로이드의 몸무게가 80킬로그램이라면, 파운드로 환산했을 때 176파운드가 된다.

수가 진짜 중요한 점수지. 그건 슈로더도 마찬가지고, 셀마도, '빅' 플로이드 너도, 나도 마찬가지야. 모두에게 마찬가지란다."

"선생님은 누가 얼마나 성취할지 미리 알 수 있으시잖아요." '빅' 플로이드가 말했다.

"넌 알 수 있니?" 헬름홀츠가 말했다. "난 모르겠던데. 내게 인생이란 놀라움의 연속이었어."

"저 같은 사람을 기다리는 놀라움을 생각해보세요." '빅' 플로이드는 그렇게 말하고 슈로더를 향해 고갯짓을 했다. "그리고 쟤 같은 사람을 기다리는 놀라움을 생각해보세요."

"모두를 기다리는 놀라움을 생각해보렴!" 헬름홀츠가 말했다. "난 머리가 아찔할 지경이야!" 그는 면담이 끝났다는 뜻으로 사무실 문을 열었다.

셀마, '빅' 플로이드, 슈로더는 헬름홀츠의 사무실에서 연습실로 비틀비틀 걸어나왔다. 의기소침한 모습이었다. 헬름홀츠의 말은 그다지 격려가 되지 않았다. 오히려 고등학교 때 듣는 수많은 격려와 마찬가지로 그들을 우울하게 만들 뿐이었다.

셀마, '빅' 플로이드, 슈로더가 합창단 옆을 비틀비틀 지나가는데, 합창단과 반주자들이 자리에서 일어섰다.

헬름홀츠가 신호를 보내자 브라스가 멋진 팡파르를 연주했다.

셀마, '빅' 플로이드, 슈로더는 팡파르 소리에 멈춰 서서 귀를 기울였다.

팡파르는 계속 이어졌다. 점점 더 복잡해졌다. 거기에 그랜드 피아노와 글로켄슈필이 합세하고, 위대한 승리를 축하하는 교회 종소리처럼 쟁그랑거리고 둥둥거리며 의기양양하게 울려퍼졌다.

교회 종소리 같은 악기 소리와 팡파르가 머뭇머뭇 잦아들었다.

합창단원 예순 명의 목소리가 낮고 달콤한 음을 작게 속삭이기 시작했다.

예순 명의 목소리가 가사 없는 멜로디를 부르며 점점 음을 높여갔다. 그들의 목소리는 고지에 다다랐고, 그 높이에 계속 머무르고 싶어하는 것 같았다.

그러나 브라스와 그랜드 피아노와 글로켄슈필이 합창단의 목소리를 더 높은 음으로 이끌었고, 앞에 놓인 모든 장애물을 극복하라고, 별이 있는 높이까지 치솟기를 열망하라고 부추겼다.

목소리는 점점 더 올라가 믿을 수 없이 높은 음까지 올라갔다. 고음으로 치솟는 가사 없는 멜로디는 가장 높은 음까지 올라가면 드디어 가사를 부르겠다고 약속하는 것 같았다. 그들이 부르는 가사는 멋진 진실을 담은 가사일 거라고 약속하는 것 같았다.

목소리는 더 올라갈 수 없는 높이까지 올라갔다.

목소리는 극적으로 치고 올라갔다. 더는 높아질 수 없었다.

그 순간 음악의 기적 중에서도 기적이 일어났다. 소프라노 한 명이 다른 사람들보다 조금이 아니라 훨씬, 훨씬, 훨씬 높은 음을 냈다. 그리고 그 높은 곳에서 가사를 부르기 시작했다.

"나를 묶고 있던 사슬을 끊었네에에에에에." 소프라노가 노래했다. 그녀의 목소리는 한줄기 순수한 햇살이었다.

피아노와 글로켄슈필이 함께 사슬이 끊어지는 소리를 연주했다.

합창단은 조화로운 화음을 내며 끊어진 사슬에 대한 놀라움을 표현했다.

"나는 광대 노릇을 그만두었네." 베이스 한 명이 우렁차게 노래했다.

트럼펫이 역설적인 웃음을 터뜨렸고, 브라스 전체가 〈올드 랭사인〉의 잊히지 않는 구절 하나를 연주했다.

"노력하면 나 자신을 찾을 수 있음을 일깨워줘서 고마워." 바리톤 한 명이 노래했다.

바리톤이 노래를 부르자마자 아까 그 소프라노가 〈언젠가 난널 찾을 거야〉를 한 대목 불렀고, 합창단 전원이 〈이 바보 같은일들〉의 한 대목을 불렀으며, 피아노가 〈내 기념품 중에서〉를한 대목 연주했다.*

"오, 셀마, 셀마, 셀마, 고마워." 베이스 파트 전원이 함께 노래

---

* 모두 스탠더드 곡들이다.

했다.

"셀마?" 현실 속의 실제 셀마가 가사를 되뇌었다.

"너야." 헬름홀츠가 셀마에게 말했다. "유명한 천재 '빅' 플로이드가 너를 위해 만든 노래란다."

"저를 위해서요?" 깜짝 놀란 셀마가 되물었다.

"쉿!" 헬름홀츠가 말했다.

"난 절대⋯⋯" 소프라노가 불렀다.

"절대, 절대, 절대, 절대, 절대, 절대, 절대, 절대⋯⋯" 합창단이 가사를 반복했다.

"말할 수⋯⋯" 베이스가 장중하게 불렀다.

"없어⋯⋯" 소프라노가 고음으로 불렀다.

다음에는 헬름홀츠까지 가세한 합창단 전원과 모든 악기가 다 함께 머리털이 쭈뼛 서는 마지막 화음으로 넘어갔다. "안녕이라고오오오오오오오오오오오오오오오오오오오오오오오오오오오오오!"

헬름홀츠가 엄지와 검지로 꼬집듯 신호를 보내 마지막 화음을 마무리했다.

'빅' 플로이드의 두 뺨에 눈물이 줄줄 흘러내렸다. "세상에, 아 세상에, 아 세상에," '빅' 플로이드는 더듬거리며 물었다. "누가 편곡했어요?"

"천재가." 헬름홀츠가 대답했다.

"슈로더요?" 빅 플로이드가 말했다.

"아냐, 난……" 슈로더가 말했다.

"마음에 들었니, 셀마?" 헬름홀츠가 물었다.

아무 대답도 없었다. 셀마 리터는 이미 기절한 상태였다.

거울의 방

Hall of Mirrors

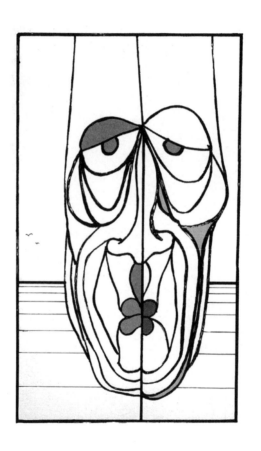

주차장 옆 기타 학원, 그 옆의 프레드스 오케이 중고차 매장, 그 옆이 최면술사의 집이었다. 그 옆은 아직 대저택의 뼈대가 남아 있는 공터였고, 그 옆은 빌러 브러더스 장의사 사무실이었다. 가을바람이 혹독한 겨울바람은 어떨까 연습이라도 하듯 검댕과 종이를 조금 비틀어보더니, 중고차 매장 위의 플라스틱 프로펠러를 돌렸다. 푸르르르르르르르르르르르르르르르르르르르르르르르르르르르르르르르르르.

　그 도시는 강이나 바다를 끼고 있지 않은 도시 중 세계에서 가장 큰 도시, 인디애나폴리스였다.

　형사 두 명이 찾아온 곳은 최면술사의 집이었다. 그들은 카니 형사와 폴츠 형사로, 카니는 젊고 말쑥했고 중년의 폴츠는 헝클어진 차림이었다. 카니는 탭댄스를 추듯 최면술사의 집 계단을 올라갔다. 폴츠가 이야기를 하기로 되어 있었지만 그는 뒤에 멀찍이 떨어져서 어슬렁어슬렁 걸어왔다. 카니의 관심사는 명확했다. 그는 오직 최면술사에게만 관심을 쏟았다. 폴츠는 주의가 흐트러졌다. 그는 침실이 스무 개나 있는 최면술사의 어마어마하게 큰 집에 감탄하며 슬픈 눈으로 집 한쪽의 탑을 올려다보았다. 탑 꼭대기에는 무도회장이 있을 것이었다. 부자들이 내버려둔 탑 꼭대기에는 언제나 무도회장이 있었다.

폴츠는 마침내 최면술사의 집 문 앞에 도착해 벨을 울렸다. 불법 치료를 한다는 흔적은 초인종 위의 작은 문패뿐이었다. 문패에는 이렇게 적혀 있었다. **K. 홀로몬 웜스, 최면 치료.**

웜스가 직접 문을 열었다. 그는 몸집이 자그맣고 어깨가 좁은 오십대 남성으로, 단정한 차림새였다. 코가 길고 두툼한 입술은 붉었으며 벗어진 머리에서는 인광이 나는 듯했다. 눈은 평범했다. 밝은 푸른빛의 맑은 눈이었다.

"웜스 박사님인가요?" 폴츠가 퉁명스럽지만 예의를 차린 말투로 물었다.

"웜스 '박사'요?" 웜스가 말했다. "여기 웜스 '박사'는 없습니다. 그냥 평범한 웜스 '씨'뿐이죠. 당신 앞에 서 있는 사람 말입니다."

"몸담고 계신 업계에서는," 폴츠가 말했다. "거의 박사학위가 반드시 있어야 하는 줄 알았습니다."

"공교롭게도 박사학위가 두 개 있긴 합니다. 부다페스트에서 하나, 에든버러에서 하나 받았지요." 윕스가 희미한 미소를 지으며 말했다. "하지만 박사라는 직함을 쓰진 않습니다. 나를 의사로 오해하는 건 원치 않거든요." 바람이 불자 그는 몸을 떨었다. "들어오지 않겠습니까?"

세 사람은 한때는 저택의 응접실이었으나 지금은 최면술사의 사무실로 쓰이는 방으로 들어갔다. 가구에는 이상한 점이 없었다. 회색 에나멜을 입힌 실용적인 금속제 가구들이었다. 책상, 의자 몇 개, 서류함, 책꽂이가 있었다. 높다란 벽에는 그림도, 액자에 넣은 자격증 같은 것도 걸려 있지 않았다.

책상 앞에 앉은 윕스는 손님들에게 앉으라고 권했다. "죄송하지만 의자가 썩 편하지는 않을 겁니다." 그가 말했다.

"장비는 어디에 두시나요, 윕스 씨?" 폴츠가 물었다.

"무슨 장비 말인가요?" 윕스가 말했다.

폴츠는 뭉툭한 손을 들어 손짓을 해 보였다. "최면을 걸 때 쓰는 도구가 있으리라 생각했습니다. 전등이라든가, 뭔가 응시할 물건이라든가?"

"아뇨." 윕스가 말했다. "사용하는 기구는 오직 나 자신뿐입니다."

"최면을 걸 때 블라인드를 내리나요?" 폴츠가 물었다.

"아뇨." 그는 더이상의 정보는 제공하지 않은 채 형사 두 명을 번갈아 바라보며 그들이 용건을 이야기하기를 기다렸다.

"우리는 경찰서에서 왔습니다, 윕스 씨." 폴츠가 경찰 신분증을 보여주며 말했다.

"이미 알고 있었습니다." 윕스가 말했다.

"경찰이 찾아오리라 예상했나요?" 폴츠가 말했다.

"난 루마니아에서 태어났습니다, 형사님. 태어날 때부터 경찰이 찾아올 것에 대비하라는 가르침을 받는 곳이죠."

"우리가 찾아온 이유를 아는지 묻는 겁니다." 폴츠가 말했다.

윕스는 깍지를 끼고 엄지손가락을 꼼지락거리며 의자에 기대앉았다. "아…… 일반적으로, 일반적으로, 일반적으로." 그가 말했다. "나는 가는 곳마다 단순한 사람들에게 막연한 공포를 불러일으키죠. 그리고 얼마 안 가 그들은 경찰을 끌어들여 나를 살펴보게 합니다. 내가 여기서 흑마술이라도 펼치는지 보게 하려고요."

"여기서 뭘 하는지 말해줄 수 있을까요?" 폴츠가 말했다.

"내가 하는 일은," 윕스가 말했다. "목수나 다른 정직한 노동자가 하는 일처럼 간단하고 단순합니다. 원하지 않는 습관이나 근거 없는 공포를 제거하는 일이죠." 그는 젊은 카니에게 갑자기 손짓을 해 그를 놀라게 했다. "당신은 담배를 지나치게 많이 피우는 것 같군요. 이 분 동안 오직 나에게 집중한다면, 다시는 담배를 피우지 않게 될 겁니다. 다시는 담배를 피우고 싶어지지 않을 거예요."

카니는 담배를 꺼냈다.

"형사님들께서 앉아 계신 의자에 대해 사과드려야겠군요." 윔스가 카니에게 말했다. "새것이지만 쿠션이 조금 잘못되었어요. 왼쪽에 작은 혹 같은 게 있습니다. 굉장히 작은 혹이지만 좀 앉아 있다보면 꽤 거슬리죠. 그렇게 작은 것이 실제로 고통을 일으킨다는 사실이 놀랍습니다. 이상하게도 사람들은 보통 척추 아래쪽보다 목과 어깨에 고통을 느끼지요."

"난 괜찮은데요." 카니가 말했다.

"다행이군요." 그는 다시 폴츠 쪽을 돌아보았다. "예를 들어, 만약 무기에 공포를 느끼는 사람이 있는데," 그가 말했다. "직업상 무기를 다뤄야 한다면, 나는 최면을 통해 그 공포를 제거할 수 있습니다. 실제로, 어느 경찰의 권총 솜씨가 그저 그렇다면, 최면으로 그의 손을 진정시켜 전문가 수준으로 사격 실력을 키워줄 수 있습니다. 원한다면 당신 손이 흔들리지 않게 안정시켜줄 수도 있어요. 만약 권총을 꺼내 최대한 안정적으로 들어보면……"

폴츠는 권총을 꺼내지 않았다. "내가 권총을 꺼내 드는 경우는 두 가지뿐입니다." 그가 말했다. "손질할 때, 누군가를 쏠 때."

"일 분 안에 마음이 바뀌실 겁니다." 윔스는 그렇게 말하고 비싼 손목시계로 흘끗 시간을 확인했다. "내 말을 믿어요……
손을 바이스처럼 안정적으로 만들어줄 수 있어요." 그는 카니를
보았다. 카니는 일어서서 목 뒤를 주무르고 있었다. "아, 저런.
그 의자에 대해 얘기했죠. 없애버려야겠어요. 다른 의자에 앉으
시고, 그 의자는 벽 쪽으로 돌려둬요. 목 아픈 사람이 또 생기지
않도록."

카니는 다른 의자를 가져오고 처음 앉았던 의자는 벽 쪽으로
돌려두었다. 그는 고개를 한쪽으로 기울였다. 목이 휘어진 쇠지
레마냥 뻣뻣했다. 아무리 주물러도 나아지는 것 같지 않았다.

"내 말을 믿나요?" 웜스가 폴츠에게 말했다. "내 친구들과 이
웃들에게 내가 여기서 마법을 부리는 것도, 자격증 없이 약을
처방하는 것도 아니라고 말해주겠습니까?"

"기꺼이 그렇게 하겠습니다만," 폴츠가 말했다. "우리가 찾아
온 가장 큰 이유는 그게 아닙니다."

"아?" 웜스가 말했다.

"그게 아니에요." 폴츠가 말했다. 그러고는 코트 안주머니에
서 사진을 한 장 꺼냈다. "우리가 정말 물어보고 싶었던 것은,
이 여자분을 아는가, 지금 어디 있는지 혹시 아는가 하는 것입
니다. 이분의 행적을 추적한 결과 여기에 온 적이 있는데, 그뒤
에 어디로 갔는지 아는 사람이 아무도 없는 것 같더군요."

웜스는 주저 않고 사진을 집어들었고, 즉시 알아보았다. "메

리 스타일스 캔트웰 부인이군요. 잘 기억합니다. 여기 치료받으러 왔던 정확한 날짜를 알려드릴까요?" 그는 책상의 카드 파일을 열고 사라진 여성의 카드를 찾아냈다. "총 네 번 왔군요. 7월 14일, 15일, 19일 그리고 21일에 왔네요."

"무슨 치료를 해줬나요?" 폴츠가 물었다.

"그걸 다른 쪽으로 돌려주겠어요?" 윔스가 말했다.

"뭘요?" 폴츠가 말했다.

"권총 말입니다." 윔스가 말했다. "나를 정통으로 겨누고 있잖아요."

폴츠는 오른손을 내려다보고는 자신이 정말 총을 들고 있다는 걸, 윔스를 겨누고 있다는 걸 깨달았다. 그는 당황스럽고 혼란스러웠다. 하지만 권총을 집어넣지는 않았다.

"부탁이니 치워주세요." 윔스가 말했다.

폴츠는 권총을 집어넣었다.

"고맙습니다." 윔스가 말했다. "내가 지금 그렇게 비협조적이지는 않잖습니까."

"그렇습니다." 폴츠가 말했다.

"방이 더워서 그런 겁니다." 윔스가 말했다. "모두 신경이 날카로워지지요. 난방시설이 형편없습니다. 이 방은 언제나 절절 끓는 것처럼 더운데, 다른방은 북극처럼 추워요. 여긴 적어도 30도는 될 겁니다. 신사분들, 코트를 벗지 그래요?"

카니와 폴츠는 코트를 벗었다.

"양복 재킷도 벗어요." 윕스가 말했다. "40도는 될 겁니다."

카니와 폴츠는 양복 재킷을 벗고도 여전히 땀을 흘렸다.

"두 분 다 지금 머리가 깨질 듯이 아프지요." 윕스가 말했다. "똑바로 생각하기 힘들다는 거 압니다. 하지만 나에 대해 알고 있는 것, 의심하는 것을 전부 말해줬으면 합니다."

"여기서 치료를 받고 행방불명이 된 여자가 네 명이에요." 폴츠가 말했다.

"네 명뿐인가요?" 윕스가 말했다.

"네 명뿐이에요." 폴츠가 말했다.

"이름이 어떻게 됩니까?" 윕스가 말했다.

"메리 스타일스 캔트웰 부인, 에스메랄다 코인 부인, 낸시 로이스 부인, 캐롤라인 휴스 텅커 부인, 재닛 치머 부인."

윕스는 폴츠가 말한 이름들의 성만 받아 적었다. "캔트웰, 코인, 로이스…… 셀프리지라고 하셨나요?"

"셀프리지?" 폴츠가 말했다. "셀프리지가 누구죠?"

"아무도 아니에요." 윕스가 말했다. "셀프리지는 아무도 아니에요."

"아무도 아니다." 폴츠가 멍하니 그 말을 따라했다.

"내가 그 여자들을 어떻게 했다고 생각하나요?" 윕스가 말했다.

"우린 당신이 그 여자들을 죽였다고 생각해요." 폴츠가 말했다. "다들 꽤나 돈이 많은 과부였죠. 그들은 전부 당신을 만난 다음 은행에서 돈을 인출했고, 그뒤에 전부 사라졌어요. 우린 이 집 어딘가에 시체가 있을 거라고 생각합니다."

"내 본명을 아십니까?" 윔스가 말했다.

"아뇨." 폴츠가 말했다. "당신 지문을 채취해보면 여러 곳에서 수배중이라는 사실이 드러날 거라고 생각해요."

"수고를 덜어드리죠." 윔스가 말했다. "내 본명을 말해주겠습니다, 여러분. 내 본명은 룸펠슈틸츠킨*입니다. 알아들었나요? 철자를 불러드리죠. R-u-m-p-e-l-s-t-i-l-t-s-k-i-n."

"R-u-m-p-e-l-s-t-i-l-t-s-k-i-n." 폴츠가 말했다.

"지금 당장 본부에 전화해 이 사실을 전하셔야 할 것 같네요." 윔스는 손에 아무것도 들지 않은 채 폴츠에게 뭔가를 건네는 시늉을 했다. "전화기 여기 있습니다." 그가 말했다.

폴츠는 무無를 건네받아 전화기처럼 다루었다. 존재하지 않는 기계를 사용해 피너티 경감에게 전화를 걸고 윔스의 본명은 룸펠슈틸츠킨이라고 진지하게 보고했다.

"새로운 소식을 전하니 피너티 경감이 뭐라고 하던가요?" 윔스가 말했다.

"모르겠어요." 폴츠가 말했다.

---

* 옛 독일 민화에 등장하는 난쟁이 '룸펠슈틸츠헨'의 미국식 표기.

"모르겠다고요?" 윔스가 믿을 수 없다는 듯 말했다. "피너티 경감은 내가 사람들을 거울로 통과시키는 사람이라고 말했습니다. 그렇죠?"

"네." 폴츠가 말했다. "그렇게 말했어요."

"인정하겠습니다." 윔스가 말했다. "내 정체를 파악했군요. 난 룸펠슈틸츠킨입니다. 그리고 사람들에게 최면을 걸어 거울을 통과하게 했지요. 이 삶에서 벗어나 반대편에서 다른 삶을 살게 했어요. 믿을 수 있습니까?"

"네." 폴츠가 말했다.

"생각해보면 분명 가능한 일입니다. 그렇죠?"

"네." 윔스가 말했다.

"당신도 믿지요?" 윔스가 카니에게 물었다.

카니는 이제 거의 등을 제대로 펴지 못할 지경이었다. 그는 목, 어깨, 머리가 너무나 아팠다. "믿어요." 그가 말했다.

"찾고 있는 숙녀분들에게도 그런 일이 일어난 겁니다." 윔스가 말했다. "내 말을 믿어요, 절대 죽은 게 아닙니다. 그들은 자기 인생에 큰 불만을 지닌 채 나를 찾아왔습니다. 그래서 나는 반대편이 더 낫지는 않은지 가서 볼 수 있게 거울 너머로 보내줬어요. 그때마다 그들은 반대편에 남기를 선택했습니다. 그들이 통과한 거울을 곧 보여주겠습니다만, 그전에 밖에 경찰이 더 있는지, 여기로 오는 경찰이 있는지 알고 싶군요."

"없어요." 폴츠가 말했다.

"당신들 둘뿐이에요?" 웜스가 말했다.

"네." 폴츠가 말했다.

웜스는 가볍게 손뼉을 치며 말했다. "자…… 따라와요, 신사 여러분, 거울을 보여드리겠습니다."

그는 손님들이 나오도록 사무실 문을 잡고 있었다. 그는 복도로 나오는 손님들을 자세히 관찰했다. 그들이 복도로 나와 무척 추운 듯 몸서리치는 것을 보고 만족스러워했다.

"방 밖은 북극 같다고 미리 말했죠." 그가 말했다. "옷을 다 입는 게 좋을 겁니다. 그래도 꽤 춥겠지만."

카니와 폴츠는 옷을 입었으나 계속 몸을 떨었다.

"계단을 세 층 올라가야 합니다." 웜스가 말했다. "우리는 집 꼭대기에 있는 무도회장으로 갈 겁니다. 거기에 거울이 있어요. 엘리베이터가 있긴 한데 몇 년째 작동하지 않는 상태예요."

엘리베이터는 작동하지 않을 뿐 아니라 더이상 존재하지도 않았다. 엘리베이터, 장식 벽판, 화려한 조명, 그 밖에 조금이라도 가치 있는 것은 웜스가 이 저택을 손에 넣기 여러 해 전에 모두 뜯겨나갔다. 하지만 웜스는 훤히 드러난 맨바닥에 깨진 회반죽을 밟고 걸으면서도 손님들에게 완벽하고 화려한 실내장식을 감상하라고 했다.

"여기가 골드룸, 여기가 블루룸입니다. 블루룸에 있는 흰 백

조 모양 침대가 한때 마담 퐁파두르*의 것이었다는 말이 있습니다. 믿거나 말거나지만. 믿겠어요?" 그가 폴츠에게 말했다.

"내가 믿는다고 진짜가 되는 건 아니죠." 폴츠가 말했다.

"이 세상에 확실한 게 어디 있겠어요, 그죠?" 윔스가 말했다.

카니는 그 말을 그대로 따라했다. "이 세상에 확실한 게 어디 있겠어요, 그죠?" 그가 말했다.

"여기가 무도회장으로 가는 계단입니다." 윔스가 말했다. 계단은 넓었다. 계단 밑에는 한때 조각상을 받쳤던 받침대가 놓여 있었다. 원래 있던 계단 난간은 사라진 뒤였고, 기둥이 있던 자리에는 못만 덩그러니 남았다. 남은 난간 기둥은 하나뿐이었다. 못 끝을 구부려 고정한 길쭉한 파이프였다. 아무것도 깔려 있지 않은 계단에는 카펫을 고정해두었던 뾰족한 못이 잔뜩 박혀 있었고, 못에는 붉은 천 조각이 드문드문 붙어 있었다.

"이 집의 그 어떤 것보다 이 계단 복원에 많은 돈을 썼습니다." 윔스가 말했다. "난간은 이탈리아에서 찾은 거예요. 저 조각상은 14세기에 톨레도에서 만든 성 캐서린인데, 본래 윌리엄 랜돌프 허스트**의 재산이었어요. 우리가 지금 밟고 있는 카펫은 이란의 케르만에서 주문 제작한 겁니다. 깃털로 채운 매트리

---

* 프랑스 왕 루이 15세의 애첩 중 한 명이었던 퐁파두르 후작부인.
** 미국 언론 재벌.

스 위를 걷는 것 같지 않은가요?"

카니와 폴츠는 대답하지 않았다. 감상할 놀라운 것이 너무나 많았다. 그들은 정말 깃털로 채운 매트리스 위를 걷는 듯 무릎을 높이 들었다.

웜스는 무도회장의 문을 열었다. 실제로도 멋진 문이었다. 하지만 흰색으로 커다랗게 써놓은 '출입금지' 글자가 문의 멋짐을 망치고 있었다. 웜스가 문을 열고 닫을 때 문손잡이에 걸린 옷걸이 두 개가 달그락거렸다.

탑 꼭대기의 무도회장은 원형 공간이었다. 벽을 따라 사람 키 높이의 거울과 장식 창살이 달린 보라색, 겨자색, 녹색 창문이 번갈아 서 있었다. 가구라고는 폐지로 팔려는 듯 묶어놓은 신문 뭉치 세 개, 장난감 기차선로 조각 두 개, 황동으로 된 침대 헤드보드뿐이었다.

웜스는 무도회장의 아름다움에 대해 떠들어대지 않았다. 그는 카니와 폴츠가 실제로 존재하는 거울들에 주의를 집중하게 했다. 거울에 비친 다른 거울들의 모습 때문에 모든 거울은 끝없이 많은 다른 문으로 통하는 하나의 문처럼 보였다.

"원형 기관차고 같지 않은가요?" 웜스가 말했다. "우리를 둘러싸고 손짓하는 이 많은 가능성들, 이 모든 길들을 보세요." 웜스는 갑자기 카니를 돌아보았다. "어떤 길이 가장 끌리나요?"

"나, 난 모르겠습니다." 카니가 말했다.

"그러면 지금 바로 하나 추천해드리죠." 윔스가 말했다. "가볍게 내릴 결정은 아니에요. 거울을 통과하면 사람이 정반대로 변하거든요. 경우에 따라 성별도 바뀌죠. 물론 쓰는 손도 바뀔 수 있습니다. 그건 기본적인 거예요. 오른손잡이는 왼손잡이가 되고, 반대 경우도 마찬가지죠. 사람 성격도 변해요. 경우에 따라 미래도 변합니다."

"우리가 찾는 여자들이…… 이 거울을 통과했나요?" 폴츠가 물었다.

"그렇죠…… 당신들이 찾는 여자들, 그리고 찾고 있지 않는 사람들도 열 명 남짓." 윔스가 말했다. "돈 좀 있는 과부들이 다 그렇듯 그들은 막연한 갈망을 품고서 나를 찾아왔지만, 그들에게 자신감, 희망, 거부할 수 없는 아름다움, 꿈은 없었어요. 나를 찾아오기 전까지 온갖 의사와 돌팔이를 만나본 상태였습니다. 그들은 그녀들의 병이 무언지도 몰랐고, 그녀들이 애타게 찾던 치료를 해주지도 못했습니다. 그 두 가지를 내가 맡은 거죠."

"그래서 그들에게 뭐라고 말했나요?" 폴츠가 물었다.

"내 얘기를 듣고도 모르겠어요? 아픈 것은 그들의 미래였어요. 그리고 미래가 아플 경우," 그는 그들을 둘러싼 문처럼 보이는 것들을 손으로 쓸었다. "내가 아는 치료법은 하나뿐입니다."

그러고는 이렇게 소리치더니, 희미한 대답소리를 기다리듯 귀를 기울였다. "캔트웰 부인? 메리? 포브스 부인?"

"포브스 부인은 누군가요?" 폴츠가 물었다.

"거울 반대편에서 메리 캔트웰 부인이 쓰는 새 이름입니다." 윕스가 말했다.

"통과하면 이름이 바뀌나요?" 폴츠가 말했다.

"아뇨…… 꼭 그렇지는 않아요." 윕스가 말했다. "하지만 새로운 미래, 새로운 성격에 맞는 새 이름을 쓰기로 결심하는 사람이 많지요. 메리 캔트웰의 경우에는 건너간 지 일주일 만에 고든 포브스라는 남자와 결혼했어요." 윕스가 미소를 지으며 계속 말했다. "내가 신랑 들러리를 섰고, 겸손하게 말한다 해도 그 영예를 차지하기에 나보다 적합한 사람은 떠오르지 않는군요."

"원하면 언제든 거울을 들락거릴 수 있어요?" 폴츠가 말했다.

"물론이죠." 윕스가 말했다. "자기 최면, 최면 중 가장 쉽고 흔한 최면이죠."

"한번 시범을 보여줬으면 좋겠는데요." 폴츠가 말했다.

"그래서 메리나 다른 사람들을 부르려는 겁니다." 윕스가 말했다. "여기! 여기! 내 목소리 들려요?" 그는 거울을 향해 소리쳤다.

"당신이 직접 거울을 통과하는 모습을 보여줄 줄 알았는데요." 폴츠가 말했다.

"아주 특별할 경우가 아니면 별로 하고 싶지 않아요. 메리의 결혼식이나 반대편에 있는 카터 가족의 첫 기념일 때처럼……"

"무슨 가족이요?"

"카터 가족이요. 조지, 낸시, 그리고 그들의 아이들 유니스와 로버트." 그는 어깨 너머로 자기 뒤의 거울을 가리켰다. "일 년 하고도 삼 개월 전에 그 사람들을 모두 저 거울로 통과시켰죠."

"돈 많은 과부 전문인 줄 알았는데요." 폴츠가 말했다.

"돈 많은 과부는 당신의 전문 분야라고 생각했는데요." 웜스가 말했다. "나한테 돈 많은 과부에 대해서만 물어봤잖아요."

"가족도 통과시킨다고요?" 폴츠가 말했다.

"몇 가족 됩니다." 웜스가 말했다. "정확한 숫자를 알고 싶은 가보군요. 지금 당장은 기억이 나지 않아요. 서류를 찾아봐야 해요."

"나쁜 미래, 아픈 미래가 있었나요?" 폴츠가 말했다. "그…… 통과시킨 가족들에게?"

"거울 이쪽의 삶에서요?" 웜스가 말했다. "아뇨, 그렇지는 않습니다. 하지만 반대편의 미래가 훨씬 나았죠. 전쟁의 위험이 없다는 게 하나의 이유고…… 생활비가 훨씬 적게 든다는 점도 있지요."

"음." 폴츠가 말했다. "거울을 통과할 때, 가진 돈을 전부 당신에게 주고 갔군요?"

"그들이 가져갔습니다." 웜스가 말했다. "내 수수료만 제외하고요. 나는 정찰제로 한 명당 100달러씩 받습니다."

"그들이 당신의 고함소리를 못 듣는 게 아쉽군요." 폴츠가 말했다. "그 사람들을 만나서 이야기를 나눠보고 싶었는데. 그들에게 어떤 좋은 일이 있었는지 듣고 싶었어요."

"아무 거울이나 한번 들여다보세요. 길고 복잡한 복도가 있어서 내 목소리가 잘 닿지 않는다는 걸 알 수 있을 겁니다." 윕스가 말했다.

"그럼 직접 시범을 보여주셔야겠는데요." 폴츠가 말했다.

"말했잖습니까." 윕스가 말했다. 그는 꽤나 불안한 듯했다. "굉장히 꺼리는 일이라고."

"최면이 실패할까봐 걱정되시나요?" 폴츠가 말했다.

"아, 잘될 겁니다." 윕스가 말했다. "너무 잘되겠죠. 거울 반대편으로 가면 거기에 계속 있고 싶어지거든요. 갈 때마다 그래요."

폴츠가 웃었다. "반대편이 그렇게 좋으면," 그가 말했다. "왜 여기 있는 거죠?"

윕스는 눈을 감고 콧잔등을 문질렀다. "당신을 훌륭한 경찰로 만들어주는 것과 같은 이유죠." 그는 눈을 떴다. "의무감이요." 그는 웃지 않았다.

"그래서 그 의무라는 게 도대체 뭡니까?" 폴츠가 조롱하듯 물었다. 멍한 느낌, 윕스의 힘에 사로잡힌 듯한 느낌은 사라졌다.

폴츠의 변화를 본 윕스는 작고 초라한 사람이 되어버렸다. "그 의무가 나를 이쪽에 있게 만들어요." 그는 공허하게 말했다. "다른 사람이 통과할 수 있게 도와줄 수 있는 사람은 내가 알기론 나뿐이거든요." 그는 고개를 가로저었다. "당신 최면 안 걸렸죠?" 그가 말했다.

"전혀." 폴츠가 말했다. "카니도 마찬가지예요."

카니는 긴장을 풀고 부르르 떨더니 미소를 지었다.

"이 말을 들으면 기분이 좀 좋아질지 모르겠는데," 폴츠가 뒷주머니에서 수갑을 꺼내며 말했다. "당신을 신고한 건 동료 최면술사들이야. 그래서 우리가 이 임무를 맡게 된 거지. 카니와 나는 둘 다 최면 경험이 좀 있거든. 물론 당신에 비하면 우린 아마추어에 불과하지만. 자, 웜스, 룸펠슈틸츠킨, 얌전히 양손을 내밀어요."

"그럼 이건 함정이었소?" 웜스가 말했다.

"맞아." 폴츠가 말했다. "당신이 말을 하게 만들고 싶었고, 당신은 그렇게 했지. 이제 유일한 문제는 시체를 찾는 것뿐이야. 카니와 나를 어떻게 할 계획이었지, 서로 총을 쏘게 하려고 했나?"

"아니." 웜스는 무미건조하게 대답했다.

"이것도 말해주지." 폴츠가 말했다. "최면 효과를 높이 샀기 때문에 우린 모험을 하고 싶지 않았어. 건물 밖에 다른 형사가 한 명 또 있어."

웜스는 착한 아이처럼 얌전히 양손을 내밀지 않았다. "믿을 수 없어." 그가 말했다.

"프레드!" 폴츠가 건물 외부 계단에 서 있는 형사를 불렀다. "들어와, 당신이 있다는 걸 룸펠슈틸츠킨이 못 믿겠다는군."

창백하고 둥근 얼굴에 덩치가 큰 젊은 스웨덴계 형사가 건물 안으로 들어왔다. 카니와 폴츠는 의기양양해하며 잘난 체했다. 프레드라는 사내는 그들처럼 기뻐하지 않았다. 그는 걱정스럽게 살피며 총을 꺼내 들고 있었다.

"제발," 웜스가 폴츠에게 말했다. "총을 치우라고 해줘요."

"총 집어넣어, 프레드." 폴츠가 말했다.

"두 사람 정말 괜찮아요?" 프레드가 말했다.

카니와 폴츠가 웃음을 터뜨렸다.

"우리가 너까지 속였군?" 폴츠가 말했다.

프레드는 웃지 않았다. "네…… 그런 것 같네요." 그는 카니와 폴츠를 자세히 살펴보았다. 마치 백화점 마네킹처럼 멍한 눈빛이었다. 그리고 승리의 순간을 즐기는 카니와 폴츠는 정말 마네킹 같아 보였다. 뻣뻣하고 반들거리는 시체 같은 미소를 띤 마네킹 같았다.

"제발 부탁이니," 웜스가 폴츠에게 말했다. "총 좀 치우라고 말해줘요."

"제발 부탁이니," 폴츠가 말했다. "총 좀 치워, 프레드."

프레드는 총을 치우지 않았다. "나는, 내 생각엔 두 분이 스스로 뭘 하고 있는지 모르는 것 같군요." 그가 말했다.

"들어본 말 중 가장 웃긴 말이군." 윔스가 말했다.

카니와 폴츠는 웃음을 터뜨렸다. 너무나 격렬하게 오랫동안 웃어서 배가 아프고 눈물이 흐를 정도였다. 두 사람은 숨까지 헐떡거렸다.

"그만하면 됐어." 윔스가 그렇게 말하자 두 사람은 즉시 웃음을 멈추고 다시 백화점 마네킹이 되었다.

"최면 걸린 거 맞잖아!" 프레드가 뒷걸음치며 말했다.

"물론." 윔스가 말했다. "당신은 당신이 지금 어떤 집에 들어왔는지 알아야 해. 이 집에서 보이고, 말해지고, 느껴지고, 일어나는 일은 모두 내가 보고, 말하고, 느끼고, 일어나기를 바라는 것뿐이지."

"이봐요······" 프레드가 불안한 듯 총을 흔들며 말했다. "그러지 말고 최면 풀어요."

"넥타이 고쳐 매요." 윔스가 말했다.

"최면 풀라고 했어요." 프레드가 말했다.

"넥타이 고쳐 매요." 윔스가 말했다.

프레드는 넥타이를 고쳐 맸다.

"고맙습니다." 윔스가 말했다. "이제 조금 놀랄 만한 소식이 있어요······ 여러분 모두에게."

모두의 얼굴에 놀라움이 떠올랐다.

"태풍이 오고 있어요." 윔스가 말했다. "수갑으로 왼손을 저

라디에이터에 연결하지 않으면 모두 날아갈 겁니다."

세 형사는 두려워서 손을 떨며 라디에이터에 손목을 연결했다.

"열쇠를 버리지 않으면 번개에 맞을 겁니다!"

열쇠들이 방을 가로지르며 날아갔다.

"태풍은 비껴갔어요. 이제 당신들은 안전합니다."

세 형사는 기적적인 생존을 기뻐하며 눈물을 흘렸다.

"정신 똑바로 차려요, 여러분." 웜스가 말했다. "할말이 있습니다."

셋은 무슨 소식인지 애타게 귀를 기울였다.

"나는 여러분을 떠날 겁니다." 웜스가 말했다. "사실 나는 이 존재를 전부 버리고 갈 거예요." 그는 거울 앞으로 다가가 주먹으로 톡톡 두들겼다. "나는 곧 이 거울을 통과할 거예요. 여러분은 나와 거울에 비친 내 모습이 만나고 합쳐지는 걸 보게 될 거고, 핀 끝만한 크기로 작아지는 걸 보게 될 거예요. 그러고 나서 핀 끝은 다시 커질 건데, 나와 거울에 비친 내 모습으로 나뉘지 않고 거울에 비친 모습만 남게 될 겁니다. 그다음엔 거울에 비친 내 모습이 길고 긴 복도를 걸어가며 여러분에게서 멀어질 거예요. 내가 걸어갈 복도가 보입니까?"

셋은 고개를 끄덕였다.

"내가 '흑마술'이라고 말하면 여러분은 내가 거울을 통과하는 걸 보게 될 겁니다. 내가 '백마술'이라고 하면 여러분은 내가 이 방의 모든 거울에 다시 나타나는 걸 보게 될 겁니다. 그리고 여러분은 이 방의 모든 거울이 깨질 때까지 각각의 내 모습들을 향해 총을 쏘게 될 겁니다. 내가 '신사분들, 안녕히'라고 하면 여러분은 서로를 향해 총을 쏠 겁니다." 윔스는 문을 향해 천천히 걸어갔다. 아무도 그를 보지 않았다. 모든 눈은 그가 통과할 거라고 한 거울을 바라보고 있었다.

"흑마술." 윔스가 부드러운 목소리로 말했다.

"지나간다!" 폴츠가 외쳤다.

"마치 문을 열고 지나가는 것 같네!" 카니가 말했다.

"신이시여!" 프레드가 말했다.

윔스는 무도회장을 나와 계단으로 갔다. 그는 문을 살짝 열어두었다. "백마술."

"나타났어!" 폴츠가 말했다.

"우리 주위에 온통!" 카니가 말했다.

"쏴!" 프레드가 말했다.

총소리, 고함소리, 유리 깨지는 소리가 요란하게 울려퍼졌다.

윔스는 거울이 다 깨졌음을, 마침내 작별인사를 할 순간이 되었음을 알려줄 정적을 기다렸다.

그가 막 작별인사를 하려는데, 그가 기대 있던 문을 뚫고 날아든 총알이 그의 몸에 박혔다.

윔스는 계단 위에서 천천히 쓰러지며 죽어갔다. 곧 계단 아래로 굴러떨어질 것만 같았다. 그는 자신의 시체가 계단을 굴러떨어질 거라고는 생각지 못했다. 그리고 뒤늦게 기억해냈다. 무도회장 문 안쪽에도 거울이 붙어 있었다는 걸.

작고 착한 사람들
The Nice Little People

덥고 건조한 7월의 눈부신 어느 날이었다. 로웰 스위프트는 자기 몸속의 모든 세균과 죄가 영원히 불타 없어지는 듯했다. 그는 백화점 소속의 리놀륨 바닥재 판매원으로, 버스를 타고 퇴근하는 길이었다. 그날은 마들렌과 결혼한 지 칠 년째 되는 날이었다. 부부의 차는 마들렌이 몰고 다녔고 사실 차주 역시 마들렌이었다. 그는 붉은 장미가 담긴 기다란 녹색 상자를 팔 아래에 끼고 있었다.

버스에는 사람이 많았지만 서 있는 사람 중에 여자는 없었기 때문에 로웰은 양심의 가책을 느끼지 않았다. 그는 의자에 기대 앉아 멍하니 손마디를 꺾으며 아내의 좋은 점에 대해 생각했다.

그는 키가 크고 몸이 곧았으며, 가느다란 연갈색 콧수염을 길렀다. 그에게는 영국군 대령이 되고 싶다는 소망이 있었다. 멀리서 보면, 제복을 입지 않았다는 것만 제외하면 어딜 봐도 그의 소망은 이루어진 것 같았다. 기품과 결단력이 있어 보이는 모습이었다. 하지만 그의 눈은 갈 곳을 잃고 좌절한 듯했고 지나치게 상냥했으며 구걸하는 거지의 눈이었다. 그는 지적이고 건강했지만, 지나치게 착해서 가장으로 군림하거나 부자가 되지는 못했다.

마들렌이 언젠가 묘사한 바에 의하면, 그는 주류 인생의 경계에 서서 웃으면서 "괜찮습니다" "먼저 가시죠" "사양하겠습니다" 하고 말하는 사람이었다.

마들렌은 부동산 중개로 로웰보다 훨씬 돈을 많이 벌었다. 그녀는 가끔 그걸 가지고 로웰에게 농담을 했다. 그는 그저 붙임성 있는 미소를 지으며, 어쨌든 자신은 절대 적을 만들지 않는다고, 마들렌을 만든 것이 신이듯 자신을 만든 것도 신이라고, 아마 뭔가 좋은 의도가 있었을 거라고 말할 뿐이었다.

마들렌은 아름다웠고 로웰은 다른 사람을 사랑해본 적이 없었다. 그녀가 없으면 그는 어찌할 바를 모를 것이다. 버스를 타고 집으로 돌아올 때면 이따금 자신이 멍청하고 무력하며 지쳤다는 기분이 들곤 했다. 그러면 마들렌이 자신을 떠날까봐 겁이 났다. 그리고 마들렌이 자기를 떠나고 싶어한다 해도 그녀의 잘못은 아니라는 생각이 들었다.

하지만 오늘은 그런 날이 아니었다. 그는 기분이 아주 좋았다. 결혼기념일인데다 신비한 사건 덕분에 흥미로운 날이었다. 로웰이 보기에 불길한 사건은 아니었지만, 자신이 작은 모험에 연루된 것 같은 기분이 들 정도로 알쏭달쏭하기는 했다. 마들렌과 몇 분 정도 흥미진진하게 고민해볼 만한 일이었다. 버스를 기다리는 그에게 누군가가 페이퍼나이프를 던진 것이다.

지나가던 차나 길 건너편 건물 사무실에서 던진 것 같았다. 그는 그것이 앞코가 뾰족한 검정 구두 발치의 인도에 딸그락 떨어지고 나서야 보았다. 재빨리 주위를 둘러보았지만 그것을 던진 사람은 보지 못했다. 조심스레 들어보니 온기가 느껴졌고 굉장히 가벼웠다. 푸른빛이 도는 은색이었고 단면은 유선형이었으며 굉장히 현대적인 디자인이었다. 한덩어리의 금속으로 되어 있었고 속은 빈 것 같았으며 한쪽은 뾰족하고 한쪽은 뭉툭했다. 페이퍼나이프의 날과 자루를 구분해주는 것은 중간에 박힌 진주 같은 작은 보석 하나뿐이었다.

로웰은 매일 시내 버스정류장을 오가며 날붙이 가게 쇼윈도에서 비슷한 것을 자주 봐왔기 때문에 그것이 페이퍼나이프라는 걸 즉각 알아차렸다. 주인을 찾아보려고 머리 위로 그것을 치켜들고 지나가는 차들과 사무실 창문들을 전부 둘러보았지만, 자기 것이라는 듯 그를 보는 사람은 아무도 없었다. 그래서 그는 그것을 주머니에 넣었다.

창밖을 내다보니 버스는 그와 마들렌이 사는, 느릅나무가 우거진 조용한 대로를 달리고 있었다. 대로 양쪽의 저택들은 이제 공간을 나누어 비싼 아파트로 사용되었지만 그래도 겉에서 보기엔 으리으리한 저택이었다. 마들렌의 수입이 없었다면 그런 곳에 사는 건 불가능했다.

로웰은 다음 정류장에서 내릴 것이다. 돌기둥이 늘어선 식민지시대풍 건물이 있는 곳이었다. 마들렌은 옛날에 무도회장이었던 그들의 삼층 아파트에서 그가 탄 버스가 다가오는 것을 바라볼 것이다. 사랑에 빠진 고등학생처럼 흥분한 그는 세워달라는 신호로 끈을 당긴 뒤 박공 지붕 벽면에 자란 매끈한 녹색 담쟁이덩굴 틈에서 그녀의 얼굴을 찾아보았다. 그녀의 얼굴은 없었고, 그는 마들렌이 결혼기념일을 위해 칵테일을 만들고 있겠거니 하는 생각에 행복했다.

"로웰, 핀레터 땅이 어떻게 될지 저녁식사 때 말해줄게. 행운을 빌어줘. 마들렌"이라는 쪽지가 현관 거울에 붙어 있었다.

로웰은 아쉬운 미소를 지으며 식탁 위에 장미를 올려두고 행운을 빌었다.

아파트는 굉장히 조용했고 어수선했다. 마들렌은 오늘 급히 집을 나섰다. 로웰은 풀이 담긴 병, 스크랩북과 함께 바닥에 펼쳐져 있는 석간신문을 집어들고, 마들렌이 부동산 관련 기사를 잘라내고 통째로 남겨둔 신문 조각을 읽었다.

그의 주머니 속에서 쉭 하는 소리가 났다. 형식적으로 하는 키스 소리, 또는 진공 포장된 커피통조림을 딸 때 나는 소리 같았다.

로웰은 주머니에 손을 넣고 페이퍼나이프를 꺼냈다. 가운데 박힌 작은 보석이 빠져 작고 동그란 구멍이 나 있었다.

로웰은 옆에 놓인 쿠션에 그것을 올려두고, 없어진 장식을 찾았다. 찾고 보니 진주가 아니고 플라스틱 같은 재질로 만든 속이 빈 반구형 물건이라 실망스러웠다.

다시 페이퍼나이프를 보고 그는 극도의 혐오감을 느꼈다. 길이가 5밀리미터쯤 되는 검은 곤충이 구멍에서 기어나오고 있었다. 하나가 나오자 또하나가 따라 나왔고, 총 여섯 마리가 기어나와 로웰의 팔꿈치가 누르고 있던 쿠션의 움푹 팬 자리에 모여들었다. 곤충의 움직임은 마치 혼란스럽고 어지러운 것처럼 느리고 서툴렀다. 이제 그들은 야트막한 피난처에서 잠이 든 것 같았다.

이 몹쓸 것들이 알을 까서 마들렌의 아파트에 창궐하기 전에 박살내기 위해 로웰은 커피테이블 위의 잡지를 말아 들었다.

그 순간 그는 그 곤충이 완벽한 인간의 형체를 하고 있음을, 반짝이는 검은 옷을 꽉 끼게 입은 세 남자와 세 여자라는 걸 발견했다.

거실의 전화기가 놓인 테이블 위에 마들렌이 붙여둔 전화번호 목록이 있었다. 그녀의 사무실 전화, 그녀의 상사 버드 스태퍼드, 그녀의 변호사, 그녀의 브로커, 그녀의 의사, 그녀의 치과의사, 그녀의 미용사, 경찰서, 소방서, 로웰이 일하는 백화점 전화번호가 있었다.

로웰은 손가락으로 전화번호 목록을 열번째 훑으며, 키가 5밀리미터 정도인 조그만 외계인 여섯 명이 지구에 도착했다고 알리기에 적절한 사람의 전화번호를 찾았다.

그는 마들렌이 집에 오기를 바랐다.

그는 망설이며 경찰서에 전화를 걸었다.

"7구역 카훈 경사입니다."

그 목소리는 거칠었고, 로웰은 머릿속에 떠오른 카훈의 이미지에 오싹 겁이 났다. 덩치가 크고 행동이 서툴고 발이 큰 경찰. 그의 쩍 벌어진 리볼버 총구에는 저 작은 사람들이 쉰 명은 들어갈 수 있을 것 같았다.

로웰은 카훈에게 아무 말도 하지 않고 수화기를 내려놓았다. 카훈은 적절한 사람이 아니었다.

로웰은 갑자기 이 세상 모든 것이 터무니없이 크고 잔인해 보였다. 그는 거대한 전화번호부를 질질 끌고 와 '미국 정부'를 찾아보았다. "농산부…… 법무부…… 재무부." 그 모든 기관의 이름들이 꼭 거인이 누군가를 밟아 으깨는 소리처럼 들렸다. 로웰은 어쩔 수 없이 전화번호부를 덮었다.

마들렌이 언제 집에 돌아올까 궁금했다.

그는 소파로 불안한 시선을 던졌다가 삼십 분째 움직이지 않던 작은 사람들이 일어나서 쿠션의 미끈한 자둣빛 지형과 숲 같은 섬유를 탐험하고 있는 걸 보았다. 로웰은 그들 위로 종 모양 유리그릇을 덮어버렸고 그들은 그 안에 갇혔다. 벽난로 위 선반에 있는 마들렌의 골동품 시계를 덮어놨던 그릇이었다.

"용감한, 용감한 작은 녀석들이군." 로웰은 신기하다는 듯 혼 잣말을 했다. 그는 자신이 작은 사람들을 존중하며 침착하고 합리적으로 행동한 것을 자축했다. 공포에 사로잡히지도 않았고, 죽이지도 않았고, 도와달라고 남을 부르지도 않았다. 이 작은 사람들은 다른 세계에서 온 탐험가이고, 칼처럼 보이는 물건은 우주선이라는 사실을 인정할 만한 상상력을 지닌 사람은 많지 않을 것 같았다.

"만날 사람을 잘 고른 것 같군요." 그는 멀찍이서 그들을 향해 웅얼거렸다. "하지만 당신들을 어떻게 해야 할지는 나도 모르겠어요. 소문이 나면 다들 당신들을 죽이려 들걸." 그는 사람들이 느낄 공포와 아파트 밖에 몰려들 군중을 상상했다.

로웰이 작은 사람들을 다시 살펴보려고 조용히 카펫을 가로질러 다가가는데 종 모양 유리그릇에서 톡톡 하는 소리가 났다.

남자 하나가 그 안을 빙빙 돌면서, 어떤 연장을 가지고 두드리며 나갈 길을 찾고 있었다. 다른 사람들은 한 명이 쿠션 섬유 속에서 찾아낸 담뱃잎 조각에 몰두했다.

로웰은 유리그릇을 들어올렸다. "안녕." 그가 부드럽게 말했다.

작은 사람들은 오르골의 높은 음 같은 소리로 비명을 지르며, 쿠션과 소파 등받이가 만나는 틈으로 달려갔다.

"아니, 아니, 아니, 아니," 그가 말했다. "겁먹지 말아요, 작은 사람들." 그는 여자 한 명을 멈추게 하려고 손가락을 뻗었다. 그런데 그의 손가락 끝에서 불꽃이 번쩍 일었고, 그는 공포에 사로잡혔다. 불꽃을 맞은 여자는 나팔꽃 씨만한 크기로 몸을 웅크린 채 쓰러졌다.

나머지는 쿠션 뒤에 숨어 보이지 않았다.

"신이시여, 내가 무슨 짓을 한 거지? 내가 무슨 짓을 한 거야?" 로웰은 마음 아파하며 말했다.

그는 마들렌의 책상으로 달려가 돋보기를 가져와서는 작디작고 미동도 하지 않는 몸을 관찰했다. "세상에, 세상에, 오, 세상에." 그가 웅얼거렸다.

그 여자가 얼마나 예쁜지 보고 나니 그 어느 때보다 마음이 좋지 않았다. 그가 마들렌을 만나기 전에 알았던 여자와 살짝 닮은 얼굴이었다.

그녀의 눈꺼풀이 떨리더니 눈이 떠졌다. "하느님 감사합니다."

그가 말했다. 그녀는 공포에 질린 얼굴로 그를 올려다보았다.

"이제 좀 낫군." 그가 경쾌하게 말했다. "난 당신들 친구입니다. 해치고 싶지 않아요. 맹세해요." 그는 미소를 지으며 양손을 마주 비볐다. "지구에 온 것을 환영하는 만찬을 열어봅시다. 뭘 먹을래요? 당신네 작은 사람들은 뭘 먹고 살죠? 뭐가 있나 찾아볼게요."

그는 서둘러 부엌으로 갔다. 조리대 위에 더러운 접시와 은식기가 쌓여 있었다. 그는 쟁반에 병 통조림과 단지 통조림, 깡통 통조림을 담으며 키득거렸다. 지금 그의 눈에는 병과 단지가 어마어마하게 커 보였다. 말 그대로 음식 산이었다.

로웰은 축제라도 열린 듯 휘파람을 불며 거실로 쟁반을 가져가 커피테이블에 올려놓았다. 그런데 작은 여자가 쿠션 위에 없었다.

"자, 어디로 가셨을까?" 로웰이 즐겁게 말했다. "난 알지, 준비가 끝나면 어디서 찾아야 할지 난 알아. 오호! 왕과 여왕이 먹어도 부족함 없는 만찬이 될 거야."

그는 손끝을 써서 컵받침 한가운데에 땅콩버터, 마요네즈, 올레오 마가린, 잘게 썬 햄, 크림치즈, 케첩, 간 파테, 포도잼, 녹인 설탕으로 점을 찍어 원을 그렸다. 그리고 원 안에 우유, 맥주, 물, 오렌지주스를 몇 방울씩 떨어뜨렸다.

그는 쿠션을 들고 말했다. "와서 먹지 않으면 전부 바닥에 던져버릴 거야. 자…… 어디로 가셨을까? 찾아낼 겁니다, 찾아낼 거예요." 소파 가운데 쿠션이 있던 자리에는 25센트짜리 동전과 10센트짜리 동전, 종이성냥, 시가를 감았던 종이가 있었다. 마들렌의 상사가 피우는 시가 상표였다.

"여기 있구나." 로웰이 말했다. 떨어진 물건들 밑으로 작디작은 발 몇 개가 삐죽 나와 있었다.

로웰이 동전을 들어내자 작은 사람 여섯 명이 옹기종기 모여 벌벌 떨고 있었다. 그는 손바닥을 보이며 손을 내밀었다. "자, 올라타요. 깜짝 선물이 있어."

그들이 움직이지 않았기 때문에 로웰은 그들을 연필 끝으로 몰아 손바닥 위로 올려야 했다. 그는 그들을 공중으로 들어올렸다가 접시 테두리에 캐러웨이 씨앗*처럼 내려놓았다.

"여러분을," 로웰이 말했다. "사상 최대 규모의 뷔페에 초대합니다." 그가 컵받침에 찍어놓은 음식은 모두 손님들 키보다 높았다.

몇 분이 지나자 작은 사람들은 다시 탐험을 시작할 용기를 냈다. 컵받침 주위는 곧 연달아 맛있는 음식을 발견하며 내지르는 기쁨의 비명으로 가득찼다.

로웰은 입맛을 다시면서, 고마워 어쩔 줄 몰라하는 작은 얼굴

---

* 향신료의 일종.

들을 돌보기로 행복하게 들여다보았다.

"맥주 마셔봐요. 맥주 마셔봤어요?" 로웰이 말했다. 이제 그가 말을 해도 작은 사람들은 비명을 지르지 않았고, 무슨 말인지 이해하려 노력하며 열심히 귀를 기울였다.

로웰이 호박색 맥주 방울을 가리켰고, 여섯 명 모두 의무감에 맥주를 마셔보았다. 맛있다는 표정을 지으려 노력했지만 마음에 들어하지 않는 티가 났다.

"익숙해지면," 로웰이 말했다. "그 맛을 알게 될 거예요. 나중에……"

중간에 문장이 끊어졌다. 밖에서 차를 세우는 소리가 났고, 여름 저녁 공기를 뚫고 올라오는 소리는 마들렌의 목소리였다.

로웰이 창문으로 가서 마들렌이 상사와 키스하는 것을 목격하고 커피테이블로 돌아왔을 때, 작은 사람들은 로웰 쪽으로 무릎을 꿇고 앉아 잘 들리지 않는 소리로 달콤하게 노래를 부르고 있었다.

"이봐요." 로웰은 밝게 웃으며 말했다. "그런데 지금 뭐 하는 거예요? 이건 아무것도…… 정말 아무것도 아니에요. 정말이야. 날 봐요. 난 그냥 평범한 남자예요. 지구에서 난 흙먼지나 다름없는 존재예요. 혹시 당신들, 내가……" 그는 그 생각이 너무나 터무니없어 웃음을 터뜨렸다.

노래는 계속되었다. 열렬했고, 간청하는 듯했고, 존경이 담겨 있었다.

"저기." 마들렌이 계단을 올라오는 소리가 들리자 로웰은 말했다. "당신들을 어떻게 해야 할지 결정할 때까지 좀 숨어 있어요."

그는 재빨리 주위를 둘러봤고 페이퍼나이프 모양 우주선을 발견했다. 그는 우주선을 컵받침 옆에 내려놓고 다시 연필로 작은 사람들을 몰아넣었다. "이리 와서…… 잠시만 다시 여기 들어가 있어요."

그들은 구멍 속으로 사라졌고, 마들렌이 들어오는 순간 로웰은 진주같이 생긴 승강구 덮개를 끼워넣었다.

"안녕." 그녀는 유쾌하게 인사하고 컵받침을 보았다. "밥 먹었어?"

"조촐하게." 로웰이 말했다. "자기는?"

"쥐라도 몇 마리 데려온 것 같아 보이는데."

"누구나 그렇듯 나도 외로울 때가 있거든." 로웰이 말했다.

그녀의 얼굴이 붉어졌다. "기념일인데 미안해, 로웰."

"전혀 신경쓰지 않아도 돼."

"집에 오는 길에, 몇 분 전에야 생각이 났지 뭐야. 내 위로 벽돌이 1톤 정도 쏟아진 것 같았어."

"중요한 계약은," 로웰이 기분좋게 물었다. "잘 마무리했어?"

"응…… 응, 했어." 그녀는 침착하지 못했고, 식탁 위의 장미를 보더니 힘겹게 미소 지었다. "근사하네."

"나도 그렇게 생각했지."

"손에 든 건 새로 산 칼이야?"

"이거? 응…… 집에 오는 길에 주웠어."

"그게 필요해?"

"마음에 들어서. 별로야?"

"아니…… 괜찮아." 그녀가 불편한 듯 그것을 바라보았다. "우리 봤지?"

"누구? 뭘?"

"방금 밖에서 내가 버드한테 키스하는 거 봤잖아."

"응. 하지만 그게 당신에게 문제가 될 것 같지는 않은데."

"버드가 나한테 청혼했어, 로웰."

"응? 그래서 당신은……?"

"그러겠다고 했어."

"그렇게 단순한 문제인지는 몰랐는걸."

"난 그 사람 사랑해, 로웰. 그와 결혼하고 싶어. 지금 그 칼로 손바닥을 꼭 두드려야겠어?"

"미안. 그러고 있는 줄도 몰랐네."

"그래서?" 긴 침묵이 흐른 다음 그녀가 희미한 목소리로 물었다.

"해야 할 말은 거의 다 한 것 같네."

"로웰, 정말 미안해……"

"나한테 미안하다고? 말도 안 되는 소리! 나에겐 완전히 새로운 세계가 열렸어." 그는 그녀에게 천천히 다가가 팔을 둘렀다. "하지만 익숙해지는 데 시간이 좀 걸릴 거야, 마들렌. 키스할까? 작별의 키스 어때, 마들렌?"

"로웰, 제발……" 그녀는 고개를 옆으로 돌리고 부드럽게 그를 밀어냈다.

그는 더 세게 끌어안았다.

"로웰…… 싫어. 이러지 말자. 로웰, 로웰, 아파. 제발!" 그녀는 그의 가슴을 때리고 자기 몸을 빼냈다. "못 참겠다고!" 그녀가 격렬하게 소리를 질렀다.

로웰의 손에 있던 우주선이 웅 하는 소리를 내더니 뜨거워졌다. 그러고는 부르르 떨리다가 스스로 로웰의 손에서 날아올라 마들렌의 심장에 정통으로 꽂혔다.

로웰은 경찰서 전화번호를 찾을 필요가 없었다. 마들렌이 테이블에 붙여두었기 때문이다.

"7구역 카훈 경사입니다."

"경사님," 로웰이 말했다. "사고를 신고하고 싶습니다. 사람이 죽었어요."

"살인인가요?" 카훈이 물었다.

"뭐라고 해야 할지 잘 모르겠습니다. 설명이 좀 필요해요."

경찰이 도착했고, 로웰은 우주선을 주운 것부터 끝까지 차분하게 이야기했다.

"어찌 보면 내 잘못이에요." 그가 말했다. "작은 사람들은 나를 신이라고 생각했으니까요."

안녕, 레드
Hello, Red

A TREE TRYING TO
TELL ME SOMETHING.
12/21/06.

크고 검은 도개교 뒤로 해가 졌다. 그 다리는 교각과 교량이 어마어마하게 커서, 다리 그늘 아래 강어귀의 마을 전체보다 더 무거울 것 같았다. 다리 한쪽 끝에 있는 간이식당의 회전 스툴에는 새로 온 다리 관리인 레드 마요가 앉아 있었다. 그는 이제 막 일을 끝내고 온 참이었다.

레드는 햄버거와 커피를 제쳐놓고 몸을 돌려 누군가를 기다리는 양 다리를 바라보았다. 회전 스툴의 건조한 베어링이 돌아가며 내는 잔혹한 끼익 소리가 간이식당의 공기를 갈랐다. 그는 스물여덟 살의 덩치 큰 젊은이였고, 마치 푸줏간 소년처럼 얼굴이 너부데데하고 심술궂은 인상이었다.

유약한 얼굴의 카운터 점원과 다른 손님 셋—전부 남자였다—이 붙임성 있는 얼굴로 레드를 지켜보았다. 마치 레드가 친절한 기색이라도 보이면 곧바로 활짝 미소를 지어줄 태세였다.

레드는 친절한 기색을 보이지 않았다. 잠깐 눈이 마주치자 콧방귀를 뀌고 다시 음식에 집중했다. 그는 포크로 장난을 쳤고, 그의 우람한 팔뚝 근육이 문신 아래서 조바심을 냈다. 문신은 단검과 하트—피를 보고 싶은 욕망과 사랑이 엉킨 상징이었다.

다른 손님 셋이 고개를 끄덕이며 부추기는 통에 점원이 레드에게 굉장히 정중하게 말을 걸었다. "실례합니다, 손님. 혹시 레드 마요 아니신가요?"

"그렇습니다." 레드가 눈길도 주지 않고 대답했다.

손님들 사이에 한숨과 행복한 웅얼거림이 퍼져나갔다. "그럴 줄 알았어…… 그럴 거라고 생각했어…… 역시 레드였어." 세 명의 합창단이 말했다.

"나 기억 안 나, 레드?" 점원이 말했다. "슬림 코비?"

"응…… 기억해." 레드가 무심하게 말했다.

"나는 기억하나, 레드?" 나이가 지긋한 손님이 기대감에 차 물었다. "조지 모트?"

"안녕하세요." 레드가 말했다.

"부모님이 돌아가셔서 유감이네, 레드." 모트가 말했다. "몇 년 전 일인데 여지껏 자네를 못 봤군그래. 좋은 분들이셨지. 정말 좋은 분들이셨어." 레드의 눈이 무관심으로 가득찬 것을 보고 모트는 머뭇거렸다. "레드…… 나 기억하나, 조지 모트인데?"

"기억해요." 레드가 말했다. 그는 다른 두 손님에게도 고개를 끄덕여 보였다. "저쪽은 해리 차일즈고 저쪽은 스탠 웨스트군요."

"기억하네…… 당연히 기억하지…… 레드가 어떻게 잊겠어?" 초조한 합창단이 말했다. 그들은 머뭇거리며 환영한다는 제스처를 거듭 보였다.

"그것 참." 점원 슬림이 말했다. "널 다시는 못 볼 줄 알았어. 영영 떠나버린 줄 알았거든."

"잘못 생각했네." 레드가 말했다. "그럴 때도 있지."

"얼마 만에 돌아온 거지, 레드?" 슬림이 물었다. "팔 년? 구 년?"

"팔 년." 레드가 말했다.

"아직 상선을 타나?" 모트가 물었다.

"다리 관리인이에요." 레드가 말했다.

"어디서?" 슬림이 말했다.

"바로 저 다리." 레드가 말했다.

"뭐어어어, 들었어요?" 슬림이 말했다. 그는 친근하게 레드에게 손을 얹으려다 생각을 고쳐먹었다. "레드가 새로 온 다리 관리인이래요!"

"고향에서 지내려고 왔구나…… 좋은 직업을 얻었어…… 훌륭한데?" 합창단이 말했다.

"언제 시작해?" 모트가 말했다.

"시작했어요." 레드가 말했다. "이제 이틀 됐어요."

모두 놀랐다. "그런 얘긴 못 들었는데…… 누가 있는지 볼 생각도 못 했어…… 이틀 동안 몰랐다니." 합창단이 말했다.

"나는 하루에 다리를 네 번 건너." 슬림이 말했다. "인사라도 하지 그랬어. 알잖아…… 아무래도 다리 관리인은 다리 기계장치의 일부로 생각하게 된다는 거. 나랑 해리랑 스탠이랑 모트씨랑 에디 스커더랑 다른 사람들이 다리 건너는 걸 분명 봤을 텐데, 왜 말 한마디 안 했어?" 슬림이 말했다.

"준비가 안 되어 있었어." 레드가 말했다. "먼저 이야기해야 할 사람이 있었거든."

"아." 슬림이 말했다. 못 알아듣겠다는 표정이었다. 그가 알려달라는 듯 다른 세 명을 바라보았으나 세 명 모두 어깨만 으쓱해 보였다. 슬림은 꼬치꼬치 캐묻는 대신 손가락을 만지작거리며 호기심을 지워버리려 했다.

"그러지 마." 레드가 화난 듯 말했다.

"뭘 하지 말라는 거야, 레드?" 슬림이 말했다.

"내가 누구랑 이야기했는지 모르겠다는 그 순진한 표정." 레드가 말했다.

"신에게 맹세하는데 몰라, 레드." 슬림이 말했다. "너무 오랜만에 돌아온 거라 네가 특별히 보고 싶어할 사람이 누구인지 짐작하기가 쉽지 않아."

"온 사람도 떠난 사람도 정말 많았지…… 다리 아래에선 정말 많은 일이 있었어…… 네 옛 친구들은 다 자라서 정착했어." 합창단이 말했다.

레드는 그들 속이 빤히 보인다는 듯 불쾌한 미소를 지었다. "여자. 여자애 하나하고 이야기를 했지."

"아아아아." 슬림이 말했다. 그는 음흉하게 킬킬거렸다. "이 친구, 이런 뱃놈 같으니. 갑자기 고향 여자가 그리워진 거야?" 레드가 노려보자 킬킬거리던 그의 웃음이 멎었다.

"마음대로 생각해, 혼자 실컷 좋아하라고." 레드가 화를 내며 말했다. "어디 바보처럼 굴어봐. 에디 스커더가 여기 오기까지 오 분 정도 남았으니까."

"에디라고?" 슬림이 영문을 모르겠다는 듯 물었다.

합창단은 정면을 바라보며 입을 다물었다. 레드는 그들의 환영을 묵살했고, 답례로 오직 공포와 어리둥절함만 주었다.

레드는 신경질적으로 입술을 앙다물었다. "레드 마요가 에디 스커더를 만나고 싶어하는 게 상상이 안 되나보지." 레드가 꾸민 목소리로 말했다. 그는 주위 모든 사람의 순진무구함에 분노한 상태였다. "내가 이 마을이 어떤 곳인지 정말 잊었군. 맙소사…… 모두가 똑같은 엄청난 거짓말을 하는 데 동의한 곳, 조금만 지나면 모두들 그게 복음서에 나온 진리라고 생각하는 곳." 그가 주먹으로 카운터를 내려쳤다. "심지어 우리 부모님도! 내 혈육인데, 편지에서 단 한 마디도 하지 않으셨어."

합창단에게 버림받은 슬림은 심술궂은 빨간 머리와 단둘이 남겨졌다. "무슨 거짓말?" 그가 떨리는 목소리로 물었다.

"무슨 거짓말, 무슨 거짓말?" 레드가 앵무새 같은 목소리로 말했다. "폴리는 크래-커가 먹고 싶어, 폴리는 크래-커가 먹고 싶어!* 여행하면서 거의 모든 걸 다 봤지만, 당신들과 비슷한 건 딱 하나밖에 못 봤어."

"그게 뭔데, 레드?" 이제 거의 자동 대답 로봇이 되어버린 슬림이 물었다.

"그거 알아? 남미에는 아이를 훔치는 뱀이 있어. 애를 훔쳐다 인간이 아니라 뱀처럼 키우지. 기는 법부터 시작해 모든 걸 가르쳐. 그리고 다른 뱀들도 그 아이를 뱀으로 대하는 거야."

침묵이 이어지자 합창단은 의무적으로 중얼거렸다. "그런 이야기는 처음 듣는군…… 뱀이 그런 짓을 해? 그것 참 대단하네."

"에디가 오면 물어보자고. 언제나 동물과 자연에 대해 잘 아는 친구였으니까." 레드가 말했다. 그러고는 대화가 끝났다는 뜻으로 몸을 앞으로 굽히고 햄버거를 한입 가득 베어물었다. "에디가 늦는군." 그는 햄버거를 씹으며 말했다. "내 전갈을 받았어야 할 텐데."

---

* 앵무새에게 말을 가르칠 때 상투적으로 쓰는 말.

그는 자신의 전갈을 전달한 사람을, 자신이 그녀를 어떻게 보냈는지를 생각했다. 그리고 눈을 깔고 턱을 움직이며 오늘 하루를 되돌아보기 시작했다. 그의 마음은 다시 정오로 돌아가 있었다.

그날 정오, 도로 위로 2미터가량 솟은 다리 한쪽 끝 대들보에 있는 철과 유리로 된 부스에 앉아 있던 레드는 자신이 거기서 마을 전체를 조종하는 기분이었다. 레드보다 높이 있는 것은 구름과 다리의 거대한 평형추뿐이었다.

다리를 조종하는 레버에는 5밀리미터 정도 남는 공간이 있었고, 레드는 그걸 가지고 신처럼 마을을 조종하는 척했다. 그로서는 자신과 자신을 둘러싼 환경이 움직이고, 아래에서 흐르는 물은 멈췄다고 상상하는 게 어렵지 않았다. 그는 구 년 동안 상선을 탔고, 다리 관리인이 된 지는 이틀도 채 되지 않았다.

정오가 되었다는 나팔소리가 들리자 레드는 마을 조종을 멈추고 조그만 망원경으로 에디 스커더의 해변 판잣집을 내려다보았다. 쓰러질 듯한 낡은 판잣집은 강 하구의 나무 널빤지로 지은 부두에 서 있었으며, 흔들거리는 널빤지 두 짝이 갯벌 쪽으로 연결되어 있었다. 집 아래 강가에는 반짝이는 굴껍데기가 둥그렇게 널려 있었다.

에디의 여덟 살짜리 딸 낸시가 판잣집에서 나와 얼굴에 햇볕을 쬐며 널빤지 위를 콩콩거리고 걸었다. 그러더니 걸음을 멈추고 새침한 표정을 지었다.

레드가 이 직업을 구한 건 낸시를 지켜볼 기회를 얻기 위해서
였다. 그는 그 새침함이 무엇인지 알았다. 낸시가 자기의 선명
한 빨간 머리를 빗는 의식을 하기 전에 짓는 표정이었다.

레드는 손가락으로 망원경이 클라리넷이라도 되는 듯 더듬었
다. "안녕, 레드." 그가 속삭였다.

낸시는 폭포 같은 빨간 머리를 빗고 빗고 또 빗었다. 눈은 감
고 있었다. 빗을 한 번 쓸어내릴 때마다 달콤씁쌀한 황홀경을
느끼는 것 같았다.

빗질을 마치자 낸시는 나른해졌다. 낸시는 진지한 표정으로
소금기가 밴 풀밭을 지나 다리와 연결된 가파른 둔덕을 올라왔
다. 매일 정오마다 낸시는 다리를 건너 간이식당으로 가서 자기
와 아빠가 먹을 따뜻한 음식을 사왔다.

레드는 다가오는 낸시를 내려다보며 미소를 지었다.

레드의 미소를 보고 낸시는 자기 머리를 만졌다.

"아직도 있구나." 레드가 말했다.

"뭐가요?" 낸시가 말했다.

"네 머리, 레드."

"어제 말했잖아요." 낸시가 말했다. "내 이름은 레드가 아니
고 낸시예요."

"어떻게 널 레드가 아닌 다른 이름으로 부를 수 있겠니?" 레

드가 말했다.

"그건 아저씨 이름이잖아요." 낸시가 말했다.

"그러니까 난 너에게 그 이름을 줄 권리가 있지, 내가 원한다면 말이야." 레드가 말했다. "나보다 더 그럴 권리가 있는 사람은 모르겠구나."

"사실 난 아저씨랑 이야기하면 안 돼요." 낸시가 예의바른 척 그를 놀리는 게 재미있다는 듯 말했다. 낸시의 마음속에 의심은 없었다. 둘의 만남에는 동화 같은 면이 있었고, 레드는 평범한 낯선 사람이 아니라 놀라운 다리를 책임지는 상냥한 마법사, 낸시 자신보다 낸시에 대해 더 잘 아는 마법사였다.

"내가 너처럼 이 마을에서 자랐다고 하지 않았어?" 레드가 말했다. "너희 엄마 아빠랑 같이 고등학교에 다녔다고 하지 않았니? 그 말 못 믿겠어?"

"믿어요." 낸시가 말했다. "그냥, 엄마가 어린 여자애들은 낯선 사람과 바로 이야기를 시작하면 안 되고, 소개를 받을 때까지 기다려야 한다고 했거든요."

레드는 날카롭게 빈정대는 투를 거둔 목소리로 말했다. "훌륭한 숙녀셨잖아, 그렇지?" 그가 말했다. "착한 남자아이와 여자아이가 어떻게 행동해야 하는지 잘 아는 분이었어. 무우울론, 바이올렛은 황금 같은 사람이었어. 세상에 그렇게 착하고 바른 사람이 또 있을까."

"다들 그렇게 말해요." 낸시가 자랑스럽게 말했다. "아빠랑 나만 그러는 게 아니에요."

"아빠라고 했니, 응?" 레드가 낸시의 말투를 흉내내며 말했다. "아빠, 아빠, 아빠…… 멋지고 훌륭한 에디 스커더가 우리 아빠예요." 그는 낸시를 바라보며 고개를 갸우뚱했다. "내가 여기 위에 있다는 말은 하지 않았겠지?"

낸시는 자기를 의심하는 말에 얼굴을 붉혔다. "명예를 걸고 한 말을 어기진 않아요."

레드는 씩 웃으며 고개를 흔들었다. "이런, 그렇게 오랜 시간이 흘렀는데 내가 갑자기 하늘에서 뚝 떨어진 것처럼 나타나면 네 아빠가 정말 엄청나게 놀랄 거다."

"엄마가 돌아가시기 전에 마지막으로 하신 말씀 중 하나가," 낸시가 말했다. "명예를 걸고 한 말을 어기면 안 된다는 거였어요."

레드는 심각하게 혀를 끌끌 찼다. "정말 진지한 여자였지, 너희 엄마 말이야." 그가 말했다. "우리가 고등학교를 졸업했을 때, 다른 여자애들은 모두 정착하기 전에 좀 놀고 싶어했어. 바이올렛은 달랐단다. 다르고 말고. 나는 그때 처음 배를 탔어…… 일 년 후에 돌아와보니 바이올렛은 에디와 결혼해서 정착한 상태더구나, 너도 있었고. 물론 그 당시 내가 너를 봤을 땐 넌 머리카락이 없었지."

"이제 가서 아빠 점심을 사 와야 해요." 낸시가 말했다.

"아빠, 아빠, 아빠." 레드가 말했다. "'아빠한테 이걸 해드려야 해요, 저걸 해드려야 해요.' 너처럼 예쁘고 똑똑한 딸이 있으면 참 좋겠구나. '아빠, 아빠.' 내가 시킨 대로 아빠한테 머리카락에 대해 여쭤봤니?"

"보통은 물려받는 거라고 하셨어요." 낸시가 말했다. "난데없이 빨간 머리가 태어나는 건 아주 드물대요, 나처럼." 낸시는 손을 올려 머리를 만졌다.

"아직도 있구나." 레드가 말했다.

"뭐가요?" 낸시가 말했다.

"네 머리카락, 레드." 레드는 웃음을 터뜨렸다. "맹세하는데, 그 머리에 무슨 일이 생기면 너는 말라 죽고 말 거야. 난데없이 태어났다고? 에디가 그렇게 말했니?" 레드는 사려 깊게 고개를 끄덕였다. "에디라면 알겠지. 에디는 빨간 머리에 대해 많이 고민했을 거야. 우리 가족을 볼까. 나에게 아이가 있는데 빨간 머리가 아니었다면 다들 그걸 이상하게 생각했을 거다. 다들 왜 그럴까 생각했겠지. 우리 가문은 애초부터 빨간 머리 가문이었거든."

"아주 재밌네요." 낸시가 말했다.

"생각하면 할수록 재밌지." 레드가 말했다. "내가 알기로 이 마을에 빨간 머리라고는 너, 나, 그리고 내 아버지뿐이야. 아버지는 돌아가셨으니 이제 우리 둘뿐이지."

낸시는 침착했다. "음." 낸시가 말했다. "이제 갈게요. 안녕."

"잘 가, 레드."

낸시가 걸어가자 레드는 망원경을 들고 에디의 판잣집을 내려다보았다. 창문을 통해 에디의 모습이, 어스름한 집안에서 굴 껍데기를 까고 있는 청회색빛 실루엣이 보였다. 에디는 몸집이 작았고, 슬픔에 젖은 큰 머리는 위엄 있어 보였다. 젊은 욥*의 머리였다.

"안녕." 레드가 속삭였다. "누가 돌아왔게?"

낸시가 간이식당에서 따뜻한 점심이 든 묵직한 종이봉투를 들고 돌아오자, 레드는 아이를 다시 멈춰 세웠다.

"이야," 그가 말했다. "에디를 그렇게 잘 돌봐주다보면 커서 간호사가 될 수도 있겠구나. 내가 있던 병원에도 너처럼 훌륭한 간호사가 있었다면 좋았을 텐데."

낸시의 얼굴이 동정심으로 부드러워졌다. "병원에 있었어요?"

"리버풀의 병원에 세 달 동안 있었어, 레드. 날 보러 오는 친구나 친척 하나 없이, 빨리 나으라는 카드 한 장 보내주는 사람도 없이." 그는 점점 애원하는 표정이 되어갔다. "우습지 않니, 레드…… 나는 내가 얼마나 외로운지 몰랐어, 가만히 누워 있게

---

* 구약성서의 등장인물.

될 때까지, 다시는 바다로 나갈 수 없다는 걸 알게 될 때까지." 그는 입술을 핥았다. "그렇게 나는 달라졌단다." 그가 손가락을 튕겼다.

"갑자기, 집이 필요해졌어." 그가 말했다. "그리고 나를 돌봐주고, 나와 함께 있어줄 사람도. 저기 있는 저 작은 오두막처럼 말이야. 레드, 나에겐 아무것도 없었단다…… 다리가 하나뿐인 사람에게 선원 증명서는 아무 쓸모가 없었어."

낸시는 충격을 받았다. "다리가 하나밖에 없어요?"

"한때는 저기 저 사람들이 전부 기억하는 정신 나간 거친 젊은이였는데," 레드가 손짓으로 마을을 가리키며 말했다. "어느 순간 늙은이가 되어 있더구나."

낸시는 손가락 마디를 깨물며 그의 고통을 나누었다. "아저씨를 돌봐줄 아내나 엄마나 여자인 친구는 없어요?" 낸시는 착한 여자아이라면 당연히 그럴 수밖에 없다는 듯 그의 딸처럼 말했다.

레드는 고개를 떨어뜨렸다. "죽었어." 그가 말했다. "엄마는 돌아가셨고, 내가 사랑했던 유일한 여자도 죽었어. 그리고 여자인 친구는, 레드…… 진정으로 다정할 수 없단다. 네가 그들과 사랑에 빠진 게 아니라면, 네가 유령과 사랑에 빠진 게 아니라면 말이야."

레드가 인생의 섬뜩한 면을 억지로 들이밀자 낸시의 다정한 얼굴이 일그러졌다. "그렇게 외로우면 왜 강 위에서 살아요? 옛 친구들과 함께 지낼 수 있는 저 아래에서 살면 되잖아요?"

레드가 한쪽 눈썹을 치켜세웠다. "옛친구? 재미있는 친구들 이지, 바이올렛의 아이가 선명한 빨간 머리라고 엽서 한 장 보 내지 않은 친구들. 심지어 우리 부모님도 말씀 안 하셨어."

신선한 바람이 불어왔고, 낸시의 목소리가 마치 먼 곳에서 바 람을 타고 날아오듯 들려왔다. "아빠 점심이 식고 있어요." 낸 시가 걸음을 떼기 시작했다.

"레드!"

낸시는 멈춰 서서 손을 머리칼로 가져갔다. 레드에게 등을 돌 린 채였다.

레드는 낸시의 얼굴을 보게 해달라고 신에게 빌었다. "에디에 게 할 이야기가 있다고 전해주겠니? 내 근무가 끝나고 간이식당 에서 보자고 해줘. 다섯시 십분쯤에."

"그럴게요." 낸시의 목소리는 또렷하고 침착했다.

"명예를 걸고 약속하니?"

"명예를 걸고." 낸시가 말했다. 그러고는 다시 걷기 시작했다.

"레드!"

낸시는 손을 머리칼로 가져갔지만 계속 걸어갔다.

레드는 망원경으로 낸시를 바라보았지만, 낸시는 레드가 자 기를 보고 있다는 걸 알았다. 낸시는 레드가 자기 얼굴을 볼 수 없도록 계속 얼굴을 돌렸다. 아이가 판잣집으로 들어가고 몇 초 후, 다리 쪽으로 난 창문에 블라인드가 쳐졌다.

　그뒤로는 레드가 아무리 살펴보아도 오후 내내 집안에서 아무 움직임도 보이지 않았다. 딱 한 번, 해질 무렵쯤에 에디가 나왔다. 에디는 딱히 다리를 올려다보거나 하지는 않았고, 그 또한 자기 얼굴을 숨겼다.

　자기가 앉은 간이식당의 스툴이 삐걱거리는 소리 때문에 레드는 다시 현재로 돌아왔다. 석양에 눈을 깜빡이던 그는 머리가 크고 다리가 굽은 에디 스커더가 다리를 건너는 실루엣을 보았다. 그는 작은 종이봉투를 들고 있었다.

　레드는 문 쪽을 등진 채 재킷 주머니에 손을 넣어서 편지를 한 뭉치 꺼낸 다음 자기 앞의 카운터에 놓았다. 카드놀이에서 자기 패를 고집하는 사람처럼 손끝을 편지 위에 올린 채였다. "올 사람이 오는군." 그가 말했다.

　아무도 말이 없었다.

　에디는 망설임 없이 들어와 모두에게 정중하게 인사를 건넸다. 레드가 마지막이었다. 그의 목소리는 놀랄 만큼 깊고 부드러웠다. "안녕, 레드. 낸시가 그러는데 날 보자고 했다더군."

　"맞아." 레드가 말했다. "내가 너에게 하려는 말이 무엇인지 여기 있는 사람들은 아무도 알아내지 못하더군."

"낸시도 알아내느라 조금 골치를 앓았어." 에디가 말했다. 원
망하는 기색은 전혀 없었다.

"낸시도 결국 짐작하던가?" 레드가 말했다.

"이해했어. 여덟 살짜리가 할 수 있는 만큼." 에디가 말했다.
레드 옆 의자에 앉은 그는 카운터 위의 편지들 옆에 봉투를 올
렸다. 그는 편지의 손글씨를 보고 살짝 놀란 기색이었고, 놀란
것을 레드에게 숨기려 들지는 않았다. "커피 부탁해, 슬림." 에
디가 말했다.

"둘이서만 이야기하고 싶어할 줄 알았는데." 레드가 말했다.
그는 에디의 침착함에 약간 당황했다. 그는 에디를 별 볼 일 없
는 촌놈으로 기억했다.

"달라질 거 있나." 에디가 말했다. "어디서 하건 신이 다 보실
텐데."

그들의 만남에 대놓고 신을 끌어들이는 것 역시 레드는 예상
하지 못했다. 병원에 누워 몽상할 때만 해도 강렬한 말은 모두
자기 몫이었다. 그는 자기 혈육을 사랑할 권리에 대한 반박할
수 없는 대사를 생각해왔다. 레드는 자신의 우위를 과시하고 큰
소리칠 필요를 느꼈다. "무엇보다," 그가 거만하게 말했다. "법
에는 관심 없다는 말을 하고 싶어. 이건 그보다 중요한 문제야."

"좋아." 에디가 말했다. "그럼 기본적인 건 나와 의견이 같군.
그러길 바랐어."

"그러니 우리가 서로 다른 이야기를 할 일은 없겠지." 레드가 말했다. "저 아이의 아버지는 네가 아니라 나라고 공언하겠어."

에디는 침착한 손으로 커피를 저었다. "우리가 정확히 같은 말을 할 것 같네." 그가 말했다.

슬림과 다른 세 명은 필사적으로 창밖을 바라보았다.

에디의 스푼은 커피잔 안에서 돌고 돌고 또 돌았다. "계속해." 에디가 즐겁게 말했다.

레드는 당황했다. 생각했던 것보다 일이 빨리 진행되고 있었다. 그리고 동시에 전혀 진행되지 않았다. 고향에 돌아와 하려던 말의 절정은 이미 지났는데 달라진 건 아무것도 없었다. 그리고 아무것도 달라지지 않을 것 같았다. "모두 네 편을 들고 그 아이가 네 딸인 것처럼 굴고 있어." 레드는 화가 나서 말했다.

"좋은 이웃이 되어주었지." 에디가 말했다.

레드의 머릿속은 아직 써먹지 못한 대사, 아무 데도 쓸 수 없을 것 같은 대사로 뒤죽박죽이었다. "난 누가 친부인지 밝히기 위해 혈액검사를 받을 용의가 있어. 자네는?"

"서로를 믿기 위해 꼭 우리 모두가 피를 흘려야겠어? 난 자네와 같은 의견이라고 이미 이야기했어. 자네가 그 아이의 아버지야. 모두 아는 사실이고. 어떻게 모르겠어?"

"내가 다리를 하나 잃었다고 낸시가 이야기했어?" 레드가 격앙된 채 물었다.

"그래." 에디가 말했다. "다른 무엇보다 그걸 가장 강하게 기억하더군. 여덟 살짜리가 가장 신기해할 건 그런 거지."

레드는 커피 주전자에 비친 자신의 모습을 바라보았다. 눈에는 눈물이 맺히고 얼굴은 살짝 달아올라 있었다. 그는 자신의 얼굴을 보고 자기가 말을 잘했으며, 그래서 에디가 자기를 가지고 장난을 친다는 확신이 들었다. "에디…… 그 아이는 내 아이야. 데려가겠어."

"자네에겐 안된 일이야, 레드." 에디가 말했다. "하지만 데려갈 수는 없어." 처음으로, 그의 손이 떨렸고 스푼이 잔에 부딪혀 소리가 났다. "자네는 떠나는 게 좋을 것 같아."

"이게 별일 아닌 것 같아?" 레드가 말했다. "이런 일을 아무것도 아닌 양 그냥 물러설 수 있을 것 같아? 자기 아이를 버려두고 그냥 잊어버릴 수 있을 거라고 생각해?"

"나는 아버지가 되어본 적이 없어서," 에디가 말했다. "자네가 겪는 일이 어떤 건지 그저 상상만 할 수 있을 뿐이야."

"장난치는 건가?" 레드가 말했다.

"내겐 장난이 아니야." 에디가 차분하게 말했다.

"나보다 자네가 더 그 아이의 아버지 자격이 있다고 에둘러 말하는 건가?" 레드가 말했다.

"내가 아직 그 말을 안 했다면, 그렇게 이야기하도록 하지." 에디가 말했다. 그는 손이 몹시 떨리는 바람에 어쩔 수 없이 스푼을 내려놓고 카운터 모서리를 쥐었다.

이제 레드는 에디가 얼마나 겁을 먹었는지 알 수 있었다. 그의 당당함과 경건한 모습은 다 꾸며낸 것이었다. 레드는 자신이 강해지는 것을 느꼈고, 자신이 꿈꾸던 건강함과 정당함이 차오르는 것을 느꼈다. 어느새 그는 주도권을 잡았고, 할말도 잔뜩 있었고, 그 말을 할 시간도 충분했다.

에디가 허세를 부려 자신을 헷갈리게 했다는 것, 거의 성공할 뻔했다는 것 때문에 화가 났다. 그 분노가 절정에 다다라 이 차갑고 공허한 세상에 대한 레드의 증오가 솟구쳤다. 그는 자기 옆의 조그만 사내를 짓누르는 데 모든 의지를 쏟았다.

"그 아이는 나와 바이올렛의 아이야." 레드가 말했다. "바이올렛은 널 사랑한 적 없어."

"그런 적이 있기를 바라." 에디가 겸손하게 말했다.

"바이올렛은 내가 돌아오지 않을 거라고 생각해서 너랑 결혼한 거야!" 레드가 말했다. 그러고는 편지 뭉치 가장 위에 있는 편지를 집어들어 에디 코밑에서 흔들었다. "바이올렛이 그렇게 말했어, 몇 번이나 그렇게 말했다고."

에디는 그 편지를 보지 않으려 했다. "옛날 일이야, 레드. 많은 일이 일어날 수 있어."

"일어나지 않은 일을 하나 말해주지." 레드가 말했다. "바이올렛은 계속 편지를 보내왔어. 나한테 돌아와달라고 계속 애걸했다고."

"그런 일이 한동안 계속되는 것 같더군." 에디가 부드럽게 말했다.

"한동안?" 레드는 편지를 뒤져 하나를 꺼낸 뒤 에디 앞에 떨어뜨렸다. "편지에 적힌 날짜를 좀 볼래? 그 편지를 쓴 날짜를 보라고."

"보고 싶지 않아." 에디가 말했다. 그는 자리에서 일어섰다.

"겁먹었군." 레드가 말했다.

"맞아." 에디가 말했다. 그는 눈을 감았다. "가, 레드. 제발 가줘."

"미안해, 에디." 레드가 말했다. "하지만 그 무엇도 날 쫓아낼 순 없어. 레드는 집에 돌아왔다고."

"신이 자네를 불쌍히 여기시길." 에디가 말했다. 그는 문으로 걸어갔다.

"종이봉투 가져가." 레드가 말했다. 그의 발이 춤을 추듯 움직였다.

"자네 거야." 에디가 말했다. "낸시가 주는 거야. 내 생각이 아니라 낸시의 생각이었어. 내가 알았다면 말렸을 거야, 신은 아시겠지." 그는 울고 있었다.

에디는 나갔고, 날이 어두워지는 가운데 다리를 건넜다.

슬림과 다른 손님 셋은 돌처럼 굳어버렸다.

"맙소사!" 레드가 그들에게 외쳤다. "내 핏줄이라고! 세상에서 가장 깊은 사이야! 대체 내가 왜 떠나야 하는데?"

아무도 대답이 없었다.

그 전투의 결과로 레드는 끔찍할 정도로 우울해졌다. 그는 상처를 달래듯 손등을 빨았다. "슬림," 레드가 말했다. "봉투 속에 든 게 뭐야?"

슬림은 봉투를 열고 안을 들여다보았다. "머리카락이야, 레드." 그가 말했다. "빨간 머리카락."

작은 물방울
Little Drops of Water

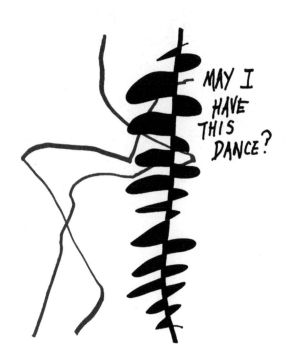

MAY I
HAVE
THIS
DANCE?

이제 래리는 가고 없다.

우리 미혼남들은 외로운 사람들이다. 가끔 지독하게 외로워지지 않았다면, 내가 바리톤 가수 래리 화이트먼의 친구가 되는 일은 없었을 것이다. 친구로도, 동료로도 지내지 않았을 것이다. 동료란, 내가 그를 특별히 좋아하는지 아닌지와 무관하게 함께 시간을 보낸다는 의미다. 나는 미혼남들이 나이가 들수록 점점 더 동료를 덜 까다롭게 고르는 경향이 있음을 발견했다. 그리고 인생의 다른 모든 것과 마찬가지로, 친구 역시 습관이 되고 늘 반복하는 일상의 일부가 되는 것 같다. 예를 들어, 나는 래리의 말도 안 되는 자만과 허영을 메스꺼워하면서도 벌써 몇 년째 그를 만나러 간간이 들르곤 한다. 간간이가 무슨 뜻인지

분석할 때마다, 내가 매주 화요일 오후 다섯시에서 여섯시 사이에 래리를 만나고 있음을 깨닫게 된다. 만약 증인석에 선 나에게 몇월 며칠 금요일 오후에 어디에 있었느냐고 누가 묻는다면, 나는 그날 그 시간에 내가 어디 있었는지 답하기 위해 다음 금요일에 내가 있을 곳을 말하는 나 자신을 발견하게 될 것이다.

내가 여자를 좋아하지만 스스로 미혼남의 삶을 선택했다는 사실을 얼른 덧붙여두도록 하자. 미혼남들은 외로운 사람들이지만, 유부남들은 식솔이 딸린 외로운 사람들이라고 확신한다.

여자를 좋아한다고 말할 때, 나는 그 여자들의 이름을 댈 수 있다. 그리고 아마 습관에 기인한 것이라는 변명과 함께 래리와 나와 그 여자들의 관계에 대해서도 설명할 것이다. 노래를 하고 싶어했던 스케넥터디의 양조업자 딸 이디스 브랑켄이 있었다. 노래를 하고 싶어했던 인디애나폴리스의 철물상 딸 재니스 거니가 있었다. 노래를 하고 싶어했던 밀워키의 컨설팅 엔지니어 딸 비트릭스 워너가 있었다. 노래를 하고 싶어했던 버펄로의 식품 도매상 딸인 엘런 스파크스가 있었다.

나는 앞에서 언급한 매력적인 젊은 숙녀들을 만나본 적이 있다. 언급한 순서대로 한 명씩, 래리의 스튜디오—다른 사람들은 모두 그곳을 아파트라고 부를 것이다—에서 만났다. 래리는 노래를 하고 싶어하는 돈 많고 젊고 예쁜 여자들에게 레슨을 해주어 솔로이스트 활동 수입을 보충했다. 래리는 핫 퍼지 선데*처럼 부드러우면서도, 덩치가 크고 강해 보인다. 마치 대학 교육을 받은 벌목꾼—그런 게 있는지 모르겠지만—이나 캐나다 기마경찰대 같은 모습이다. 물론 그의 목소리는 그가 엄지와 검지를 가지고 돌을 가루로 만들 수 있을 것이라는 인상을 준다. 그의 학생들은 무조건 그와 사랑에 빠졌다. 누군가 그녀들이 그를 어떻게 사랑했느냐고 물으면, 나는 대답으로 다른 질문을 던질 수밖에 없다. 애정 주기 중 어느 시점에서요? 시작 시점에 대해 묻는 거라면, 래리는 임시 아버지처럼 사랑받았다. 조금 지나고 나면 자애로운 감독관처럼 사랑받았고, 마지막에는 연인으로서 사랑받았다.

그다음엔 래리와 그의 친구들이 졸업이라고 부르는 단계가 찾아온다. 학생의 노래 솜씨와는 전혀 상관이 없고 애정 주기와만 관련 있는 단계이다. 학생이 결혼이라는 단어를 공공연히 입에 올리면 졸업할 때가 되었다는 신호였다.

래리는 약간 푸른 수염** 같은 데가 있었고, 이렇게 말해도 될지 모르겠지만, 운이 버텨주는 동안에는 행운아였다. 이디스, 재니스, 비트릭스, 엘런—가장 최근에 졸업한 학생들—은 그를 사랑했고 또한 그의 사랑을 받았다. 그리고 그들은 차례대로 차

---

* 아이스크림에 초콜릿 시럽과 캐러멜을 올린 디저트.
** 결혼한 뒤 신부 죽이기를 반복했다는 프랑스의 구전설화 속 남자. 그의 저택 지하실에는 전 부인들의 시체를 모아둔 방이 있었다.

였다. 그들 한 명 한 명은 모두 놀랍도록 아름다웠다. 그러나 그들의 고향에는 그들 같은 여자들이 더 있었고, 그런 다른 여자들 역시 노래를 하고 싶어서 기차와 비행기와 컨버터블을 타고 뉴욕으로 왔다. 래리에게는 연인을 대체할 여자들이 끊이지 않았다. 대체품이 충분히 있었기에 결혼 같은 영구적인 약속을 맺고 싶다는 유혹을 느낄 필요가 없었다.

미혼남들의 생활이 대부분 그렇지만 래리의 경우엔 더 심했다. 매분마다 스케줄이 있었고 여자를 여자로 대할 시간은 아주 적었다. 당시 만나는 학생이 누구든 간에 그 학생을 위한 시간은 정확히 월요일과 목요일 저녁이었다. 레슨을 하는 시간, 친구들과 점심을 먹는 시간, 연습하는 시간, 이발소 가는 시간, 나와 칵테일을 두 잔 마시는 시간이 정해져 있었다. 모든 일에 다 시간을 정해두었고, 스케줄이 몇 분 이상 틀어지는 일은 없었다. 마찬가지로 그의 스튜디오도 정확히 그가 원하는 대로 꾸며져 있었다. 모든 물건에 제자리가 있었고, 허투루 쓰이는 공간도, 그가 보기에 쓸모없는 물건도 없었다. 아주 젊었던 시절에는 그가 결혼에 대해 몹시 애매한 태도를 취했을지 몰라도, 곧 결혼 자체가 불가능해졌다. 예전에는 아내를 억지로 구겨넣을 시간과 공간이 있었을지 모르지만 지금은 남는 시간과 공간이 전혀 없었다.

"습관, 그게 나의 힘이야!" 래리는 이렇게 말한 적이 있다.

"아아아아, 다들 래리를 잡고 싶어 안달이겠지? 나를 바꿔놓으려 하겠지? 덫으로 나를 잡기 전에 내 규칙적인 생활패턴부터 깨야 할 텐데, 그건 불가능해. 나는 내 아늑하고 규칙적인 생활을 사랑해. 습관, 에이어스 트리플렉스."

"그게 뭐야?" 내가 물었다.

"에이어스 트리플렉스, 삼중 갑옷이라는 뜻이야." 그가 답했다.

"아." 에이어스 클리넥스*라고 하는 것이 더 진실에 가까웠겠지만, 그때는 우리 둘 다 그 사실을 몰랐다. 그때 래리 머리 위에 떠 있는, 그의 하늘을 수놓은 별자리는 엘런 스파크스였지만— 비트릭스 워너는 몇 달 전에 청산한 상태였다—엘런은 다른 여자들과 다른 낌새를 전혀 보이지 않았다.

나는 내가 여자를 좋아한다고 했고, 내가 좋아했던 여자들의 예로 엘런을 포함한 래리의 학생들을 언급한 바 있다. 나는 안전한 거리를 두고 그들을 좋아했다. 학생과의 애정 주기에서 래리가 타향에서 만난 아버지 역할을 그만두고 더 따뜻한 역할을 맡게 되면, 내가 대신 아버지 역할을 맡았다. 물론 열의 없고 초라한 아버지였지만 여자들은 내게 래리와 자신의 관계를 털어놓고 조언을 구하곤 했다. 떠오르는 말이라곤 "음, 뭐 어때, 젊은 시절은 한 번뿐인걸"밖에 없었으니 나는 쓸 만한 조언자는

---

* 'Aes Kleenex', 휴지 갑옷.

아니었다.

나는 엘런 스파크스에게도 그 정도의 말을 해주었다. 그녀는 지독히도 예쁜 갈색 머리 여자로, 돈 생각이나 돈이 부족하다는 이유로 우울해할 것 같지는 않은 여자였다. 엘런의 목소리는 말할 때는 듣기 좋았지만, 노래를 할 때면 성대가 콧구멍 깊숙한 곳까지 올라붙은 것 같았다.

"노래하는 구금*이야." 래리가 말했다. "중서부 억양으로 이탈리아어 가사를 부르지." 하지만 엘런은 여러모로 보는 재미가 있었고 돈을 재깍재깍 냈기 때문에 래리는 그녀를 계속 가르쳤다. 엘런은 래리가 레슨 1회 비용으로 그때그때 자기가 필요한 금액을 부른다는 것은 전혀 눈치채지 못하는 것 같았다.

왜 가수가 되고 싶다는 생각을 하게 되었는지 한번 물어봤더니, 엘런은 릴리 퐁스**를 좋아한다고 대답했다. 엘런에게 그 말은 완벽할 정도로 충분한 대답이었다. 사실 나는 엘런이 답답한 고향에서 벗어나 아는 사람 하나 없는 곳에서 부자 행세를 하며 놀고 싶었던 거라고 생각한다. 아마 음악, 연극, 미술 중 어떤 걸 핑계로 삼을까 제비뽑기를 했을 것이다. 그런 면에서 보면 비슷한 상황의 다른 여자들보다는 상대적으로 진지한 편이었다. 내

---

* 쇠로 된 작은 악기로, 입에 물고 손가락으로 쇠를 튕겨 그 진동으로 소리를 낸다.
** 프랑스 출신 성악가. 오페라 가수로 대단한 인기를 끌었고 당대 뉴욕 상류층 여성의 아이콘이었다.

가 아는 어떤 여자는 아버지의 돈으로 스위트룸을 잡고, 시사 잡지 몇 권을 정기구독해 안목을 넓혔다. 그녀는 매일 한 시간 씩 잡지에서 중요해 보이는 글에 거의 종교적인 열정을 담아 밑줄을 쳤다. 30달러짜리 만년필로.

음, 엘런의 뉴욕 아버지로서 나는 엘런이 그전의 다른 여자들과 마찬가지로 래리를 사랑한다고 선언하는 것을 들었고, 확신할 수는 없지만 래리 역시 자기를 꽤 좋아하는 것 같다고 말하는 것을 들었다. 집을 떠난 지 오 개월밖에 되지 않았는데 상당히 유명한 사람과 잘되어가고 있었으므로 그녀는 스스로를 자랑스러워했다. 내가 들은 내용을 종합해보면, 버펄로에서는 바보 취급을 받았던 터라 승리는 두 배나 달콤했다. 그러더니 그녀는 와인을 마시며 예술에 대해 열렬한 대화를 나눴던 저녁 이야기를 더듬거리며 털어놓았다.

"월요일과 목요일 저녁에?" 내가 물었다.

엘런은 당황한 듯했다. "관음증 있으세요?"

육 주 후 그녀는 차츰 결혼에 대해, 결혼을 입에 올렸을 때 래리의 표정에 대해 이야기하기 시작했다. 그로부터 칠 주 후 그녀는 졸업했다. 어느 화요일 그와 칵테일을 마시는 시간에 들렀다가 길 건너편에 엘런이 탄 노란색 컨버터블이 서 있는 것을 보았다. 좌석에 구부정하게 앉은 모습, 반항적인 동시에 완전히 엉망이 된 모습을 보고 무슨 일이 일어났는지 알 수 있었다. 나는 엘런을 내버려두는 게 최선이라고 생각했다. 똑같은 이야기에 완전히 넌더리가 났기 때문이기도 했다. 하지만 나를 알아본 엘런이 경적을 울렸고 나는 머리카락이 곤두섰다.

"아, 엘런. 안녕. 레슨 끝났어?"

"웃고 싶으면 웃어요."

"웃지 않아. 내가 왜 웃겠어?"

"다 알잖아요." 엘런이 쓸쓸하게 말했다. "남자들이란! 다른 여자들에 대해서도 알고 있었죠? 어떻게 되었는지, 내가 어떻게 될지도 알고 있었죠, 안 그래요?"

"래리의 학생들 중에 래리에게 반하는 학생이 많다는 건 알고 있었지."

"그러고는 버림받았겠죠. 아니, 여기 있는 이 여자는 버려지지 않을 거예요."

"래리는 무척 바쁜 사람이야, 엘런."

"자기 커리어가 질투심 많은 애인이나 다름없다고 하더군요." 엘런이 쉰 목소리로 말했다. "그럼 난 뭐죠?"

래리의 그 말은 필요 이상으로 에로틱한 것 같기도 했다. "음, 엘런, 너한테는 잘된 일이야. 네 나이와 비슷한 사람을 만나야지."

"너무해요. 난 래리를 가질 자격이 있어요."

"래리를 원할 정도로 어리석다 해도, 넌 래리를 가질 수 없어. 래리의 삶은 습관으로 완전히 굳어버려서 아내가 끼어들 공간이 없어. 메트로폴리탄 오페라단에게 광고음악을 부르게 하는 게 더 쉬울 거야."

"난 돌아올 거예요." 엘런은 시동을 걸며 으스스하게 말했다.

내가 들어갔을 때 래리는 문을 등진 채 술을 섞고 있었다. "울던가?" 그가 물었다.

"전혀." 내가 대답했다.

"좋아." 래리가 말했다. 나는 그 말이 진심인지 확신이 서지 않았다. "여자들이 울면 내가 나쁜 놈 같거든." 그는 양손을 치켜들었다. "하지만 어쩌겠어? 내 커리어는 질투심 많은 애인인걸."

"알아. 엘런이 그러더군. 비트릭스도 그랬지. 재니스한테도 들었어. 이디스한테도." 내가 여자 이름을 줄줄이 대자 래리는 기쁜 듯했다. "그런데 엘런은 자기가 버려지지 않을 거라더군."

"정말? 현명하지 못하네. 뭐, 두고 보자고."

엘런이 하늘에 신이 존재한다고 믿던 무렵, 뉴욕의 공인된 유명인사를 몇 주 안에 버펄로로 데리고 갈 수 있을 거라 확신하던 무렵에, 나는 아버지의 마음으로 가장 좋아하는 식당에 엘런을 데리고 가서 점심을 먹은 적이 있었다. 그녀는 그 식당이 마음에 드는 것 같았고, 엘런이 래리와 헤어진 후에도 나는 가끔 거기서 그녀를 보았다.

보통 엘런은 래리와 내가 만나라고 말한 유형의 남자, 즉 자신과 나이가 비슷한 남자와 있었다. 나이뿐 아니라 사랑스러운 아둔함까지 닮은 사람을 고르는 것 같았다. 그래서 그녀의 점심 시간은 한숨과 긴 침묵, 대체로 안개가 잔뜩 낀 듯한 분위기—흔히 사랑이라고 오인하는—로 가득했다. 사실 엘런과 그녀의 동행은 할말이 단 한 마디도 없는 끔찍한 상태였을 것이다. 나는 확신한다. 래리와 함께라면 그런 문제는 절대 없었다. 말을 하는 쪽이 래리라는 걸 두 사람 모두 이해했고, 래리가 조용해 질 때 그것은 아름다운 효과를 위한 것, 기억에 잘 담아두라는 뜻이었다. 엘런이 그 침묵을 깨는 법은 없었다. 엘런의 동행이 계산하는 일에 집중할 때면 그녀는 늘 시선을 의식했고, 자신에 게 익숙한 품격은 그런 게 아니라는 듯 불편하고 경멸스러운 표 정을 지었다. 물론 엘런이 익숙한 품격은 그런 게 아니었다.

그 식당에서 엘런을 우연히 마주쳤을 때 나는 고개를 끄덕여 보였으나, 그녀는 나를 완전히 무시했다. 그래서 그다음부터는 나도 고개를 끄덕여 보이지 않게 되었다. 그녀는 아마 나 역시 한통속이라고, 자신에게 망신을 주기 위한 래리의 계획에 가담하 고 있다고 느꼈을 것이다.

조금 지나자 엘런은 자기와 나이가 비슷한 젊은 남자들을 버 리고 혼자 점심을 먹기 시작했다. 그리고 마침내 우리 두 사람 모두를 놀라게 한 우연의 일치로, 우리는 옆 테이블에 앉게 되 었다. 엘런은 새하얀 목을 연신 가다듬으며 헛기침을 했다.

계속 신문을 읽기란 불가능했다. "오래 살고 볼 일이군." 내가 말했다.

"잘 지냈어요?" 엘런이 싸늘하게 물었다. "여전히 웃을 일이 많이 생기나요?"

"아 물론, 아주 많지. 요즘 사디즘이 뜨고 있잖아. 뉴저지에선 합법화했고, 인디애나와 와이오밍도 곧 그럴 추세야."

엘런은 고개를 끄덕였다. "잔잔한 물이 더 깊은 법이죠." 그녀가 수수께끼 같은 말을 했다.

"날 두고 하는 말인가, 엘런?"

"저요."

"그렇군." 나는 당황해서 말했다. "그 말은, 당신이 보기와는 다른 면이 있다는 건가? 그건 나도 동의해." 그리고 그건 진심이었다. 엘런이 겉으로 보이는 것처럼―이렇게 말하긴 조금 그렇지만―지적으로 형편없는 것 같지는 않았다.

"래리가 보기에 말이에요." 그녀가 말했다.

"아, 그러지 마, 엘런…… 이젠 극복했잖아. 래리는 허영덩어리에 이기적이고, 불룩한 배를 거들로 누르고 다니는 놈인걸."

엘런은 양손을 들어올렸다. "아니, 아니에요…… 엽서와 경적에 대해서나 말해봐요. 래리가 뭐래요?"

"엽서? 경적?" 나는 고개를 가로저었다. "그런 이야기는 한 적 없는데."

"당연히 그랬겠죠." 그녀가 말했다. "훌륭해요. 완벽하네요. 완벽."

"미안하지만 난 모고 중약이 있어.*" 내가 일어나며 말했다.

"그게 무슨 말이에요?"

"네 말이 무슨 뜻인지 모르겠다고, 엘런. 네 말을 이해해보고 싶지만 시간이 없어. 중요한 약속이 있기도 하고. 행운을 빌어."

약속이란 치과 진료였다. 그 괴로운 일이 끝나고 오후 시간이 어정쩡해지자, 나는 래리를 만나 엽서와 경적에 대해 물어보기로 결심했다. 화요일 네시였으니, 래리는 이발소에 있을 것이다. 나는 이발소로 가서 래리 옆자리에 앉았다. 얼굴이 비누거품으로 덮였지만 래리가 분명했다. 사 년 동안 화요일 네시에 그 의자에 앉은 사람은 래리 말고는 아무도 없었다.

"다듬어쥐요." 나는 이발사에게 이렇게 말하고는 래리에게 말을 걸었다. "엘런 스파크스가 그러는데 잔잔한 물이 더 깊다는 걸 명심하라더군."

"으음?" 래리가 비누거품을 묻힌 채 말했다. "엘런 스파크스가 누군데?"

"자네가 예전에 가르친 학생. 기억 안 나?" 이렇게 까먹어버

---

* 엘런은 'perfect(완벽해요)'를 일반적으로 쓰이는 줄임말 'perf(완벽)'로 줄여 말했고, 화자는 일반적으로 쓰이지 않는 방식으로 말을 마음대로 줄여 엘런에게 혼란을 주고 있다.

리는 것은 래리가 예전부터 써먹던 수법이었고, 내가 아는 한 거짓말이 아니었다. "두 달 전에 졸업한 여자 있잖아."

"졸업생을 전부 기억하기란 쉽지 않지. 버펄로에서 온 그 꼬마? 식품 도매상? 기억나. 이제 샴푸해줘요." 그가 이발사에게 말했다.

"물론이죠, 화이트먼 씨. 다음 순서는 당연히 샴푸입니다."

"엽서와 경적에 대해 물어보던데."

"엽서와 경적이라." 그는 곰곰이 생각하는 듯했다. "아니, 생각나는 게 없는데." 그는 손가락을 튕겼다. "아 맞다, 맞다, 맞다, 맞다. 엽서와 경적 때문에 아주 죽을 지경이라고 해줘. 아침마다 카드를 받아."

"뭐라고 써서 보내는데?"

"걔한테 이렇게 전해. 내가 아침에 달걀을 먹는 사 분 사이에 집배원이 도착해. 나는 우편물을 내 앞에 쌓아두고, 엘런 스파크스의 카드를 제일 위에 얹어두지. 달걀을 다 먹으면 나는 얼른 카드를 집어들어. 그리고? 반으로 찢고, 사분의 일로 찢고, 십육분의 일로 찢고, 눈송이처럼 된 조각을 쓰레기통에 버리지. 그러고 나면 커피를 마실 시간이 돼. 뭐라고 적었는지는 전혀 몰라."

"경적은?"

"카드보다 더 끔찍한 형벌이야." 그는 웃었다. "배신당한 여자의 분노가 지옥보다 더하다더니. 매일 오후 두시 반 내가 연습을 시작할 무렵에 무슨 일이 일어나는지 아나?"

"엘런이 오 분 동안 경적을 마구 울려서 펄쩍 뛰게 만드나?"

"엘런에게 그럴 만한 용기는 없어. 매일 오후 들릴까 말까 한 작은 소리로 한 번 빵 울리고, 기어 바꾸는 소리가 들리고, 그 바보 같은 꼬마는 가버리지."

"성가시지 않아?"

"성가셔? 내가 예민할 거라는 생각은 맞았지만, 내 적응력을 과소평가했어. 처음 며칠간은 거슬렸는데, 이젠 기차 소음보다도 거슬리지 않아. 자네가 경적 이야기를 했을 때 처음엔 무슨 이야기인가 했다니까."

"아주 혈안이 되었던데." 내가 말했다.

"눈에 쏠린 피를 뇌로도 좀 보내는 게 좋을 텐데." 래리가 말했다. "그나저나 나의 새 학생은 어떻게 생각해?"

"크리스티나? 내 딸이었다면 용접이나 가르쳤을 거야. 초등학교에서 선생들이 듣는 사람이라고 부르는 유의 아이지. 선생들이 음악 시간이 되면 구석에 세워놓고 입은 다물게 하고 발을 굴러 박자를 맞추라고 시키는 아이 말이야."

"배우고 싶어 안달이 났어." 래리는 방어하듯 말했다. 그는 자기가 학생들에게 갖는 관심이 프로다운 관심이 아니지 않느냐는 암시에 민감했다. 그리고 어느 정도 자기방어를 위해서였겠지만, 자기 학생들의 예술적 재능에 대단한 신뢰를 보였다. 예를 들어, 그는 엘런을 지하 감옥에 처넣을 준비를 마치고 나서야* 엘런의 목소리에 대한 험담을 입에 올렸다.

"크리스티나도 십 년 후에는 〈십자 모양이 새겨진 빵〉** 정도는 부를 수 있을지 모르지."

"자네를 놀라게 할 수도 있어."

"크리스티나 때문에 놀랄 것 같지는 않아. 엘런이라면 몰라도." 내가 말했다. 나는 소름 끼치고 거부할 수 없는 힘을 풀어놓을 듯한 엘런의 분위기가 마음에 걸렸다. 하지만 아직까지는 엽서와 경적이라는 바보 같은 짓뿐이었다.

"엘런이 누구지?" 뜨거운 수건을 덮어쓴 그가 희미한 목소리로 말했다.

이발소 전화가 울렸다. 나를 봐주던 이발사가 받으러 가는데, 전화가 끊겼다. 그는 어깨를 으쓱했다. "이상하네. 요즘 들어 화이트먼 씨가 오실 때마다 전화가 저러는 것 같아요."

내 침대 옆 전화기가 울렸다.

"나야, 래리 화이트먼!"

---

* 푸른 수염 설화에 빗댄 표현.

** 옛 영국 동요.

"죽어버려, 래리 화이트먼!" 시계를 보니 새벽 두시였다.

"그 여자애한테 그만두라고 말해줘, 내 목소리 들려?"

"좋아, 기꺼이." 나는 탁한 목소리로 말했다. "누구한테 뭘?"

"당연히 그 식품 도매상 여자애지! 그 버펄로 애. 내 목소리 들려? 당장 그만두라고 해. 그 빛, 그 빌어먹을 빛 말이야."

나는 딸깍소리로 래리의 고막을 상하게 할 요량으로 수화기를 도로 내려놓으려 했지만, 잠기운이 사라지자 내가 그의 이야기에 흥미를 느끼고 있다는 것을 깨달았다. 엘런이 마침내 비밀무기를 꺼내든 게 분명했다. 래리는 그날 밤 공연을 했다. 그녀는 모두가 보는 앞에서 그를 공격했을지도 몰랐다. "빛을 비춰서 앞을 못 보게 했어?"

"더 심해! 조명이 꺼지니까 멍청하고 작은 손전등을 꺼내더라고. 사람들이 배터리가 떨어질 때까지 열쇠고리에 달고 다니는 거 있잖아. 그걸로 바보 같은 자기 얼굴을 비췄어. 어둠 속에서 끔찍한 모습으로 혼자 씩 웃더라니까."

"저녁 내내 그랬어? 쫓겨나지 않고?"

"내가 자기를 볼 때까지 하고는 끄더라고. 그다음엔 기침. 신이시여! 기침!"

"기침소리는 공연중에 항상 여기저기서 나잖아."

"그런 식의 기침이 아니야. 내가 곡을 시작하려고 숨을 들이마실 때마다 켁, 켁, 켁. 일부러 세 번 기침을 했어."

"음, 다음에 만나면 얘기할게." 내가 말했다. 그 작전의 참신함에 놀라긴 했지만, 장기적인 결과는 기대하기 힘들다는 점이 실망스러웠다. "자네 같은 베테랑이면 그 정도를 무시하는 건 어렵지 않을 텐데." 사실이었다.

"나를 당황시키려는 거야. 시청 공연 전에 나를 무너뜨리려는 거라고." 그가 씁쓸하게 말했다. 일 년 중 래리에게 직업상 가장 중요한 순간은 매년 하는 시청 공연이었다. 덧붙이자면, 그는 언제나 평론가들의 찬사를 받았다. 분명히 말해두는데 래리는 아주 잘나가는 가수였다. 그런데 큰 행사가 두 달밖에 남지 않은 이 시점에 엘런이 전등과 기침 작전을 시작한 것이었다.

래리가 흥분해서 전화한 지 이 주 후, 엘런과 나는 점심시간에 다시 우연히 만났다. 엘런은 여전히 나에게 대놓고 차갑게 굴 결심인 듯했고, 마치 내가 중요한 스파이지만 믿을 수는 없고 만나기 싫은 사람이라는 양 대했다. 이번에도 엘런은 숨겨진 힘이 있다. 뭔가 큰일이 일어날 것이다, 하는 인상을 주며 나를 불편하게 했다. 얼굴은 상기되어 있었고 행동은 비밀스러웠다. 예의상 인사를 차갑게 몇 마디 주고받은 뒤, 그녀는 불빛에 대해 래리가 뭐라고 하지 않는지 물었다.

"많이 얘기했지," 내가 말했다. "첫 공연이 끝나고. 아주 죽으려고 하더군."

"하지만 지금은요?" 엘런이 기대감을 품고 물었다.

"너한테는 나쁜 소식이야, 엘런…… 래리에겐 잘된 일이고.
공연을 세 번 하고 난 다음에는 익숙해져서 이제 완전히 침착해
졌어. 안타깝지만 효과가 전혀 없는 것 같더군. 이제 포기하지
그래? 이미 오랫동안 괴롭혔잖아? 네가 얻을 수 있는 건 복수뿐
이고, 복수는 벌써 했잖아." 엘런이 저지르는 근본적인 실수는
내가 지적할 몫이 아니다 싶어 언급하지 않았다. 그녀가 래리를
성가시게 하려고 하는 일들은 규칙적이었고, 예측 가능했으며,
래리로서는 자기 생활 시간표에 끼워넣고 무시해버리기 아주
쉬운 것이었다.

엘런은 나쁜 소식을 담담하게 받아들였다. 내가 그녀의 작전
이 대성공이고, 래리가 항복 직전이라고 말해주기라도 한 것 같
았다. "복수는 사소한 거죠." 그녀가 말했다.

"하나만 약속해줘, 엘런……"

"그럼요," 그녀가 말했다. "나도 래리처럼 뭐든지 다 약속해
버리지 못할 이유가 뭐가 있어요?"

"엘런, 시청 공연 때 폭력적인 짓은 하지 않겠다고 약속해줘."

"명예를 걸고 약속하죠." 엘런은 미소를 지었다. "이보다 쉬
운 약속은 해본 적이 없어요."

그날 저녁, 나는 수수께끼 같은 이 대화를 래리에게 그대로
전해주었다. 그는 자기 전에 먹는 크래커와 따뜻한 우유를 먹고
있었다.

"으음." 그는 입에 음식을 넣은 채 말했다. "오늘 낮에 엘런이 말이 되는 소리를 했다면, 태어나서 처음으로 해본 거였을 거야." 그는 경멸조로 어깨를 으쓱했다. "이 헬렌 스마트라는 애도 지쳤군."

"엘런 스파크스야." 내가 정정해주었다.

"이름이 뭐든, 곧 집에 가는 기차를 타게 될 거야. 솔직히 끔찍한 취향이야! 씹은 종이를 뭉쳐서 던지고 우리집 초인종에 핀을 꽂아놨다 해도 난 놀라지 않았을 거야."

거리 아래쪽에서 쓰레기통 뚜껑이 달그락거렸다. "소란을 피우는군." 내가 말했다. "이렇게 시끄럽게 해야 하나?"

"무슨 소란?"

"저 쓰레기통."

"아, 저거. 여기 살았다면 자네도 익숙해졌을 거야. 누군지는 몰라도 매일 밤 누가 저런 소리를 내." 그는 하품을 했다. "딱 잠자리에 들 시간에."

큰 비밀을 지키는 것, 특히 자신의 행동에 대한 비밀을 지키는 것은 아주 똑똑한 사람에게도 쉽지 않은 일이다. 용량이 작은 두뇌로는 훨씬 더 어려운데, 예를 들면 범죄자들은 끝없이 자기에 대해 떠들어서 감옥에 가거나 더 심한 꼴을 당하기도 한다. 자기가 한 짓이 무엇이든 너무나 훌륭하다고 생각한 나머지

남의 칭찬이 듣고 싶어 공공연히 떠들고 다니기 때문이다. 그렇기에 엘런이 단 오 분이라도 비밀을 지킬 거라고 믿기는 힘들었다. 사실 엘런은 그 멋진 비밀을 육 개월이나 지켰다. 래리와 헤어지고 나서부터 시청 공연 이틀 전까지의 기간이었다.

우리가 등을 맞대고 점심을 먹던 어느 날, 엘런은 마침내 내게 털어놓았다. 나는 그녀의 말이 무슨 뜻인지 도저히 이해할 수 없었다, 다음날 래리를 만나기 전까지는.

"약속했지, 엘런," 내가 또다시 말했다. "내일모레 시청 공연에서 험한 짓 하기 없기야. 야유도 하지 말고, 악취 폭탄을 터뜨리지도 말고, 영장을 들고 나타나도 안 돼."

"말이 심하네요."

"그러지 마. 그 공연은 래리에게 중요한 만큼이나 음악을 사랑하는 사람들한테도 중요한 공연이야. 편가르기 싸움에 이용할 게 아니라고."

엘런은 몇 달 만에 처음으로 느긋한 모습이었다. 마치 아주 만족스럽게 일을 끝낸 사람—요즘 세상에 보기 드문—같아 보였다. 보통 흥분과 알 수 없는 기대감으로 붉은빛을 띠던 안색은 평온한 분홍색과 상아색이 되어 있었다.

엘런은 조용히 식사하며 래리에 대해서는 묻지 않았다. 내가 전해줄 새 소식도 없었다. 그녀의 끈질긴 공격—경적, 엽서, 불빛과 기침, 그 외에 또 뭐가 있을지는 신만이 아실 것이다—에도 불구하고, 래리는 그녀를 완전히 잊어버렸다. 그의 일상은 방해받지 않은 채 체계적이고 이기적으로 흘러갔다.

엘런이 입을 열었다. 차분했던 이유를 알 수 있었다. 나는 전부터 그렇게 될 것을 예상했고, 그녀를 그 방향으로 이끌어주려고 시도해본 적도 있었다. 놀랍지도, 인상적이지도 않았다. 복잡한 상황에 대한 너무나 당연한 해결책이었고, 당연한 해결책을 찾아가려는 뇌가 도달할 만한 결론이었다.

"주사위는 던져졌어요." 엘런은 침착하게 말했다. "돌아갈 수 없어요." 그녀가 덧붙였다.

나도 주사위는 정말 던져졌다고 생각했고, 그게 최선이라고 생각했다. 나는 엘런의 말뜻을 이해했다고 생각했다. 유일하게 놀랐던 점은 레스토랑을 나서려고 일어서며 엘런이 내 뺨에 작별 키스를 했다는 것이다.

다음날 오후—래리와 칵테일 두 잔을 마시는 시간인 다섯시에—나는 그의 스튜디오에 들어섰다. 그는 아무 데도 없었다. 내가 도착할 때면 래리는 언제나 자기를 우러러보는 여성이 보낸 요란한 격자무늬 재킷을 고상하게 차려입고 거실에서 술을 섞고 있었다.

침실 커튼이 열리고, 그가 불안정한 걸음으로 나타났다. 딱해 보였다. 잠옷 가운 대신 예전 어느 오페레타에서 쓰다 버렸을 법한 술이 달린 자주색 줄무늬 망토를 입은 모습이었다. 그는 부상당한 장군처럼 의자에 털썩 앉더니 손으로 얼굴을 감쌌다.

"감기인가!" 내가 말했다.

"알 수 없는 바이러스야." 그가 어두운 목소리로 말했다. "의사가 진찰해도 아무것도 안 나와. 아무것도. 제3차세계대전의 시작일지도 몰라. 세균전."

"그저 잠이 부족한 건 아닐까." 도움이 될 거라 생각하며 내가 말했다.

"잠! 하! 밤새 한숨도 못 잤어. 뜨거운 우유, 등뒤에 대는 베개, 양……"

"아래층에서 파티라도 열었나?"

그는 한숨을 쉬었다. "이 동네는 시체공시소 같았어. 자네에게 하는 얘기지만 내 안에 뭔가 있는 게 분명해."

"글쎄, 식욕만 있다면야……"

"내가 나를 고문하라고 자네를 불렀나? 제일 좋아하는 식사가 아침식사인데 톱밥을 씹는 것 같았어."

"그래도 목소리는 괜찮은데, 그게 지금으로선 가장 중요한 것 아닌가?"

"오늘 오후 연습은 엉망이었어." 그가 불쾌한 듯 말했다. "자신감도 떨어지고 불안해서 망쳐버렸지. 기분이 영 아니었어. 준비가 되지 않은, 반쯤 발가벗은 듯한……"

"그래도 겉모습은 아주 보기 좋아. 이발사가 아주……"

"이발사는 형편없어, 아주 엉터리야. 게다가……"

"그 이발사 괜찮은데."

"그럼 나는 왜 괜찮지 않은 기분이 드는 걸까." 그가 일어났다. "오늘은 제대로 된 일이 없어. 일정이 통째로 엉망진창이 되어버렸어. 그리고 살면서 단 한 번도, 공연 전에 조금이라도 불안해본 적이 없단 말이야. 단 한 번도!"

"음." 나는 망설이며 말했다. "좋은 소식을 들으면 도움이 될지도 모르겠군. 어제 점심을 먹으러 갔다 엘런 스파크스를 만났다네. 엘런이 그러는데……"

래리가 손가락을 튕겼다. "그거야, 그거야! 그렇지, 그 엘런이 내게 독을 먹인 거야!" 그는 이리저리 걸어다녔다. "치사량은 아니고, 내일 밤이 되기 전까지 내 기분을 잡쳐놓을 만큼만. 계속 나를 따라다닌 거야."

"엘런이 자네에게 독을 먹였을 것 같지는 않아." 내가 미소를 지으며 말했다. 수다를 떨어 그의 주의를 분산시키려 했다. 나는 갑자기 내가 하려던 말의 끔찍한 의미를 깨닫고 말을 멈추었다. "래리." 나는 천천히 말했다. "엘런이 어젯밤 버펄로로 갔다네."

"잘 사라졌군!"

"더는 아침에 엽서를 찢지 않아도 돼." 내가 대수롭지 않다는 듯 말했다. 효과가 없었다. "연습 전에 경적소리도 없을 거야."

아직도 효과가 없었다. "이발소 전화가 울리는 일도 없을 거고, 잠들 때 쓰레기통이 덜걱거리지도 않을 거야."

그는 내 양팔을 움켜잡고 흔들었다. "안 돼!"

"아니, 그렇게 될 거야." 나는 참지 못하고 웃음을 터뜨렸다. "엘런이 자네 생활에 단단히 뿌리를 내렸어. 그녀가 신호를 주지 않으면 자네는 움직일 수 없게 된 거야."

"그 개미 같은," 래리가 거칠게 말했다. "그 땅굴 파는 동물 같은, 위험천만하고, 교활하고, 치사한……" 그는 벽난로 위 선반을 내려쳤다. "습관을 바꾸겠어!"

"습관들이겠지." 내가 정정해주었다. "그렇다면 처음으로 습관을 바꿔보는 거겠군. 내일부터 할 수 있겠나?"

"내일?" 그가 신음했다. "아…… 내일."

"조명이 꺼지고 나면……"

"엘런의 손전등이 없겠지."

"자네가 첫 곡을 부를 준비를 하면……"

"기침소리는 어디 산 거야?" 그가 절망적으로 말했다. "난 텍사스시티처럼 터져버릴 거야!*" 그는 벌벌 떨며 전화기를 집어들었다. "교환원, 버펄로 부탁해요. 그 여자 이름이 뭐랬지?"

"스파크스, 엘런 스파크스."

---

* 1947년 텍사스시티에서 배 두 척이 폭발한 사고가 있었다.

나는 결혼식에 초대받았지만, 거기 가느니 차라리 공개 참수형을 보러 갔을 것이다. 나는 순은으로 된 피클용 포크와 함께 사과의 말을 전했다.

놀랍게도 결혼식 다음날 점심에 엘런을 만났다. 그녀는 혼자였고, 커다란 소포를 들고 있었다.

"하고많은 날 중에 왜 오늘 여기 있는 거야?" 내가 말했다.

"신혼여행이에요." 엘런은 명랑하게 샌드위치를 주문했다.

"으음. 신랑은?"

"자기 스튜디오에서 신혼여행중이죠."

"그렇군." 이해는 가지 않았지만 그렇게 대답했다. 더 캐물으면 실례가 되는 부분이었다.

"오늘은 두 시간 같이 있었어요." 엘런이 먼저 말해주었다. "래리의 옷장에 드레스를 한 벌 걸었고요."

"내일은?"

"두 시간 반, 구두 한 켤레."

"물방울이 모여 대양이 되고, 티끌 모아 태산이다." 나는 그렇게 읊고 소포를 가리켰다. "저것도 혼수인가?"

엘런은 미소를 지었다. "그런 셈이죠. 침대 옆에 놔둘, 쓰레기통 뚜껑이에요."

개미 화석
The Petrified Ants

GOOD NEWS

I

"과연 엄청난 구멍이군요." 요세프 브로즈니크가 가드레일을 움켜쥔 채 메아리치는 어둠을 내려다보며 열성적으로 말했다. 그는 긴 산길을 걸어올라오느라 숨을 헐떡였고, 그의 벗어진 머리는 땀에 젖어 번들거렸다.

"대단한 구멍이네요." 요세프의 스물다섯 살짜리 동생, 몸이 기다랗고 뼈마디가 굵은 페테르가 안개에 젖은 옷 때문에 불편해하며 말했다. 그는 좀더 의미심장한 말을 하고 싶어 머릿속을 뒤졌지만 아무것도 찾지 못했다. 완벽하게 놀라운 구멍이라는 데에는 의문의 여지가 없었다. 거들먹거리는 광산 감독 보르고로프가 방사성 광천수 샘에 800미터 깊이의 구멍이 생겼다고 말했었다. 우라늄은 조금도 캐내지 못했으나 구멍에 대한 보르고로프의 열정은 조금도 식은 것 같지 않았다.

페테르는 보르고로프를 흥미롭게 살펴보았다. 잘난 체하는 젊은 놈 같았지만, 광부들이 모인 곳에서는 그의 이름이 입에 오르내릴 때마다 공포와 존경이 함께 묻어났다. 그가 다름 아닌 스탈린이 가장 아끼는 팔촌 형제라는 사실, 이곳에서의 활동은 훨씬 더 큰일을 하기 전 경험을 쌓기 위한 과정에 불과하다는 사실 때문이었다.

러시아 최고의 개미학자인 페테르와 그의 형은 구멍을 살펴보라고, 아니, 그 구멍에서 나온 화석을 살펴보라고 드네프로페트롭스크대학교에서 이곳으로 불려왔다. 여기까지 오는 길에 그들을 멈춰 세운 경비원이 백 명은 되었다. 그때마다 그들은 개미학은 개미를 연구하는 과학의 한 분야라고 설명해야 했다. 이 구멍에서 개미 화석이 풍부한 지층이 발견된 것이 분명했다.

페테르는 자기 머리만한 크기의 돌을 밀어 구멍 아래로 굴려 떨어뜨렸다. 그는 어깨를 으쓱하고 멜로디 없이 되는대로 휘파람을 불며 구멍에서 발걸음을 돌렸다. 한 달 전 산울타리 밑에 사는 호전적이고 노예를 부리는 개미종 랩티포미카 상기니아에 대해 쓴 논문 때문에 공개적으로 사과할 것을 요구당한 일이 떠올랐다. 그는 그 논문을 학문과 과학적 연구 방법의 걸작으로 선보였지만, 얻은 것이라곤 모스크바의 날카로운 힐책뿐이었다.

랩티포미카 상기니아와 지네도 구분하지 못하는 사람들이 그를 타락한 서구 문물을 추종하는 위험 성향의 이념 배반자로 낙인 찍었다. 페테르는 분노와 좌절을 느끼며 주먹을 쥐었다 폈다 했다. 그가 사과를 해야 했던 이유는 자신이 연구한 개미가 공산주의 고위 과학관료들이 바라는 대로 행동해주지 않아서였다.

"제대로 이끌어주기만 한다면," 보르고로프가 말했다. "사람들은 마음먹은 일은 무엇이든 해낼 수 있습니다. 이 구멍은 모스크바에서 지시가 내려온 지 한 달도 되지 않아 완성되었어요. 아주 높으신 어느 분이 바로 이곳에서 우라늄을 찾겠다는 꿈을 꾸신 거죠." 그가 알쏭달쏭하게 덧붙였다.

"훈장을 받으실 겁니다." 페테르는 입구 주위의 가시철망을 만져보며 멍하게 말했다. 그는 자신에 대한 소문이 자기보다 먼저 이곳에 도착했을 거라고 생각했다. 적어도 보르고로프는 그와 눈을 맞추지 않고 언제나 요세프를 향해 말했다. 든든한 요세프, 믿을 수 있고, 이념적으로 흠잡을 데 없는 요세프. 문제가 된 논문을 발표하지 말라고 말렸던 것도, 대신 사과문을 써준 것도 요세프였다. 지금 요세프는 큰 소리로 이 구멍을 피라미드, 바빌론의 공중정원, 로도스의 거상에 비교하고 있었다.

보르고로프가 성가시게 떠들어댔고, 요세프는 따스한 목소리로 그의 말에 맞장구쳤다. 페테르의 시선과 생각은 처음 보는 낯선 시골 풍경을 이리저리 떠돌아다녔다. 그의 발밑은 러시

아가 점령한 독일과 체코슬로바키아를 가르는 에르츠게비르게,
즉 오레산맥*이었다. 갱과 동굴을 드나들며 녹색 산비탈을 파는
남자들이 회색 강을 이루고 있었다. 우라늄을 찾아 땅을 파는,
먼지를 뒤집어쓰고 눈이 충혈된 사람들의 강······

"우리가 발견한 개미 화석을 언제 보겠습니까?" 보르고로프
의 말이 그의 생각을 끊었다. "지금은 잠가두었지만 내일은 언제
라도 꺼낼 수 있습니다. 발견된 깊이 순서대로 정리해두었죠."

"음," 요세프가 말했다. "오늘은 여기 올라오느라 시간을 거
의 다 써버렸으니 내일 아침 전까지는 어차피 할 수 있는 일이
많지 않습니다."

"어제, 그저께, 그끄저께는 허가를 기다리며 딱딱한 의자에 앉
아 있었고요." 페테르가 짜증스럽게 말했다. 그리고 이내 또다시
말실수를 했다는 걸 깨달았다. 보르고로프의 검은 눈썹이 올라
갔고, 요세프의 눈은 이글거렸다. 페테르가 무심결에 요세프의
좌우명 중 하나인 "공개적으로는 어떤 불평도 하지 마라"를 어
긴 것이다. 페테르는 한숨을 쉬었다. 그는 전쟁터에서 자신이 굉
장히 애국심 넘치는 러시아인이라는 것을 천 번은 증명해 보였
다. 그런데 이제는 자기 나라 사람들이 자기가 하는 모든 말과
행동에서 반역의 낌새를 찾으려 애쓰는 것을 느꼈다. 그는 슬픈

---

* 에르츠(Erz)와 오레(Ore)는 각각 독일어와 영어로 '광물'이라는 의미.

표정으로 요세프를 바라보았고, 요세프의 눈에 예전과 같은 메시지가 담긴 것을 보았다. "웃으며 모든 일에 찬성하라."

"이곳의 보안 대책은 정말 놀랍습니다." 페테르가 씩 웃으며 말했다. "일을 꼼꼼하게 하면서도, 불과 사흘 만에 허가가 나다니 얼마나 대단합니까." 그는 손가락을 튕겼다. "효율적이에요."

"화석을 찾은 깊이가 얼마나 되나요?" 요세프가 화제를 바꾸며 경쾌하게 물었다.

보르고로프는 여전히 눈썹을 치켜세운 채였다. 페테르가 스스로를 더욱 의심스럽게 만들어버린 게 분명했다. "석회암 하층부를 뚫다 발견했습니다. 사암층과 화강암층이 나오기 전에요." 그가 무미건조한 어조로 요세프에게 대답했다.

"중생대 중기쯤이겠군요." 요세프가 말했다. "개미 화석이 그보다 더 깊은 곳에서 나왔길 기대했는데요." 그는 양손을 들어올렸다. "오해는 하지 마십시오. 이 개미를 발견해서 아주 기쁩니다. 중생대 중기의 개미보다 더 오래된 개미가 더 흥미로운 것뿐입니다."

"그보다 오래된 개미 화석은 아직 아무도 본 적이 없어요." 페테르가 말했다. 내키지는 않지만 다시 대화에 끼어보려는 노력이었다. 보르고로프는 그를 무시했다.

"중생대의 개미는 현대의 개미와 거의 다르지 않습니다." 요세프가 페테르에게 닥치고 있으라는 신호를 몰래 보내며 말했다. "대규모 집단생활을 했고, 병정, 일꾼, 이런 식으로 역할이 분화되어 있었죠. 제가 아는 어느 개미학자는 개미가 집단생활을 하기 전에 어떻게 살았는지 알 수 있다면…… 오른팔이라도 내놓을 겁니다. 어떻게 해서 지금과 같은 행태를 보이게 되었는지 알 수 있다면요. 그건 정말 대단한 일이죠."

"러시아가 최초로 발견한 또하나의 사례가 되겠죠." 페테르가 말했다. 이번에도 대답은 없었다. 그는 살아 있는 개미 몇 마리가 죽은 쇠똥구리의 다리들을 각기 다른 방향으로, 지칠 줄모르고 당기는 모습을 침울하게 바라보았다.

"우리가 발견한 개미를 보기는 했나요?" 보르고로프가 방어하듯 말했다. 그는 작은 철제 상자를 요세프 코밑에 흔들었다. 그러고는 엄지손톱으로 뚜껑을 톡 열었다. "이런 것도 본 적 있나요?"

"세상에." 요세프가 웅얼거렸다. 그는 조심스레 상자를 받아 들고, 팔을 뻗어 페테르에게 석회암 조각에 박혀 있는 개미를 보여주었다.

발견의 전율이 페테르의 우울함을 날려버렸다. "길이가 2.5센티미터나 돼! 저 고상한 머리를 봐, 형! 개미가 잘생겼다고 말할 날이 올 줄은 몰랐는데. 개미가 못생겨 보이는 건 아래턱이 커서였나봐." 그는 일반적으로 개미의 집게턱이 있는 곳을 가리켰다. "이 개미는 거의 없어, 형. 이건 정말 중생대 이전 개미야!"

보르고로프는 다리를 약간 벌린 채 두툼한 팔로 팔짱을 끼고 영웅처럼 서 있었다. 그가 활짝 웃었다. 이 놀라운 것이 다름 아닌 그의 구멍에서 나온 것이다.

"이것 봐, 이것 봐." 페테르가 흥분해서 말했다. "옆에 있는 저 가시 같은 건 뭐지?" 그는 가슴 주머니에서 꺼낸 돋보기로 열심히 들여다보았다. 그는 침을 꿀꺽 삼켰다. "요세프," 거친 목소리였다. "한번 보고 뭐가 보이는지 말해봐."

요세프는 어깨를 으쓱했다. "흥미로운 기생충이나 식물이겠지, 아마." 그가 돋보기 아래로 돌 조각을 들이댔다. "결정結晶이나……" 그리고 얼굴이 창백해졌다. 그는 떨며 돋보기와 화석을 보르고로프에게 건넸다. "동무, 보고 뭐가 보이나 말해봐요."

"알았어요." 그는 붉어진 얼굴을 찡그리고 숨을 헐떡이며 집중했다. 그가 목을 가다듬고 맑은 목소리로 말했다. "통통한 막대기 같은 게 보이는군요."

"더 자세히 봐요." 페테르와 요세프가 동시에 말했다.

"음, 생각해보니, 뭔가 닮았는데…… 세상에…… 저건……" 그는 말을 끝내지 못하고 당황한 표정으로 요세프를 올려다보았다.

"베이스를 켜는 활 같죠, 동무?" 요세프가 말했다.

"베이스 활 같네요." 보르고로프가 아연한 채 말했다.

II

페테르와 요세프가 묵게 된 광부 막사 한쪽 끝에서 술에 취한 사람들이 성질을 부리며 카드놀이가 한창이었다. 밖에서는 천둥이 치고 비가 쏟아졌다. 개미학자 형제는 각자의 침상에 마주 보고 앉아 놀라운 화석을 주고받으며 내일 아침 보르고로프가 창고에서 어떤 화석을 가져올까 이야기했다.

페테르는 손으로 매트리스를 매만졌다. 더러운 흰색 포대에 짚을 조금 넣고 널빤지 위에 깔아서 만든 침대였다. 페테르는 방안에 진동하는 악취가 길고 민감한 코로 들어오지 않게 입으로 숨을 쉬었다. "어린애들이 가지고 노는 장난감 베이스 활이 우연히 그 지층으로 흘러 들어간 건 아닐까? 여기가 한때는 장난감 공장이었잖아." 그가 말했다.

"장난감 베이스 활이라는 게 있다는 얘길 들어본 적이라도 있어? 크기는 둘째 치더라도. 그런 걸 만들 수 있으려면 세계 최고의 보석세공사 정도는 되어야 할걸. 그리고 보르고로프가 그렇게 깊은 곳까지 들어갈 수 있는 방법은 최근 백만 년 동안 없었다고 맹세하잖아."

"그러면 결론은 하나뿐이지." 페테르가 말했다.

"하나야." 요세프는 커다란 붉은 손수건으로 이마를 닦았다.

"이 돼지우리보다 더 나쁜 곳도 있을까?" 페테르가 말했다. 방 저쪽에서 카드놀이를 하던 사람들 중 몇 명이 고개를 들었고, 요세프는 페테르를 세게 걷어찼다. "돼지우리." 작은 남자 한 명이 웃으며 카드를 던지고 자기 침대로 걸어갔다. 그러고는 매트리스 밑에서 코냑을 한 병 꺼냈다. "동무, 한잔하실라우?"

"페테르!" 요세프가 엄하게 말했다. "마을에 두고 온 물건이 있잖아. 지금 당장 가져오는 게 좋겠다."

페테르는 침울하게 형을 따라 폭풍 속으로 걸어나갔다. 밖으로 나오자마자 요세프는 페테르의 팔을 잡고 비를 피해 짧은 처마 밑으로 끌고 들어갔다. "페테르, 내 동생 페테르…… 너 언제 철들래?" 그는 무겁게 한숨을 쉬고, 손바닥을 내보이며 애원했다. "도대체 언제? 저 남자는 경찰이야." 그러고는 한때 머리카락이 있었던 곳을 뭉툭한 손가락으로 문질렀다.

"돼지우리 맞잖아." 페테르가 완고하게 말했다.

요세프는 분노하며 팔을 떨어뜨렸다. "물론 그렇지. 하지만 그 생각을 경찰에게 말할 필요는 없어." 그는 페테르의 어깨에 손을 얹었다. "네가 견책당한 이후로, 네가 하는 말은 어떤 것이든 너를 끔찍한 곤경에 빠트릴 수 있어. 우리 둘 다 끔찍한 곤경을 겪을 수 있다고." 그는 몸을 떨었다. "끔찍한."

번개가 시골 하늘 위를 가로질렀다. 번개가 번쩍이는 순간, 페테르는 산비탈에 아직도 땅을 파는 사람들이 우글거리는 걸 볼 수 있었다. "난 아예 말을 하지 말아야 할까봐, 형."

"내 부탁은 먼저 생각하고 말하라는 것뿐이야. 너 자신을 위해서, 페테르. 제발. 말하기 전에 생각을 해."

"내가 하지 말았어야 했다고 형이 한 말들은 모두 진실이었지. 내가 사과해야 했던 논문도 진실이었고." 페테르는 요란한 천둥소리가 가라앉기를 기다렸다. "진실을 말하면 안 되는 거야?"

요세프는 처마 밑 어둠 속에서 눈을 찌푸리며 걱정스럽게 모퉁이를 돌아보았다. "어떤 진실은 말하면 안 돼," 그가 속삭였다. "계속 살고 싶다면." 그러고는 손을 주머니 깊숙이 찔러넣고 어깨를 굽혔다. "조금 타협해, 페테르. 어떤 일은 그냥 보고 넘기는 법을 배워. 그게 유일한 방법이야."

둘은 더이상 아무 말도 하지 않고, 그들을 노려보는 사람들이 있는 숨막히는 막사로 돌아왔다. 구두와 양말이 젖어 찔꺽찔꺽하는 소리가 났다.

"내일 아침까지는 우리 물건을 못 찾는다니 안됐어, 페테르." 요세프가 크게 말했다.

페테르는 코트가 마르도록 못에 걸고 딱딱한 잠자리에 털썩 주저앉아 구두를 벗었다. 그는 애석함과 상실감이 주는 엄청난 고통에 신경이 둔해져 동작이 서툴렀다. 번개가 아주 짧은 순간 회색빛 사람들과 파헤쳐진 산비탈을 보여준 것처럼, 그 대화는 순간적으로 형의 발가벗고 겁먹은 영혼을 무자비하게 드러내 보였다. 지금 페테르의 눈에 비친 요세프는 소용돌이 속에서 타협이라는 뗏목에 절박하게 매달린 연약한 존재였다. 페테르는 자신의 떨리는 손을 내려다보았다. 요세프는 "그게 유일한 방법이야"라고 했다. 요세프의 말이 옳았다.

요세프는 빛을 가리려고 얇은 담요를 머리 위로 덮어썼다. 페테르는 다시 개미 화석을 바라보며 다른 생각을 잊으려고 해보았다. 그런데 그의 힘센 손가락이 본의 아니게 흰 석회석 조각을 부러뜨리고 말았다. 페테르는 슬퍼하며 접착제로 다시 붙일 수는 없을까 싶어 부서진 면을 살펴보았다. 한쪽 단면에 아주 작은 회색 점이 보였다. 아마 미네랄 퇴적물일 터였다. 그는 별생각 없이 돋보기를 갖다댔다.

"형!"

졸린 듯이, 요세프는 얼굴을 가린 담요를 치웠다. "응, 페테르?"

"형, 봐."

요세프는 꼬박 일 분 동안 말없이 돋보기를 들여다보았다. 입을 열었을 때 그의 목소리는 높고 불안정했다. "웃어야 할지 울어야 할지 시계를 되감아야 할지 모르겠군."

"내가 생각하는 그게 맞아?"

요세프는 고개를 끄덕였다. "책이야, 페테르…… 책."

III

요세프와 페테르는 계속해서 하품을 하면서 새벽 산속의 차가운 여명 속에 몸을 떨었다. 둘 다 잠은 못 잤지만 충혈된 그들의 눈은 재빨랐고 빛났으며 안달나고 흥분되어 보였다. 보르고로프는 굽이 높은 장화를 신고 불안하게 왔다갔다하면서 기다란 공구 창고의 자물쇠와 씨름하는 군인을 야단치고 있었다.

"숙소는 편하셨습니까?" 보르고로프가 걱정스럽다는 듯 요세프에게 물었다.

"완벽했습니다. 구름 위에서 자는 것 같았어요." 요세프가 대답했다.

"난 정말 푹 잤습니다." 페테르가 밝게 말했다.

"음?" 보르고로프가 이상하다는 듯 말했다. "그러면 어쨌거나 돼지우리 같다고 생각하진 않았나보군요?" 그 말을 하는 얼굴에는 웃음기가 전혀 없었다.

문이 활짝 열리고, 정체를 알 수 없는 독일인 노동자 두 명이 석회암 조각이 담긴 상자를 끌고 나오기 시작했다. 페테르는 각 상자마다 숫자가 붙어 있는 것을 보았고, 노동자들은 보르고로프가 장화의 쇠 굽으로 흙 위에 그린 선을 따라 숫자 순서대로 상자를 일렬로 늘어놓았다.

"저겁니다." 보르고로프가 말했다. 그가 뭉툭한 손가락으로 가리켰다. "1, 2, 3번입니다. 1번은 가장 깊은 지층, 석회암 바닥이죠, 에서 나온 거고 나머지는 번호가 커질수록 더 위에서 발견된 겁니다." 그는 마치 자기가 직접 상자를 옮긴 것처럼 손을 툭툭 털고 만족스러운 한숨을 내쉬었다. "자, 괜찮다면, 여러 분이 작업할 수 있게 저는 자리를 비켜드리지요." 그가 손가락을 튕기자 군인이 두 독일인을 데리고 산으로 행진했다. 보르고로프는 발을 맞추기 위해 한 발로 두 번 뛰어 그들을 따라갔다.

무척 흥분한 페테르와 요세프는 가장 오래된 화석이 담긴 1번 상자를 열고 바위 조각을 바닥에 쌓았다. 두 사람은 각각 흰 돌탑을 하나씩 쌓은 뒤 책상다리를 하고 앉아 행복하게 살펴보기 시작했다. 어젯밤의 음울한 대화, 페테르의 정치적 몰락, 눅눅한 추위, 아침식사로 먹은 식은 보리죽과 차가운 차, 그 모든 것을 잊어버렸다. 지금 이 순간, 그들의 의식은 전 세계 과학자들의 최소공통분모로, 즉 압도적인 호기심으로 줄어들었다. 그들은 그 호기심을 만족시킬 수 있는 사실 이외의 모든 것에 장님이자 귀머거리가 된 상태였다.

집게턱이 없는 커다란 개미들의 일상에 뭔가 재앙이 일어나 그들을 바위 속에 가둬버린 모양이었다. 수백만 년 후 보르고로프의 지시로 땅을 판 인부들이 그들의 무덤을 발견하게 될 때까지 개미들은 그 안에 갇혀 있었다. 요세프와 페테르는 그 개미들이 한때는 각각 개별 생활을 했다는 증거를 믿을 수 없다는 눈으로 바라보았다. 지구의 잘난 체하는 새 주인, 인간의 문화에 맞설 만한 문화를 지닌 개인들이었다.

"건진 것 좀 있어?" 페테르가 물었다.

"우리의 잘생기고 큰 개미들을 몇 마리 더 찾았어." 요세프가 대답했다. "별로 사교적이지 않았나봐. 늘 혼자 있네. 가장 대규모로 모인 집단이 셋이야. 바위 깨봤어?"

"아니, 아직 표면만 살펴봤어." 페테르는 큰 수박만한 바위를 골라 가져와 밑부분을 돋보기로 살펴보았다. "잠깐, 여기 뭔가 있는 것 같아." 그는 바위에서 돔 모양으로 튀어나온, 색깔이 살짝 다른 부분을 손가락으로 쏠었다. 망치로 그 주변부를 부드럽게 두드려서, 무척이나 조심스럽게 분리했다. 마침내 돔 전체가 드러났다. 그의 주먹보다 크고, 깨끗했다. 창문, 문, 굴뚝 등 모든 게 있었다. "형." 페테르가 말했다. 한 문장을 말하면서도 목소리가 몇 번이나 갈라졌다. "형…… 그 개미는 집을 짓고 살았어." 경외감에 찬 그는 자신도 모르게 그 바위를 감싸안고 일어섰다.

요세프가 페테르의 목덜미에 숨을 내뿜으며 그의 어깨 너머로 바라보았다. "사랑스러운 집이군."

"우리가 지내는 숙소보다 좋아." 페테르가 말했다.

"페테르!" 요세프가 경고했다. 그는 두려운 듯 주위를 둘러보았다.

소름 끼치는 현실이 다시 페테르를 덮쳤다. 그는 새삼 불안과 혐오를 느끼며 팔을 축 늘어뜨렸다. 돌멩이가 다른 돌 위로 떨어졌다. 돔 모양의 집은 여남은 개의 조각으로 깨졌지만, 집안은 퇴적된 석회암 때문에 단단했다.

또다시 저항할 수 없는 호기심이 두 형제를 사로잡았다. 그들은 그 조각을 관찰하려고 무릎을 꿇었다. 집안에 있던 것 중 내구성이 있는 것들은 어마어마하게 오랜 시간 동안 바위 속에 갇혀 있다가 이제야 공기와 햇빛을 만난 것이었다. 썩은 가구들의 흔적도 있었다.

"책이야, 열 권도 넘어." 조각을 이리저리 돌려보고, 이제는 익숙해진 사각형 얼룩을 세며 페테르가 말했다.

"여긴 그림이 있어. 그림이라고 맹세할 수 있어!" 요세프가 외쳤다.

"바퀴도 발명했어! 이 수레를 봐, 형!" 페테르가 의기양양하게 웃음을 터뜨렸다. "형, 우리가 역사상 가장 놀라운 발견을 했다는 걸 알겠어? 개미는 한때 우리만큼이나 풍요롭고 뛰어난 문화를 가졌었어. 음악! 그림! 문학! 생각해봐!"

"그리고 지상에 집을 짓고 살았지, 널찍한 집에서 신선한 공기를 마시고 햇빛을 쬐면서." 요세프가 넋을 잃고 말했다. "그리고 불을 사용했고 조리도 했어. 이게 화로 아니면 뭐겠어?"

"첫 인간이 나타나기 수백만 년 전에, 첫 고릴라, 침팬지, 오랑우탄, 심지어 첫번째 원숭이가 나타나기도 전에, 형, 개미는 모든 걸, 모든 걸 다 가졌었어." 페테르는 황홀경에 빠진 채 먼 곳을 바라보았다. 그리고 자신이 손가락마디만한 크기로 줄어

들어 자기만의 장엄한 환락궁*에서 충만하고 풍요로운 삶을 사는 것을 상상했다.

페테르와 요세프가 1번 상자에 든 화석을 대충이나마 전부 살펴보고 나니 어느새 정오였다. 그들은 서로 다르게 생긴 집 쉰세 채를 발견했다. 어떤 집은 크고 어떤 집은 작았으며, 돔 모양 집, 육면체 모양 집 등 모든 집이 각 개미의 특성과 상상력을 발휘해 지은 집이었다. 집들 사이 간격은 널찍했던 것 같고, 수컷 하나, 암컷 하나, 그 둘의 자식들보다 더 많은 개미가 살았던 집은 거의 없었다.

요세프는 믿을 수 없다는 듯 바보 같은 미소를 지었다. "페테르, 우리 술에 취했나? 아니면 미친 걸까?" 그는 조용히 앉아 담배를 피우며 간간이 고개를 저었다. "지금 점심시간인 거 알아? 여기 온 지 십 분밖에 안 된 것 같은데. 배고파?"

페테르는 성급히 고개를 흔들고서 그 위 지층의 화석이 담긴 두번째 상자를 뒤지기 시작했다. 창대했던 개미 문명이 어떻게 오늘날의 우울하고 본능적인 개미의 삶으로 몰락했는지 수수께끼를 풀고 싶어 안달이 난 상태였다.

"여기 운좋게 발견한 조각이 있어, 형…… 개미 열 마리가 내 엄지손가락으로 다 덮을 수 있을 만큼 가까이 모여 있어." 페테르

---

* 새뮤얼 콜리지의 시 「쿠빌라이 칸」에서 차용한 표현.

는 돌을 연달아 집어들었다. 개미가 한 마리 있으면 그 주변 가까운 곳에 최소한 대여섯 마리가 있었다. "집단생활을 시작했어."

"신체적 변화는?"

페테르는 얼굴을 찡그리며 돋보기를 들여다보았다. "같은 종인데. 아니, 잠깐…… 다른 점이 있어. 집게턱이 더 발달했어. 눈에 띄게 발달했는데. 요즘의 일개미나 병정개미를 닮아가고 있어." 그가 요세프에게 조각을 건넸다.

"으음, 여긴 책이 없네." 요세프가 말했다. "책 찾은 거 있어?"

페테르는 고개를 저었다. 책이 없다는 사실이 자신을 몹시 괴롭게 한다는 걸 깨달았다. 그는 열정적으로 책을 찾아보았다. "아직 집은 있는데, 사람들로 가득차 있어." 그는 헛기침을 했다. "아니 내 말은, 개미들로." 갑작스레 기쁨의 비명이 튀어나왔다. "형! 여기 집게턱이 크지 않은 개미가 하나 있어! 그 이전 지층에 있던 개미처럼!" 그는 자신이 발견한 것을 이리저리 햇살에 비춰보았다. "혼자 있는 개미야, 형. 자기집에서, 가족과 책, 모든 걸 다 가지고! 개미 중 일부가 일개미와 병정개미로 변해가지만, 그렇지 않은 개미도 있는 거야!"

요세프는 집게턱이 달린 개미가 모여 있는 화석을 다시 관찰했다. "집단생활을 하는 개미는 책에 관심이 없었는지도 몰라." 요세프가 말했다. "하지만 그 개미들이 있는 곳마다 그림이 있군." 그는 당황해서 얼굴을 찌푸렸다. "예상치 못한 전개인걸,

페테르. 그림을 좋아하는 개미는 책을 좋아하는 개미와 다르게 진화하고 있어."

"집단을 좋아하는 개미는 사생활을 좋아하는 개미와 다르게." 페테르가 생각에 잠긴 채 말했다. "큰 집게턱이 발달한 개미는 그렇지 않을 개미와 다르게." 그는 눈을 쉬기 위해 시선을 돌려 공구 창고를 바라보다 빛나는 눈의 스탈린 포스터를 보았다. 그는 다시 시선을 돌려 먼 곳을 바라보았다. 가장 가까운 광구 입구 쪽을 보았는데, 스탈린의 초상화가 드나드는 모든 사람을 아버지처럼 내려다보고 있었다. 그 아래쪽에 방수지를 바른 막사가 모인 곳을 내려다보자, 날씨에 상하지 않도록 유리를 씌워둔 스탈린의 초상화가 형편없는 화장실을 쏘아보고 있었다.

"형." 페테르가 불분명한 목소리로 말했다. "집게턱이 발달한 개미가 그토록 좋아하는 예술품이 정치 포스터라는 데 내일 배급받을 담배를 걸어도 좋아."

"만약 그렇다면 우리의 멋진 개미는 더욱 고도의 문명을 이룬 셈이군." 요세프가 수수께끼 같은 말을 했다. 그는 옷에 묻은 흙먼지를 털었다. "3번 상자를 볼까?"

페테르는 3번 상자를 보며 공포와 혐오감을 느끼는 자신을 발견했다. "형이 봐." 마침내 그가 말했다.

요세프는 어깨를 으쓱했다. "알았어." 그는 몇 분 정도 말없이 돌을 살펴보았다. "음, 예상했겠지만, 집게턱이 더 발달했고······"

"개미의 무리는 더 커지고, 책은 없고, 포스터가 개미만큼이나 많겠지!" 페테르가 불쑥 끼어들었다.

"거의 정확해." 요세프가 말했다.

"그리고 집게턱이 없는 멋진 개미는 사라졌겠지, 안 그래, 형?" 페테르가 쉰 목소리로 말했다.

"진정해." 요세프가 말했다. "넌 백만 년 전, 어쩌면 더 오래된 일을 가지고 흥분하고 있어." 그가 생각에 잠겨 자기 귓불을 세게 잡아당겼다. "사실 집게턱이 없는 개미는 정말 멸종한 것 같아." 그는 눈썹을 치켜세웠다. "내가 아는 한, 고생물학에서 이런 일은 전례가 없어. 어쩌면 집게턱이 없는 개미들은 집게턱이 있는 개미라면 걸리지 않는 어떤 병에 걸렸을지도 모르지. 하여튼 빠르게 사라진 건 분명해. 가장 난폭한 자연선택이라고나 할까, 제일 강한 놈이 살아남는 거지."

"제일 어떤 놈들이 살아남는 거야." 페테르가 적의에 차 말했다.

"아냐! 잠깐, 페테르. 우리 둘 다 틀렸어. 여기 옛날 개미가 있어. 여기, 그리고 여기도! 이런 개미들도 모이기 시작한 것 같아. 집 하나에 빼곡히 모여 있어, 성냥갑에 든 성냥처럼."

페테르는 요세프의 말을 믿고 싶지 않아하며 조각을 받아들었다. 보르고로프의 인부가 깨끗이 쪼개놓은 덕분에 개미로 가득찬 집의 단면을 볼 수 있었다. 그는 반대편을 감싼 바위를 깼다. 겉부분이 떨어져나갔다. "아, 알겠다." 그가 부드럽게 말했다. 바위를 깨자 작은 건물의 문간이 드러났고, 커다란 낫 같은 집게턱을 한 개미 일곱 마리가 지키고 서 있었다. "수용소야." 그가 말했다. "재교육 수용소."

그 단어를 듣고 요세프의 얼굴이 창백해졌다. 훌륭한 러시아인이라면 누구나 응당 그렇게 되었을 것이다. 하지만 그는 힘겹게 침을 몇 번 삼킨 뒤 다시 몸을 추슬렀다. "저기 별처럼 생긴 물건은 뭐지?" 그는 불편한 주제를 피해 말을 돌렸다.

페테르는 끌로 그 조각을 바위에서 떼어내 요세프에게 보여주었다. 장미 모양 장식처럼 보였다. 가운데에는 집게턱이 없는 개미가 있었고, 장미 꽃잎으로 보였던 부분은 병정개미와 일개미였다. 외로이 살아남은 옛 종족의 몸에 그들의 무기가 박혀 있었다. "형이 빠른 진화라고 부른 게 여기 있네, 형." 그는 자신이 열렬히 생각하는 것, 자신의 삶에 대한 갑작스러운 통찰을 형 또한 느끼고 있다는 낌새를 찾기 위해 형의 얼굴을 뚫어져라 쳐다보았다.

"정말 궁금해지는군." 요세프가 침착하게 말했다.

페테르는 주위를 잽싸게 둘러보았다. 보르고로프가 저 아래에서 올라오고 있었다. "궁금하긴, 형도 알잖아." 페테르가 말했다. "저 개미들에게 일어났던 일이 우리에게도 일어나고 있어."

"쉿!" 요세프가 절박하게 말했다.

"우린 집게턱이 없는 종류야, 형. 우린 끝장이야. 우린 거대한 무리에 속해 일하고 싸우고, 오직 본능에 따라 살 수 있는 사람들이 아니야. 어둡고 축축한 개미탑 속에서, 왜 이러고 사는지 생각해보지도 않은 채 영원히 살 수 있는 사람들이 아니라고!"

보르고로프가 100미터 정도 거리로 다가오자 두 사람은 얼굴이 시뻘게진 채 침묵을 지켰다. "왜들 그러고 계세요." 보르고로프가 공구 창고 모퉁이를 돌며 말했다. "우리가 발굴한 것이 그렇게 실망스럽지는 않았을 텐데요."

"그냥 지쳐서 그렇습니다." 요세프가 환심을 사려는 듯 미소를 띠며 말했다. "화석이 너무 대단해서 깜짝 놀랐어요."

페테르는 살해당한 개미와 그 개미의 몸에 무기를 꽂아넣은 개미들의 화석을 마지막 무더기에 조심스레 내려놓았다. "각 지층에서 가장 의미 있는 화석들을 여기에 정리해놓았습니다." 그는 일렬로 배열해둔 화석들을 가리키며 말했다. 보르고로프의 반응이 어떨지 궁금했다. 요세프의 반대에도 불구하고 그는 두 종류의 개미가 진화해왔다는 것을 설명했다. 그리고 아래쪽 지층에서 나온 집과 책과 그림 화석을, 위쪽 지층에서 나온 개미 집단 화석을 보여주었다. 그리고 별다른 설명 없이 보르고로프에게 돋보기를 건네주고 물러섰다.

보르고로프는 줄 세워놓은 화석들을 따라 몇 번 왔다갔다하더니, 화석을 들어보고 혀를 끌끌 찼다. "이보다 더 생생할 수는 없겠군요, 그렇죠?" 마침내 그가 말했다.

페테르와 요세프는 고개를 끄덕였다.

"이런 일이 일어난 게 분명해요." 그는 집게턱이 없는 개미가 수많은 병정에게 찔려 죽은 화석을 집어들었다. "무법자 같은 개미가 있었던 거죠. 여기 가운데에 있는 것처럼. 노동자를 공격하고 착취하는 자본가 말이에요. 여기서 보이는 것처럼 한 번에 무자비하게 여러 개미를 죽였어요." 그는 그 우울한 작품을 내려놓고, 집게턱이 없는 개미가 가득한 집을 집어들었다. "그리고 여기 무법자 개미가 모여서 노동자에게 맞설 음모를 꾸미는 거죠. 그런데 다행스럽게도," 그러고는 문밖을 지키는 병정들을 가리켰다. "자본가를 경계하던 노동자들이 그 계획을 엿듣게 된 거죠."

"그래서," 그는 집게턱이 달린 개미 무리와 혼자 사는 개미의 집이 함께 있는 다음 지층을 가리키며 밝은 목소리로 말을 이었다. "분개한 노동자들은 민주적인 회의를 열고, 압제자를 지역사회 밖으로 몰아낸 겁니다. 자본가들은 전복되었지만, 자비로운 인민들은 그들의 목숨은 빼앗지 않았어요. 자본가들은 나약하고 응석받이로 자라서, 노예가 되어줄 노동자계급 없이는 살아남을 수 없었어요. 그저 예술로 시간을 허비할 뿐이었죠. 그래서, 자기들의 타고난 기질 때문에 이내 멸종하게 된 겁니다." 그는 모든 것이 설명되었다는 듯 만족스러운 표정으로 팔짱을

꼈다.

"하지만 순서가 그 반대잖아요." 페테르가 반박했다. "집게턱이 있는 개미가 나타나고 떼를 짓기 시작하자 개미 문명이 파괴된 겁니다. 지질학을 무시할 수는 없어요."

"그렇다면 석회암층에 역전이 일어났나보지요. 어떤 융기작용 때문에 뒤집어진 겁니다. 분명해요." 보르고로프의 목소리는 얼음으로 만든 칼날 같았다. "우리에겐 가장 결정적인 증거가 있어요, 바로 논리라는 증거죠. 그러니까, 역전이 일어난 겁니다. 안 그렇습니까?" 그가 요세프를 뚫어져라 바라보며 물었다.

"정확합니다. 역전이 있었습니다." 요세프가 말했다.

"안 그렇습니까?" 보르고로프는 몸을 돌려 페테르를 바라보았다.

페테르는 크게 숨을 내쉬고서 완전히 기권한다는 뜻으로 몸을 숙였다. "분명해요, 동무." 그리고 미안하다는 듯 미소를 지었다. "분명해요, 동무." 그가 다시 말했다……

에필로그

"세상에, 정말 춥네!" 페테르가 잡고 있던 톱 손잡이를 놓고 시베리아의 바람에 등을 돌리며 말했다.

"작업 위치로! 위치로!" 경비병이 외쳤다. 추위 때문에 옷을 하도 껴입어서 빨랫더미에 기관단총을 꽂은 듯한 모습이었다.

"아, 지금보다 더 나빠질 수도 있었어, 훨씬 더." 톱 반대쪽 손잡이를 잡고 있던 요세프가 말했다. 그는 서리가 묻은 눈썹을 소맷자락으로 문질렀다.

"여기 오게 해서 미안해, 형." 페테르가 슬프게 말했다. "보르고로프에게 언성을 높인 사람은 나였는데." 그는 손에 입김을 불었다. "그래서 우리가 여기로 온 거겠지."

"괜찮아." 요세프가 한숨을 쉬었다. "그런 생각은 하지 않게 됐어. 그냥 생각을 하지 않는 거야. 그게 유일한 방법이야. 우리가 여기 올 사람이 아니었다면, 여기 오지 않았겠지."

페테르는 주머니 속의 석회암 조각을 만져보았다. 집게턱이 없는 최후의 개미가 살해자들에게 둘러싸여 있는 조각이었다. 보르고로프의 구멍에서 나온 화석 중 지상에 남은 것은 오직 그것뿐이었다. 보르고로프는 형제에게 자기 이론대로 보고서를 쓰게 한 다음, 화석을 전부 끝없이 깊은 구멍 속에 다시 묻어버리고 요세프와 페테르를 시베리아로 보냈다. 비난받을 여지를 남겨두지 않은 철저한 일처리였다.

요세프는 나뭇가지 더미를 옆으로 치우고, 맨땅 한 부분을 굉장히 흥미롭게 바라보았다. 알을 든 개미 한 마리가 구멍에서 몰래 기어나왔다. 그리고 미친듯이 뱅뱅 돌더니, 종종걸음으로 땅에 난 아주 작은 구멍으로 다시 들어갔다. "개미는 정말 놀랍도록 잘 적응했어. 그렇지 않냐, 페테르?"요세프가 부럽다는 듯 말했다. "좋은 삶이지. 효율적이고, 복잡하지 않고. 모든 걸 본능에 따라 결정하고." 그는 재채기를 했다. "나는 죽으면 개미로 환생하고 싶어. 자본가 개미 말고, 현대의 개미." 그가 재빨리 덧붙였다.

"형이 지금 개미가 아니라고 어떻게 확신해?" 페테르가 말했다.

요세프는 어깨를 으쓱하며 페테르의 가시 돋친 말을 넘겼다. "인간은 개미에게서 배울 것이 많아, 페테르. 내 동생아."

"인간은 이미 많이 배웠어, 형, 이미." 페테르가 지친 목소리로 말했다. "인간이 생각하는 이상으로 많이 배웠어."

신문 배달 소년의 명예

The Honor of a Newsboy

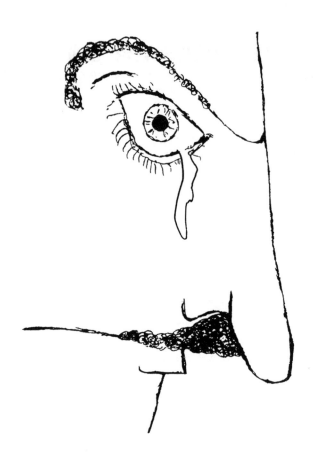

찰리 하우스는 케이프코드 마을의 경찰서장이었다. 그는 여름에는 네 명, 겨울에는 한 명의 순찰대원을 거느렸다. 지금은 늦겨울이었다. 순찰대원 한 명은 감기에 걸려 빠졌고, 찰리도 몸이 썩 좋지는 않았다. 그런데 살인사건이 한 건 있었다. 블루 돌핀의 여자 종업원인 요부 에스텔 풀머를 누가 때려죽인 것이다.

토요일에 크랜베리가 자라는 습지에서 시체를 발견했다. 의료진은 살해 시점이 수요일 밤이라고 했다.

찰리 하우스는 누구 짓인지 알 것 같다고 생각했다. 얼 헤드룬드의 짓일 것 같았다. 얼은 충분히 나쁜 사람이었고, 동기도 있었다. 에스텔이 어느 날 밤 블루 돌핀에서 얼에게 지옥에나 가라고 한 적이 있었다. 얼은 꺼지라는 말을 그런 식으로 들은 적이 한 번도 없었다. 얼에게 그런 말을 했다가는 그게 누구든 얼의 손에 죽을 거라는 것을 모두 알았기에, 아무도 얼에게 그런 말을 하지 않았다.

찰리의 아내는 남편이 얼의 집에 찾아가 심문할 수 있도록 두툼한 옷을 입혔다. "살인이 일어날 줄 알았더라면," 찰리가 말했다. "경찰서장 자리를 수락하지 않았을 거야."

"그 큰 개 조심해요." 아내가 그의 목에 머플러를 둘러주며 말했다.

"짖기만 하지 물지는 않는 개요." 찰리가 말했다.

"얼 헤드룬드에 대해서도 다들 똑같이 말했잖아요." 아내가 말했다.

그들이 말하는 개의 이름은 사탄이었다. 사탄은 그레이트데인과 아이리시울프하운드의 믹스였는데, 크기가 작은 말만했다. 사탄은 얼 헤드룬드의 개가 아니었지만, 거의 언제나 얼의 숲에서 시간을 보내며 사람들을 겁주어 쫓아냈다. 얼은 가끔 사탄에게 먹이를 주었다. 싼값에 경비견을 두는 셈이었다. 그 개와 얼은 서로를 좋아했다. 둘 다 시끄러운 소리를 내고 사람을 잡아먹을 듯 굴기를 좋아했다.

순찰차를 몰고 숲속 얼의 집으로 가는 긴 언덕길을 달리며 찰리는 얼이 집에 있으리라 생각했다. 오늘은 토요일 오후지만, 찰리는 어느 요일이든 얼이 집에 있으리라 생각했을 것이다. 얼은 일을 할 필요가 없었다. 딱 먹고살 만큼의 돈을 물려받았기 때문에 구두쇠처럼 굴며 주식시장만 잘 지켜봐도 일을 할 필요가 없었다. 얼이 가장 바쁜 시간은 신문이 배달되었을 때였다. 그는 금융면을 펼치고 주식시세 그래프를 그렸다.

찰리가 그의 집 앞에 내리자, 멀리서 사탄이 짖는 소리가 들렸다. 얼 역시 보이지 않았다. 집은 단단히 잠겼고, 현관 앞에는 신문이 쌓여 있었다.

신문은 날아가지 않도록 벽돌로 눌러놓은 상태였다. 찰리는 신문을 세어보았다. 나흘치였다. 맨 위에 금요일자가 있었다. 토요일자는 아직 오지 않았다. 얼이 에스텔을 죽이고 싶어하기는 했으나 죽이지는 않았다는 생각이 들기 시작했다. 사건이 일어났을 때 얼은 이 동네에 없었던 것 같았다.

찰리는 손대지 않은 신문들의 날짜를 보다가 뭔가 흥미로운 것을 발견했다. 수요일자 신문이 없었다.

개 짖는 소리가 빠른 속도로 가까워졌다. 찰리는 사탄이 바람결에 자기 냄새를 맡았나보다고 생각했다. 겁내지 않으려면 마음을 단단히 먹어야 했다. 찰리는 그 개에 대해 마을 사람들 모두와 똑같은 느낌을 가지고 있었다. 그 개는 미친개였다. 사탄은 아직 아무도 문 적이 없었다. 하지만 한 번이라도 문다면, 그 사람을 죽게 만들 터였다.

찰리는 사탄이 무엇을 보고 짖는지 깨달았다. 사탄은 자전거를 탄 소년을 따라 걸으며 푸줏간 칼 같은 이빨을 드러냈다. 머리를 양옆으로 흔들고 그 무시무시한 이빨로 공기를 가르며 짖어댔다.

소년은 마치 개가 거기 없다는 듯 정면을 보았다. 그 아이는 찰리가 이제껏 본 중 가장 용감한 인간이었다. 이 영웅은 열 살먹은 신문 배달 소년 마크 크로즈비였다.

"마크······" 찰리가 말했다. 이제 개는 찰리 쪽을 향하며, 그 푸줏간 칼 같은 이빨로 찰리의 몇 없는 머리카락을 하얗게 세게 하려고 최선을 다했다. 소년이 그렇게 용감한 모습을 보여주지 않았다면 찰리는 순찰차 안으로 몸을 숨겼을지 모른다. "헤드룬드 씨 봤니, 마크?"

"못 봤습니다." 마크가 찰리의 제복이 마땅히 받아야 할 경의를 품고 대답했다. 마크는 토요일자 신문을 문 앞 신문 뭉치 위에 올리고 벽돌을 얹었다. "이번주 내내 없었어요."

사탄이 마침내 겁을 먹지 않는 인간 둘에게 흥미를 잃었다. 사탄은 요란한 쿵 소리와 함께 포치에 누웠고, 이따금 게으르게 으르렁거렸다.

"어디 갔을까? 넌 아니?" 찰리가 말했다.

"모릅니다." 마크가 말했다. "어디 간다는 말씀은 없었어요. 구독을 중단하지도 않았고요."

"수요일에 신문 배달했니?" 찰리가 말했다.

마크는 한 점 부끄럼 없는 자신에게 경찰이 그런 걸 묻는다는 사실에 기분이 상했다. "물론이죠." 마크가 말했다. "규칙이니까요. 신문이 계속 쌓이는데 구독을 중단한다는 말이 없으면, 엿새 동안 더 배달해요." 마크가 고개를 끄덕였다. "그게 규칙이에요, 하우스 씨."

마크가 진지하게 규칙에 대해 이야기하는 것을 보고 찰리는 열 살이 얼마나 멋진 나이인지 떠올렸다. 찰리는 모두가 평생 열 살인 채 지낼 수 없다는 것이 안타까웠다. 만약 모두가 열 살이라면, 어쩌면 규칙과 일반적인 예의, 상식에서도 미약하나마 기회가 있을지 모르겠다고 찰리는 생각했다.

"너…… 수요일에 배달을 빠뜨리지 않은 게 확실하니, 마크?" 찰리가 말했다. "너를 비난할 사람은 아무도 없어, 진눈깨비가 내리고, 신문은 계속 쌓이고, 긴 언덕을 올라야 하고, 큰 개를 지나쳐야 하니까."

마크가 오른손을 치켜들었다. "명예를 걸고 말씀드리는데," 그가 말했다. "수요일에도 배달했어요."

찰리에겐 그것이면 충분했다. 그 말에 모든 것이 확실해졌다.

그 직후 얼 헤드룬드의 낡은 쿠페가 나타났다. 얼이 씩 웃으며 차에서 내리자 사탄이 낑낑거리며 일어나 얼의 손을 핥았다.

삼십오 년 전 얼은 마을의 망나니였고, 지금은 살찐 대머리였다. 하지만 그의 웃음은 여전히 망나니의 웃음, 절대 자기를 사랑하지 말라고 위협하는 웃음이었다. 찰리에게는 그의 허세가 통하지 않았고, 그래서 그는 찰리를 미워했다.

찰리가 만약을 대비해 얼의 차 안에 꽂힌 키를 빼내는 것을 보고 그의 웃음은 더 커졌다. "텔레비전에서 경찰이 그러던가, 찰리?"

"사실, 봤지." 찰리가 대답했다. 정말이었다.

"난 아무 데도 도망 안 가." 얼이 말했다. "프로비던스* 신문에서 불쌍한 에스텔 얘길 읽었지. 자네가 날 보고 싶어할 것 같아서 돌아왔고. 시간 낭비하지 않게 해주려고 말이야. 혹시라도 내가 죽였다고 생각한다면 말이지."

"고맙네." 찰리가 말했다.

"난 이번주 내내 프로비던스의 남동생 집에 있었어." 얼이 말했다. "내 동생도 맹세할 거야. 단 일 분도 벗어나지 않았다고." 그는 윙크를 했다. "알겠어, 찰리?"

찰리는 얼의 동생을 알았다. 얼의 동생 역시 못된 작자였지만, 여자를 때리기에는 몸집이 너무 작아서 거짓말을 전문으로 삼았다. 그럼에도 동생의 증언은 법정에서 받아들여질 것이다.

---

* 케이프코드가 있는 매사추세츠주에서 가까운 로드아일랜드주의 주도.

얼은 문 앞 계단에 앉아, 쌓여 있는 신문 중 가장 위의 것을 집
어들고 금융면을 펼쳤다. 그러고는 오늘이 토요일이라는 사실
을 기억해냈다. 토요일에는 주식시세에 대한 기사가 실리지 않
았고, 그래서 그가 토요일을 싫어한다는 걸 쉽게 알 수 있었다.

"여기 손님이 많이 오나, 얼?" 찰리가 말했다.

"손님?" 얼은 경멸조로 말했다. 그는 얼마 되지 않는 금융 관
련 기사를 읽었다. "내가 왜 손님을 바라겠어?"

"수리공? 산책 나온 낯선 사람? 아이들?" 찰리가 말했다. "아
니면 사냥꾼?"

얼이 대답 대신 몸을 부풀려 보였다. 그는 다들 자기를 너무
무서워해서 이 집 근처에 얼씬도 하지 못한다는 것을 굉장히 즐
겼다. "뭐든 고쳐야 할 게 있으면 내가 직접 고쳐." 얼이 말했다.
"그리고 낯선 사람, 아이들, 사냥꾼, 그 밖의 어떤 사람도, 개를
보면 이쪽에서 손님을 원하지 않는다는 걸 재빨리 알아차리지."

"그럼 수요일 밤에 신문을 가져간 건 누구지?" 찰리가 말했다.

얼은 아주 잠깐 신문을 축 늘어뜨렸다 다시 펴고는, 찰리가
하는 어떤 말보다 더 중요한 기사를 읽는 척했다. "왜 수요일 신
문을 가지고 난리야?" 그가 툴툴거렸다.

찰리는 왜 난리인지 말해주었다. 그게 에스텔이 살해되던 날
밤 얼이 케이프코드에 돌아왔다는 증거가 될 수 있다고 말했다.
"만약 자네가 수요일에 돌아왔다면, 주식시장이 어떤가 보려고

신문을 들여다볼 기회를 놓쳤을 것 같진 않아서."

얼은 신문을 내려놓고 마크를 똑바로 바라보았다. "저 게으른 녀석이 가져오지 않는 바람에 수요일 신문은 없었어."

"자기 명예를 걸고 배달했다고 하던데." 찰리가 말했다.

얼은 다시 신문을 읽기 시작했다. "게으른데 거짓말까지 하는군."

찰리는 총을 가져오지 않은 것이 다행스러웠다. 총이 있었다면 얼 헤드룬드를 쏴버렸을지도 몰랐다. 찰리는 살인사건은 까맣게 잊어버렸다. 지금 찰리가 보기에는 살인만큼이나 나쁜 범죄가 일어났다. 그런데 이 범죄에는 이름도 없고, 금지하는 법률도 없다.

가엾은 마크는 파멸당했다. 이 슬픈 세상에서 그가 스스로를 위해 쌓아올린 가장 소중한 것은 자신의 명예를 건 약속이었다. 그런데 얼이 거기에 침을 뱉어버린 것이다.

"명예를 걸고 약속했다고!" 찰리는 얼에게 고함쳤다.

얼은 욕설을 내뱉고 신문에서 고개를 들지 않았다.

"하우스 씨……" 마크가 말했다.

"응, 마크?" 찰리가 말했다.

"제, 제 명예를 건 말보다 더 좋은 게 있어요." 마크가 말했다.

찰리는 그것이 무엇일지 상상할 수 없었다. 얼 역시 궁금했다. 심지어 개 사탄마저도 열 살 먹은 소년의 명예를 건 말보다 더 좋은 것이 대체 무엇일지 알고 싶어하는 것 같았다.

얼의 반박에도 불구하고 마크는 수요일에 신문이 배달된 걸 증명할 수 있다는 확신으로 반짝반짝 빛났다. "저는 수요일에 아팠어요. 그래서 저희 아버지가 신문을 배달하셨어요." 마크로서는 신에게 배달을 맡긴 거나 마찬가지였다.

찰리 하우스가 힘없이 미소 지었다. 자신이 가진 유일한 좋은 단서를 방금 마크가 빼앗아버렸기 때문이었다. 마크의 아버지는 여러 가지 일에 용감할지 몰라도, 그렇지 않은 대상이 두 가지 있었다. 그는 평생 얼 헤드룬드와 개를 무서워했다.

얼 헤드룬드가 폭소를 터뜨렸다.

찰리는 한숨을 쉬었다. "고맙다…… 알려줘서 고마워, 마크. 이제 가서 신문 마저 돌리렴." 그렇게 마무리하려는 생각이었다.

그러나 얼은 그렇게 쉽게 마무리할 생각이 없는 듯했다. "꼬마야, 이런 말 하기 싫다만, 너희 아빠는 이 동네 최고의 겁쟁이란다." 그는 마크에게 진짜 사내란 어떤 모습인지 보여주려는 듯 신문을 밀쳐놓고 일어섰다.

"닥쳐, 얼." 찰리가 말했다.

"닥치라고?" 얼이 말했다. "일 분 전까지 저 꼬마는 나를 전기의자에 앉히려고 최선을 다했어."

마크는 깜짝 놀랐다. "전기의자요?" 아이가 말했다. "제가 한 말은 아버지가 신문을 배달하셨다는 것뿐이에요."

얼의 돼지 같은 눈이 번뜩였다. 그의 눈에서 뿜어져나오는 번뜩임과 그가 몸을 구부리는 모습에, 얼이 살인자가 아닐 수도 있다는 생각이 찰리의 마음속에서 싹 사라졌다. 얼은 소년을 죽이고 싶어했다. 그러나 찰리가 있는 앞에서 죽일 수는 없는 노릇이니, 그다음으로 잔인한 짓을 했다. 말로 그 소년을 죽이려 한 것이다.

"너희 집 꼰대가 자기가 신문을 배달했다고 했을지 모르지." 얼이 말했다. "하지만 지금 내가 장담하는데, 네 아버지는 100만 달러를 줘도 이 개 근처에 오지 않을 거다. 그리고 1천만 달러를 줘도 내 앞에 오지 않을 거야!" 그는 오른손을 치켜들었다. "내 명예를 걸고 약속하지, 꼬마야!" 얼은 거기서 멈추지 않았다. 그는 마크의 아버지가 어렸을 때 도망가고 숨고 울고 싹싹 빌었던 이야기를 마크에게 해줬다. 남자임에도 불구하고 위험을 피해서 그렇게 달아나버렸다는 이야기였다. 그리고 모든 이야기에서 위험은 둘 중 하나, 개 아니면 얼 헤드룬드였다. "보이스카우트의 명예든, 명예를 건 약속이든, 성경에 손을 얹고 하는 선서든, 네가 원하는 어떤 종류의 명예라도 다 걸지, 꼬마야. 내가 한 모든 이야기는 사실이란다."

마크는 절대 하지 않겠다고 맹세한 일을 하는 것 말고 할 수 있는 게 아무것도 없었다. 마크는 울음을 터뜨렸다. 그리고 자전거에 올라 저멀리 사라졌다.

이번에는 개가 마크를 뒤쫓아가지 않았다. 사탄도 마크를 공격하는 것이 정당하지 못하다는 걸 아는 것 같았다.

"이제 너도 꺼져." 얼이 찰리에게 말했다.

마크 때문에 마음이 너무 아팠던 찰리는 얼의 집에 기대서서 잠깐 눈을 감았다. 그러고는 눈을 뜨고 창문에 비친 자신의 모습을 보았다. 지친 노인이었다. 그는 열 살짜리가 그리는 세상을 만들려고 노력하다 늙고 지쳐버렸다.

그 순간 창문 바로 안에 있는 의자에 신문이 펼쳐져 있는 것을 보았다. 꼭꼭 잠긴 집안에 있는 신문이었다. 날짜가 보였다. 금융면이 펼쳐진 수요일자 신문이었다. 얼이 프로비던스로 간 것은 알리바이를 만들기 위해서였고, 에스텔을 죽이려 수요일에 몰래 돌아왔다는 증거였다.

하지만 찰리는 얼이나 에스텔에 대해 생각하지 않았다. 마크와 마크의 아버지에 대해 생각하고 있었다.

얼은 찰리가 창문을 통해 무엇을 봤는지 알아챘다. 그는 일어서서 이를 드러내며 싸울 준비를 했다. 그리고 개의 목덜미를 잡아 역시 싸울 준비를 시켰다.

하지만 찰리는 싸우러 다가가지 않았다. 그 대신 순찰차에 올랐다. "내가 돌아올 때까지 기다려." 그는 그렇게 말하고 마크를 따라 언덕 아래로 차를 몰았다.

그는 언덕길 초입에서 마크를 따라잡았다. "마크!" 그가 소리쳤다. "아버지가 신문을 배달하셨다! 저 위에 있어! 진눈깨비를 뚫고, 개를 지나서, 배달하셨어!"

"잘됐네요." 마크가 말했다. 전혀 기쁨이 담겨 있지 않았다. 너무 심한 일을 겪어서 한동안은 행복을 느낄 수 없을 터였다. "헤드룬드 씨가 저희 아버지에 대해 한 말들, 비록 명예를 걸고 말씀하시긴 했지만…… 다 사실이라는 법은 없는 거죠, 하우스 씨?"

찰리가 할 수 있는 대답은 두 가지였다. 그는 거짓말로 그래, 그 얘기들은 사실이 아니란다, 라고 말할 수 있었다. 아니면 진실을 말하고, 그 모든 이야기 때문에 그의 아버지가 얼 헤드룬드의 집에 신문을 배달한 것이 이 마을의 가장 영광스러운 역사가 되리라는 사실을 마크가 깨닫기를 바랄 수도 있었다.

"그 이야기는 모두 사실이야, 마크." 찰리가 말했다. "너희 아버지는 두려운 마음이 드는 것을 어쩔 수 없었어, 그렇게 태어났기 때문이지. 푸른 눈과 갈색 머리를 가지고 태어난 것처럼 말이야. 너와 나는 그렇게 공포를 안고 살아가는 것이 어떤 건지 알지 못해. 그걸 감당하며 살 수 있는 사람은 엄청나게 용감한 사람이란다. 그러니 너희 아버지가 규칙을 어기지 않고 얼 헤드룬드의 집에 신문을 배달하신 게 얼마나 용감한 일인지 잠시만 생각해보렴."

마크는 잠시 생각하더니 이해한다는 뜻으로 고개를 끄덕였다. 마크는 만족스러웠다. 그의 아버지는 열 살짜리의 아버지가 응당 되어야 할 사람, 즉 영웅이었다.

"헤, 헤드룬드 씨가 살인을 저질렀나요?" 마크가 말했다.

"이런 맙소사!" 찰리가 말했다. 그는 머리가 잘 돌아가도록 손바닥으로 옆머리를 탕 쳤다. "살인을 까맣게 잊었네."

그는 순찰차를 돌려 다시 얼의 집으로 요란하게 차를 몰았다. 얼은 사라지고 없었고, 개도 마찬가지였다. 그들은 숲속으로 들어가버렸다.

두 시간 후 수색팀이 얼을 찾았다. 기차선로로 가고 있는 그를 사탄이 죽이고 말았다. 검시에서 사람들이 할 수 있는 말이라곤 개가 얼 헤드룬드를 죽인 이유에 대한 가설뿐이었다.

최고의 가설은 아마 찰리의 가설이었을 것이다. 그는 사탄이 얼에게서 공포의 냄새를 맡았고, 그가 달아나는 걸 보고 뒤쫓았을 것이라고 추측했다. "사탄 앞에서 그만큼 겁을 집어먹은 사람은 얼이 처음이었을 겁니다." 심리에 참석한 찰리가 말했다. "그래서 죽였을 거예요."

카메라를 보세요
Look at the Birdie

어느 날 밤 나는 바에 앉아 싫어하는 사람에 대해 다소 큰 목소리로 이야기하고 있었다. 수염을 기른 남자 하나가 내 옆에 앉더니 다정하게 말을 건넸다. "죽이지 그러세요?"

"그 생각도 해봤어요." 내가 말했다. "안 해봤을 거라고 생각하지 말아요."

"알기 쉽게 말씀드리죠." 그가 말했다. 목소리가 깊고 커다란 매부리코였다. 검은 모직 양복에 검은 스트링 넥타이 차림이었다. 작고 붉은 입은 외설적인 느낌을 주었다. "당신은 증오의 붉은 아지랑이를 통해 상황을 바라보고 있어요. 당신에게 필요한 건 살인 카운슬러의 침착하고 현명한 서비스입니다. 당신을 위해 일을 계획해주고, 당신이 불필요하게 전기의자에 앉는 일이 없도록 해줄 사람 말이죠."

"어디 가면 찾을 수 있는데요?" 내가 말했다.

"지금 찾으셨어요." 그가 말했다.

"제정신이 아니군요." 내가 말했다.

"맞아요." 그가 말했다. "평생 정신병원을 들락거렸죠. 그래서 내 서비스가 더욱 매력적인 겁니다. 내가 당신에게 불리한 증언을 하면, 당신의 변호사는 내가 유명한 또라이고, 중죄를 저지른 전과자라는 사실을 아무 문제 없이 증명할 수 있을 테니까요."

"무슨 범죄를 저질렀는데요?" 내가 말했다.

"사소한 일이었어요. 무면허로 의료행위를 했죠." 그가 말했다.

"그럼 살인은 아니고요?" 내가 말했다.

"아니죠." 그가 말했다. "하지만 내가 살인을 저지른 적이 없다는 건 아니에요. 사실, 내가 무면허로 의료행위를 했다고 기소된 사건에 조금이라도 관여한 사람은 거의 다 죽였습니다." 그는 천장을 바라보며 암산을 했다. "스물둘, 스물셋…… 더 될지도 몰라요." 그가 말했다. "더 될지도 모른다고요. 몇 년에 걸쳐 죽였는데, 제가 신문을 매일 읽는 편은 아니거든요."

"사람을 죽일 때 잠깐 기억을 잃었다가," 내가 말했다. "다음날 아침에 신문을 보고 내가 또 한 건 했구나 하고 알게 되는 건가요?"

"아니, 아니, 아니, 아니, 아니에요." 그가 대답했다. "아니, 아니, 아니, 아니, 아니에요. 그 사람들 대부분을 감옥에서 아늑하게 쉬면서 죽였어요." 그가 말을 이었다. "나는 담장-너머-고양이-수법을 쓰는데, 당신한테도 그 수법을 추천하고 싶군요."

"신기술인가요?" 내가 말했다.

"그렇게 생각하고 싶어요." 그는 이렇게 말하더니 고개를 가로저었다. "하지만 너무 뻔한 수법이라, 내가 처음 고안해냈다고는 믿을 수 없어요. 살인이란 게 원래 오래된 일이잖아요."

"고양이를 사용해요?" 내가 말했다.

"그건 그저 비유예요." 그가 말했다. "자, 보세요. 어떤 이유에서든 사람이 담장 너머로 고양이를 던지면 아주 흥미로운 법적 문제가 생기게 됩니다. 만약 고양이가 사람 머리 위에 내려앉아 발톱으로 눈알을 뽑아버렸다고 생각해봐요. 그러면 고양이를 던진 사람에게 책임이 있을까요?"

"물론이죠." 내가 말했다.

"좋아요." 그가 말했다. "그러면…… 만약 고양이가 사람 머리 위가 아니라 다른 곳에 내려앉았지만, 십 분 후 어떤 사람의 눈을 뽑았다면, 고양이를 던진 사람에게 책임이 있을까요?"

"아니요." 내가 말했다.

"그것이," 그가 말했다. "태평하게 살인을 저지르는 뛰어난 기술, 담장-너머-고양이-수법입니다."

"시한폭탄을 써요?" 내가 말했다.

"아니, 아니, 아니에요." 그가 나의 빈약한 상상력을 동정하며 말했다.

"약효가 천천히 퍼지는 독약? 세균?" 내가 말했다.

"아니에요." 그가 말했다. "당신이 다음에 할 마지막 추리가 뭔지 난 이미 알아요. 타지 출신의 살인자를 고용한다는 거겠죠." 그는 스스로에게 만족해하며 의자에 기대앉았다. "정말 내가 발명한 건지도 모르겠는걸."

"포기할게요." 내가 말했다.

"말해주기 전에, 내 아내가 당신 사진을 찍게 해줘야 합니다." 그는 자기 부인을 손으로 가리켰다. 빼빼 마르고 입술이 얇고 머리가 헝클어지고 치아 상태가 좋지 않은 여자였다. 그녀는 입도 대지 않은 맥주잔을 앞에 놓고 부스에 앉아 있었다. 정신분열증 환자 특유의 끔찍한 귀여움으로 우리를 바라보고 있는 그녀는 미친 게 분명했다. 나는 그녀 옆자리에 플래시건이 달린 롤라이플렉스 카메라가 놓여 있는 걸 보았다.

남편의 신호를 받은 그녀가 우리 쪽으로 다가와서 내 사진을 찍을 준비를 했다. "카메라를 보세요." 그녀가 말했다.

"난 사진 찍기 싫어요." 내가 말했다.

"치즈 하세요." 그녀가 말했다. 그리고 플래시가 터졌다.

눈이 바의 어둠에 다시 적응하자, 여자가 문밖으로 재빠르게 나가는 게 보였다.

"이게 대체 뭡니까?" 내가 일어서며 말했다.

"진정하고 앉으세요." 그가 말했다. "사진을 찍은 것뿐이니까요."

"저 여자는 저걸 가지고 뭘 하는 거죠?" 내가 말했다.

"현상하죠." 그가 말했다.

"그다음엔요?" 내가 말했다.

"우리 앨범에 넣을 거예요." 그가 말했다. "황금 같은 기억들로 가득한 우리의 소중한 앨범에요."

"뭔가 협박을 하려는 겁니까?" 내가 말했다.

"해서는 안 되는 일을 하다 찍히기라도 했나요?" 그가 말했다.

"사진 돌려줘요." 내가 말했다.

"미신을 믿지는 않죠?" 그가 말했다.

"미신이요?" 내가 말했다.

"그렇게 믿는 사람도 있어요, 사진을 찍으면," 그가 말했다. "카메라가 영혼을 조금씩 가져간다고."

"뭐가 어떻게 돌아가는 건지 알고 싶어요." 내가 말했다.

"앉으면 말해드리지요." 그가 말했다.

"제대로 말해야 할 거예요, 요점만 빨리." 내가 말했다.

"제대로 하겠습니다, 요점만 빨리요, 친구." 그가 말했다. "내 이름은 펠릭스 코라두비안이에요. 들어본 적 있나요?"

"아니요." 내가 말했다.

"이 도시에서 칠 년간 심리치료를 했어요." 그가 말했다. "집단 치료가 내 전문이었죠. 중고차 판매장과 유색인종 장례식장 사이의 회벽 성 안에 있는, 벽이 거울로 된 원형 무도회장에서 치료했어요."

"이제 기억나는군요." 내가 말했다.

"좋아요." 그가 말했다. "당신을 위해서라도, 당신이 내가 거짓말쟁이라고 생각하는 건 싫었거든요."

"돌팔이라고 잡혀들어갔잖아요." 내가 말했다.

"맞아요." 그가 말했다.

"당신은 고등학교도 못 마쳤어요." 내가 말했다.

"프로이트도 독학을 했다는 걸," 그가 말했다. "잊으면 안 됩니다. 프로이트는 의대에서 배우는 그 어떤 것만큼이나, 명민한 직관이 중요하다고 했어요." 그가 건조하게 웃었다. 그의 작고 붉은 입에서는 그 웃음소리에 어울리는 유쾌함이 전혀 보이지 않았다. "내가 체포되었을 때" 그가 말했다. "고등학교를 나온 어느 젊은 기자가—놀랍게도 대학까지 나왔을지 몰라요—나한테 편집증이 뭐냐고 묻더군요. 상상이 가세요? 난 이 도시에서 칠 년 동안 미친 사람들, 미치기 직전인 사람들을 상대해왔는데, 그 잘난 체하는 젊은 놈이, 어느 똥통 대학에서 신입생 때 심리학 수업이나 한 번 들었을까 싶은 놈이 그런 질문으로 나를 당황시키다니요."

"편집증이 뭔데요?" 내가 말했다.

"진실을 찾는 무지한 사람이 던진 겸손한 질문이기를 진심으로 바랍니다." 그가 말했다.

"맞아요." 내가 말했다. 사실은 그렇지 않았다.

"좋아요." 그가 말했다. "지금쯤이면 나에 대한 존경심이 엄청나게 커졌겠죠."

"그래요." 내가 말했다. 사실은 그렇지 않았다.

"친구, 편집증 환자란 말입니다," 그가 말했다. "이 모양 이 꼴인 세상에서 가장 지적이고 박식한 방식으로 미친 사람을 말해요. 편집증 환자는 거대한 비밀 음모가 자신을 곧 파괴할 거라고 믿죠."

"당신은 그렇게 믿나요?" 내가 말했다.

"친구," 그가 말했다. "난 이미 파괴당했어요! 맙소사, 난 일 년에 6만 달러를 벌었어요. 한 시간에 환자 여섯 명, 한 번에 5달러씩 받았고, 일 년이면 이천 시간이었죠. 난 자랑스럽고 행복했고 부자였어요. 그리고 방금 당신 사진을 찍은 가엾은 여자, 그 여자는 아름답고 현명하고 차분했어요."

"안됐네요." 내가 말했다.

"정말 안됐죠, 친구." 그가 말했다. "안된 건 우리뿐이 아니에요. 이 도시는 깊이 병들었어요. 정신병에 시달리는 사람이 수

천 명이 넘는데 아무런 치료도 하지 않은 채 내버려두고 있지요. 가난한 사람들, 외로운 사람들은 대부분 의사를 두려워해요. 난 그런 사람들을 도왔고요. 지금은 아무도 그들을 돕지 않아요." 그는 어깨를 으쓱해 보였다. "음," 그가 말을 이었다. "인간의 고통이라는 바다에서 불법으로 낚시를 하다 잡혔으니, 잡았던 고기를 전부 흙탕물에 풀어줬죠."

"환자 기록을 다른 사람에게 넘기지 않았나요?" 내가 물었다.

"태워버렸어요." 그가 말했다. "남겨둔 것은 나 혼자만 아는 정말 위험한 편집증 환자들의 목록뿐이죠. 이 도시 곳곳에 숨어 있는 폭력적인 광인들이라고나 할까요. 세탁부, 전화 설치공, 꽃집 종업원, 엘리베이터 조작수, 기타 등등."

코라두비안이 윙크를 했다. "내 마법의 목록에는 백이십삼 명의 이름이 올라 있어요. 모두 환청을 듣고, 낯선 사람이 자기를 잡으러 올 거라 생각하고, 모두 충분히 겁을 먹으면 살인을 저지를 사람들이죠."

그는 의자에 등을 기대며 활짝 웃었다. "이제야 이해하기 시작하는 것 같군요." 그가 말했다. "체포되었다가 보석으로 나와서 나는 카메라를 샀어요. 아까 당신 사진을 찍은 그 카메라죠. 아내와 나는 지방검사, 카운티 의학협회 회장, 내가 유죄를 받아야 한다고 썼던 편집자를 도촬했어요. 후에 판사와 배심원단, 지방 검사, 나에게 불리하게 증언했던 증인들 사진도 다 찍었죠.

나는 편집증 환자들을 불러모으고, 그들에게 사과를 했습니다. 당신들을 겨냥한 음모 같은 게 없다고 한 건 완전히 잘못된 말이었다고 했어요. 끔찍한 음모를 발견했고, 주동자 중 일부의 사진을 구했다고요. 사진을 잘 봐두고, 늘 조심하며 무기를 가지고 다니라고 했어요. 그리고 앞으로도 종종 사진을 더 보내주겠다고 했죠."

나는 공포 때문에 메스꺼워졌다. 언제라도 살인을 저지르고 달아날 수 있는, 겉보기에는 멀쩡해 보이는 광인이 우글거리는 도시의 모습이 떠올랐다.

"그, 그 내 사진은……" 나는 비참하게 말했다.

"서랍에 넣고 열쇠로 잘 잠가둘 겁니다." 코라두비안이 말했다. "이 대화를 비밀로 간직할 거예요, 내게 돈을 준다면요."

"얼마나요?" 내가 말했다.

"지금 가지고 있는 만큼만 받죠." 그가 말했다.

나에겐 12달러가 있었다. 나는 그에게 돈을 주었다. "그럼 이제 사진을 돌려주나요?" 내가 말했다.

"아뇨," 그가 말했다. "미안하지만 사진은 영구 보관합니다. 아시잖아요, 나도 먹고살아야죠." 그는 한숨을 쉬더니 지갑에 돈을 넣었다.

"수치스러운 시절이에요, 수치스러운 시절." 그가 중얼거렸다. "한때는 나도 존경받는 전문직이었는데."

우주의 왕과 여왕
King and Queen of the Universe

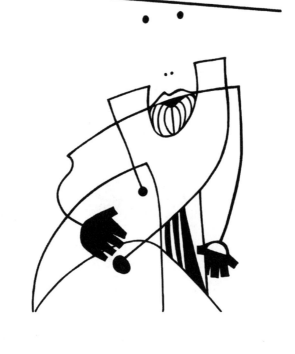

잠시만 대공황 시절―정확히는 1932년―로 돌아가도 괜찮을까? 끔찍한 시절이었다는 건 나도 알지만, 대공황 시절에는 좋은 이야깃거리가 많다.

1932년에 헨리와 앤은 열일곱 살이었다.

헨리와 앤은 열일곱 살 때 꽤나 장식품 같은 사랑에 빠졌다. 그들은 자신들의 사랑이 얼마나 보기 좋은지 알았다. 그리고 자신들이 얼마나 보기 좋은지도 알았다. 연장자들이 보기에 그들이 서로에게, 그들이 태어난 사회에 얼마나 안성맞춤으로 보이는지도 알았다.

헨리의 완전한 이름은 헨리 데이비슨 메릴이고, 상업은행 은행장의 아들이었다. 1916년부터 1922년까지 시장으로 재임했던 고故 조지 밀스 데이비슨과 시립병원 어린이 병동 설립자인 로시터 메릴 박사의 손자였으며……

앤의 완전한 이름은 앤 로슨 헤일러이고, 가스공사 사장의 딸이었다. 연방 판사였던 고 프랭클린 페이스 헤일러와 중서부 도시의 크리스토퍼 렌*이라 불린 건축가 D. 드와이트 로슨의 손녀였으며……

그들의 명성과 부는 당연한 것이었다. 태어난 순간부터 그랬다. 그들이 하는 사랑에는 몸단장하기, 항해하기, 테니스 치기, 골프 치기를 잘하는 것 이상이 필요하지 않았다. 그들은 영혼까지 닿는 사랑의 깊이에 대해서는 그림책에 나오는 곰돌이 푸우만큼이나 무지했다.

모든 게 유쾌하고 쉬웠다. 너무나 자연스럽고 깨끗했다.

추악한 일은 추악한 사람한테만 일어난다는 곰돌이 푸우 같은 마음가짐으로, 헨리 데이비슨 메릴과 앤 로슨 헤일러는 어느 늦은 밤 야회복 차림으로 시립 공원을 가로질러 걷고 있었다. 스포츠 사교클럽에서 나와 헨리의 차를 세워둔 차고까지 걸어가는 길이었다.

밤은 칠흑같이 검었고, 공원 안의 몇 안 되는 가로등은 드문드문 서서 흐릿하게 창백한 빛을 비추고 있었다.

---

* 17~18세기 영국 건축가.

그 공원에서 살인사건이 일어난 적이 있었다. 12센트를 뺏기 위해 한 사내를 잔인하게 살해한 사건이었는데, 범인은 아직 잡히지 않았다. 그런데 그 사내는 더러운 부랑자였다. 1달러도 안 되는 돈 때문에 살해당하기 위해 태어났을 것만 같은 그런 사람이었다.

헨리는 자신의 턱시도가 공원을 안전히 통과할 수 있는 통행권이라고 여겼다. 이런 공원을 드나드는 사람들과는 너무나 다른 자신의 옷차림이 그들의 추잡한 말썽에 말려들지 않게 해줄 거라고 생각했다.

헨리는 앤을 보았고, 앤도 제대로 차려입었다는 걸 알았다. 푸른 망사로 포장한 분홍색 봉봉 사탕 같은 모습으로, 엄마의 진주목걸이와 헨리가 준 난초 꽃을 달고 있었다.

"난 공원 벤치에서도 잘 수 있어." 앤이 크게 말했다. "재밌을 것 같아. 호보*가 되면 재미있을 것 같아." 그녀가 헨리의 손을 잡았다. 햇볕에 그을린 그녀의 손은 단단했고 동료애가 느껴졌다.

어두운 공원에서 손을 맞잡았지만 짜릿함은 없었다. 둘은 함께 자랐고, 그들이 결혼해서 함께 늙어갈 거라는 걸 알았기 때문에, 한 번의 접촉이나 바라봄, 말 한마디 정도로 상대를 놀래

---

* 부랑자 혹은 떠돌이 일꾼.

키거나 당황시킬 수 없었다. 심지어 키스 역시 그랬다.

"겨울에 호보가 되면 별로 재미없을걸." 헨리가 말했다. 그는 잠깐 그녀의 손을 잡고 흔들다 주저 없이 놓았다.

"겨울에는 플로리다로 갈래." 앤이 말했다. "해변에서 자고 오렌지를 훔칠 거야."

"오렌지만 먹고는 못 살아." 헨리가 말했다. 이제 그는 남자답게 굴었다. 자기가 거친 세상을 더 잘 안다는 것을 앤에게 알려주고 있었다.

"오렌지랑 생선." 앤이 말했다. "철물점에서 낚싯바늘을 10센트어치 훔치고, 쓰레기통을 뒤져 실을 찾고 돌멩이로 추를 만들어서 낚싯대를 만들 거야. 정말 천국 같겠지. 사람들이 그렇게 돈 걱정을 하며 사는 건 미친 짓 같아."

공원 정중앙의 분숫가에 붙어 있던 괴물 석상 같은 게 움직이기 시작했다. 알고 보니 그것은 사람이었다.

그의 움직임이 공원을 저승의 검은 강 스틱스로, 멀리 보이는 차고 불빛을 천국의 문―150만 킬로미터나 떨어진―으로 바꾸어놓았다.

헨리는 바보처럼 어깨를 축 늘어뜨린 소년이 되었다. 집에서 만든 발판사다리만큼이나 볼품없는 모습이었다. 흰 셔츠를 입은 그의 가슴팍은 강도와 광인을 부르는 표지가 되었다.

헨리는 앤을 흘끔 보았다. 앤은 정신이 몽롱한 버터덩어리가 되어 있었다. 앤은 손을 목으로 가져가 어머니의 진주목걸이를 가렸다. 난초 꽃이 대포알처럼 앤을 짓누르는 것 같았다.

"잠깐, 부탁이니 멈춰봐요." 그 사내가 부드럽게 숨을 헐떡이며 말했다. 그는 취한 사람처럼 기침을 하고는 양손으로 멈추라는 신호를 했다. "제발…… 아아, 잠깐이면 돼요."

싸울 생각을 하자 헨리는 가슴속에서 토할 것처럼 흥분이 밀려오는 것을 느꼈고, 양손을 싸움과 항복의 중간 정도 위치로 올렸다.

"손 내려요." 사내가 말했다. "그냥 이야기를 나누고 싶을 뿐이에요. 지금은 강도들이 다 잘 시간이에요. 이렇게 늦은 시간까지 깨어 있는 사람은 취객, 떠돌이, 시인밖에 없죠."

그는 해치지 않겠다는 의미로 양손을 들고 헨리와 앤을 향해 비틀거리며 걸어왔다. 그는 키가 작고 말랐으며, 입고 있는 싸구려 옷은 신문지처럼 잔뜩 구겨져 바스락거렸다.

그는 머리를 뒤로 젖혀 거죽만 남은 목을 드러냈다. 헨리가 손으로 목을 졸라 죽일 수도 있는 자세였다. 사내가 허술한 미소를 지어 보였다. "당신처럼 덩치 큰 젊은이라면 손가락 두 개로도 날 죽일 수 있을걸요." 그는 마치 거북이처럼, 눈을 둥그렇게 뜨고 자기를 신뢰하는 기색이 있는지 살폈다.

헨리가 천천히 손을 내렸고, 사내도 그렇게 했다.

"원하는 게 뭐예요?" 헨리가 말했다. "돈을 원해요?"

"당신은 돈을 원하지 않아요?" 사내가 말했다. "모두들 그렇지 않나요? 심지어 당신 아버지도 돈이 더 많아진다면 마다하지 않을걸요." 그는 키득거리며 헨리의 말투를 흉내 냈다. "'돈을 원해요?'"

"우리 아버지는 부자가 아니에요." 헨리가 말했다.

"이 진주는 가짜예요." 앤이 말했다. 그녀의 목소리가 그녀답지 않게 계속 끽끽거렸다.

"아…… 내가 보기에는 충분히 진짜 같은데요." 사내는 그렇게 말하고 헨리에게 살짝 고개를 숙여 보였다. "당신 아버지는 돈이 좀 있을 것 같아요. 앞으로 수천 년 동안 쓸 만큼은 안 될지 몰라도, 오백 년 정도는 쓸 수 있겠죠." 그의 몸이 흔들렸다. 그의 표정은 계속 변했고 수치, 경멸, 괴팍한 표정을 거쳐 마침내 굉장히 슬픈 얼굴이 되었다. 자기소개를 하는 사내의 얼굴에 슬픔이 떠올랐다. "내 이름은 스탠리 카핀스키입니다. 당신의 돈도, 진주도 원하지 않아요. 이야기를 하고 싶어요."

헨리는 카핀스키를 제치고 가버릴 수 없음을, 심지어 그가 내민 손을 거절할 수도 없음을 알았다. 헨리 데이비슨 메릴은 스탠리 카핀스키가 자신에게 귀중한 존재가 되었단 사실을 깨달았다. 그에게 카핀스키는 이 공원의 작은 신이 되었고, 그림자

속을 볼 수 있고 모든 덤불과 나무 뒤에 무엇이 숨어 있는지 아는 초자연적인 존재가 되었다.

헨리는 카핀스키가, 오직 카핀스키만이 그들을 멀고 먼 공원의 끝까지 안전하게 데려다줄 수 있을 것처럼 느꼈다.

헨리가 카핀스키와 악수를 하자 앤의 공포는 신경질적인 친밀감으로 변했다. "세상에!" 앤의 외침이 밤하늘에 울렸다. "우린 당신이 강도인 줄 알았지 뭐예요!" 앤이 웃었다.

그들의 신뢰를 얻었음을 확신하자 카핀스키는 말수가 줄었다. 그는 그들의 옷을 관찰했다. "우주의 왕과 여왕, 그녀는 당신들을 그렇게 생각할 거예요. 신께 맹세코 그럴 거예요!"

"무슨 말이에요?" 헨리가 말했다.

"우리 어머니가 그럴 거라고요." 카핀스키가 말했다. "우리 어머니는 당신들을 자신이 평생 본 사람 중 가장 아름다운 두 사람이라고 생각하실 거예요. 작고 늙은 폴란드 분이죠. 평생 엎드려 바닥을 닦는 일을 했어요. 일어나 앉아서 영어를 배울 시간조차 내지 못했죠. 어머니는 두 사람이 천사라고 생각하실 거예요." 그는 고개를 젖히고서 한쪽 눈썹을 치켜세웠다. "우리 집으로 가서 어머니께 당신들 모습을 보여주겠어요?" 그가 말했다.

공포에 이어 찾아온 연약한 바보스러움 때문에 헨리와 앤은 카핀스키의 묘한 초대를 받아들이고 말았다. 그냥 받아들인 것이 아니라 열광적으로 응했다.

"어머님을요?" 앤이 조잘거렸다. "좋죠, 좋죠, 좋죠."

"그럼요…… 어디로 가면 되죠?" 헨리가 말했다.

"여기서 한 블록만 가면 돼요." 카핀스키가 말했다. "들어가서 어머니께 두 분 모습을 보여드리고 나서 바로 나오면 돼요. 십 분도 안 걸릴 거예요."

"좋아요." 헨리가 말했다.

"좋아요." 앤이 말했다. "재미있는데요."

카핀스키는 그들을 조금 더 살펴보고, 주머니에서 거의 직각으로 구부러진 담배 한 개비를 꺼냈다. 그는 굳이 담배를 펴려고 애쓰지 않고 그대로 불을 붙였다.

"가죠." 그가 갑자기 성냥을 던지며 말했다. 헨리와 앤은 굉장히 빠른 걸음으로 그의 뒤를 따랐다. 그는 차고 불빛 반대 방향으로 그들을 멀리 데리고 가더니, 공원보다도 밝지 않은 골목으로 향했다.

헨리와 앤은 그의 바로 뒤에서 따라갔다. 밤의 공원과 그들이 맡은 임무의 비현실적인 느낌을 고려할 때, 헨리와 앤은 우주의 검은 진공 속을 걸어서 달을 향해 가고 있었는지도 모른다.

이 기묘한 원정대는 공원을 빠져나가 길을 건넜다. 거리는 밝고 따뜻하고 안전한 두 현실 사이의 악몽을 뚫고 가는 어두운

터널처럼 보였다.

도시는 아주 조용했다. 멀리서 텅 빈 시내 전차가 녹슨 비명을 지르며 깨진 종을 울렸다. 그러자 자동차 한 대가 대답이라도 하듯 매애 하고 경적을 울렸다.

블록을 따라 내려오며 순찰을 돌던 경관 하나가 헨리, 앤, 카핀스키를 보고 멈춰 섰다. 자신들을 보호하는 듯한 경찰의 시선에 헨리와 앤은 잠시 망설였지만 곧 다시 걸음을 옮겼다. 그들은 이 모험을 끝까지 계속하겠다는 결심이었다.

그리고 그 결심을 하게 된 것은 더이상 공포 때문이 아니었다. 이제 흥분이 그들을 이끌었다. 헨리 데이비슨 메릴과 앤 로슨 헤일러는 갑자기, 놀랍게도, 위험하고 낭만적으로 자기들의 인생을 스스로 이끌었다.

반대편에서 혼잣말을 하는 나이든 흑인이 걸어왔다. 그는 걸음을 멈추고 건물에 기댄 채 계속 혼잣말을 하며 그들이 지나가는 것을 쳐다보았다.

헨리와 앤은 그의 눈을 똑바로 마주보았다. 그들 역시 밤의 원주민이었다.

그리고 그때 카핀스키가 문을 하나 열었다. 문 바로 앞에 가파른 계단이 있었다. 거리에 선 사람 눈높이의 계단 수직면에 작은 문패가 있었다. **스탠리 카핀스키, 화학공학 석사, 3층**이라고 쓰여 있었다.

카핀스키는 헨리와 앤이 문패를 읽는 걸 지켜보았다. 그는 그 모습을 보며 힘을 얻는 것 같았다. 그는 술이 깬 듯했고, 존경할 만하고 근엄한, 문패가 주장하는 것과 같은 이학 석사가 되었다. 그는 손가락으로 머리를 빗고 코트 매무새를 다듬었다.

그전까지 헨리와 앤은 그가 늙었다고 생각했다. 그리고 이제야 카핀스키의 수척함이 늙어서가 아니라 자신을 제대로 돌보지 않아서였음을 깨달았다.

그는 겨우 이십대 후반이었다.

"따라오시죠." 카핀스키가 말했다.

계단 옆 벽에 거친 섬유판이 붙어 있었다. 양배추 냄새가 났다. 낡은 주택을 나누어 아파트로 만든 건물이었다.

헨리와 앤이 처음으로 들어와보는, 깨끗하지 않고 안전하지 않은 건물이었다.

카핀스키가 이층에 다다르자 어느 아파트 문이 열렸다.

"조지…… 당신이야?" 어떤 여자가 성마른 목소리로 말했다. 여자는 실눈을 뜨고 복도로 나왔다. 덩치가 크고 어리석은 짐승 같은 여자가 더러운 손으로 잠옷 앞섶을 잡고 있었다. "아." 그녀가 카핀스키를 보고 말했다. "미친 과학자였군. 또 취했어."

"안녕하세요, 퍼디 부인." 카핀스키가 말했다. 그러고는 그녀가 헨리와 앤을 보지 못하도록 막아섰다.

"우리 조지 못 봤니?" 그녀가 말했다.

"아뇨." 카핀스키가 말했다.

그녀는 비딱한 미소를 지었다. "100만 달러는 아직이야?" 그녀가 말했다.

"네…… 아직요, 퍼디 부인." 카핀스키가 말했다.

"어서 벌어오는 게 좋을 거야." 퍼디 부인이 말했다. "이젠 너희 엄마가 아파서 널 먹여 살리지 못한다고."

"그러려고요." 카핀스키가 침착하게 대답했다. 그러고는 그녀가 계단에 있는 헨리와 앤을 볼 수 있게 비켜섰다. "이쪽은 제 친구들이에요, 퍼디 부인. 제 연구를 아주 높게 평가하죠."

퍼디 부인은 벼락이라도 맞은 것처럼 놀랐다.

"제 친구들은 스포츠 사교클럽에서 춤을 추다 왔어요." 카핀스키가 말했다. "저희 어머니가 많이 아프다는 소식을 듣고 문병을 온 거죠. 춤추러 온 주요 인사들이 제 실험에 대해 어떻게 이야기했는지 어머니께 말씀드리려고요."

퍼디 부인은 소리 없이 입을 딱 벌렸다가 다시 다물었다.

퍼디 부인은 헨리와 앤이 지금껏 한 번도 본 적 없는 자신들의 모습을 보게 하는 거울 구실을 했다. 그녀는 그들이 얼마나 강력한지 혹은 얼마나 강력해질 것인지를 보여주었다. 그들은 자신들이 대부분의 사람들보다 더 안락하게 살 것이고 더 값비싼 쾌락을 누릴 거라는 걸 언제나 알고 있었다. 하지만 더 큰 권력을 가질 거라는 생각은 지금껏 한 적이 없었다.

퍼디 부인이 보여준 경외감을 설명할 수 있는 건 이것뿐이었다. 바로 그들의 권력에 대한 경외감이었다. "만, 만나서 반가워요." 퍼디 부인이 두 사람에게서 눈을 떼지 못한 채 말했다. "좋은 밤 되세요." 그녀는 아파트 안으로 들어가 문을 닫았다.

화학공학자 스탠리 카핀스키의 집 겸 연구실은 외풍이 있는 다락방 한 칸이었다. 방 크기가 거의 산탄총만했다. 방 양쪽 끝 지붕 아래 세모꼴 벽에 작은 창문이 하나씩 있었다. 창틀에서는 덜걱덜걱 하는 소리가 났다.

천장은 나무였고, 들보에서 이어진 천장이 곧 건물의 판자 지붕이었다. 벽에는 골조가 그대로 드러나 있었다. 골조 사이에 작은 못을 박아 걸어둔 선반에 빈약한 음식, 현미경, 책, 시약이 든 병, 실험용 튜브, 비커…… 등등을 올려두었다.

방 한가운데에는 사자 발 모양 다리가 달린 커다란 호두나무 식탁이 있었다. 그 위 천장에 갓을 씌운 전구가 매달려 있었다. 그 식탁이 카핀스키의 연구 테이블이었다. 링 스탠드, 플라스크, 유리 튜브, 뷰렛 등으로 구성된 복잡한 시스템이 설치되어 있었다.

"말할 땐 속삭이세요." 카핀스키가 식탁 위 전구를 켜며 말했다. 그는 손가락을 입술에 대고, 구석의 침대를 향해 의미심장하게 고개를 끄덕여 보였다. 그 침대는 어둠 속에 깊이 묻혀 있어 카핀스키가 가리키지 않았다면 있는 줄도 몰랐을 것이다. 카핀스키의 어머니가 그 침대에 잠들어 있었다.

그녀는 미동도 없었다. 호흡은 느렸다. 그녀는 숨을 내쉴 때마다 "그대Thee"라고 말하는 듯했다.

카핀스키는 사자 발 모양 다리가 달린 테이블 위의 기구를 만지작거렸다. 사랑과 증오 사이에 있는 게 분명한 감정을 느끼는 듯했다.

"이게 바로." 카핀스키가 속삭였다. "오늘밤 스포츠 사교클럽에서 모두가 이야기하던 겁니다. 금융계와 산업계의 지도자들은 다른 이야기는 할 수 없었어요." 그는 알쏭달쏭하게 눈썹을 치켜세웠다. "당신 아버지는 내가 이걸 가지고 큰 부자가 될 거라고 하셨어요, 그렇죠?" 그가 헨리에게 말했다.

헨리가 겨우 미소를 지었다.

"그렇다고 해요." 카핀스키가 말했다.

헨리와 앤은 수익성 없는 사업에 자기 아버지가 엮이게 될까 두려워 아무 말도 하지 않았다.

"이게 뭔지 모르겠어요?" 카핀스키가 눈을 크게 뜨고 물었다. 지금 그는 마술사 행세를 하고 있었다. "자명하지 않아요?"

헨리와 앤은 시선을 교환하고 고개를 가로저었다.

"우리 어머니와 아버지의 꿈이 실현되는 거예요." 카핀스키가 말했다. "아들을 부유하고 유명하게 만들어줄 물건이죠. 생각해봐요…… 두 분은 낯선 땅에 온 소작농이었어요. 심지어 읽고 쓸 줄도 몰랐어요. 하지만 이 약속의 땅에서 열심히 일했고, 눈물에 젖은 1페니 동전 한 닢까지도 아들 교육에 쏟아부었어요. 고등학교에 보냈을 뿐 아니라 대학까지 보냈다고요! 대학뿐 아니라 대학원에도 보냈어요! 이제 그 아들을 좀 봐요…… 얼마나 잘나가는지!"

헨리와 앤은 너무 어리고 순진해서, 카핀스키의 말이 소름 끼치는 풍자라는 것을 전혀 깨닫지 못했다. 그들은 진지하게 카핀스키의 기구를 바라보았다. 그 기구가 정말 큰돈을 벌어다주리라고 믿을 준비가 되어 있었다.

카핀스키는 그들의 반응을 지켜보았다. 그리고 아무 반응이 없자, 울음을 터뜨려 두 사람을 깜짝 놀라게 만들었다. 그는 기구를 집어들어 바닥에 내동댕이치려다 한 손으로 다른 손을 억지로 내리누르며 겨우 멈췄다.

"내가 꼭 설명해줘야 알겠어요?" 그가 속삭였다. "우리 아버지는 내 미래를 위해 일하다 돌아가셨어요. 어머니도 같은 이유로 죽어가고 있고요. 그리고 지금 나는 대학 학위가 있는데도 불구하고 접시닦이로도 취직을 못하고 있어요!"

그는 다시 기구를 움켜쥐었다. 곧 부숴버릴 것 같았다. "이

거?" 그는 애석한 듯 말하며 고개를 가로저었다. "모르겠어요. 쓸모가 있을 수도, 없을 수도 있죠. 알아내려면 몇 년, 몇천 달러가 필요해요." 그는 침대 쪽을 바라보았다. "어머니는 내가 몇 년 후에 성공하는 모습을 보실 수 없어요. 아마 며칠도 더 못 사실 거예요. 내일 수술을 받으러 병원에 가시는데, 퇴원할 가능성은 별로 높지 않다고 하더군요."

그 여인이 눈을 떴다. 움직이지는 않았지만 아들 이름을 불렀다.

"그러니 오늘밤에 대성공을 거두지 못한다면 나는 영영 못하는 거예요." 카핀스키가 말했다. "거기서 기구를 보며 감탄하도록 해요…… 태어나서 본 것 중 가장 놀라운 물건인 것처럼 말이에요. 그동안 나는 어머니께 당신들이 백만장자인데, 엄청난 돈을 주고 저걸 사러 온 거라고 말씀드릴게요!"

그는 어머니 쪽으로 가 침대 옆에서 무릎을 꿇고, 아주 기쁘다는 듯이 폴란드어로 그 좋은 소식을 전했다.

핸리와 앤은 팔을 늘어뜨린 채 어색하게 기구 쪽으로 갔다.

바로 그때 카핀스키의 어머니가 소리를 지르며 일어나 앉았다.

헨리는 기구를 보며 어색하게 미소를 지었다. "아주 훌륭하지 않아?"

"아, 응…… 그렇지?" 앤이 말했다.

"웃어!" 헨리가 말했다.

"뭐?" 앤이 말했다.

"웃으라고, 행복해 보이게!" 헨리가 말했다. 그가 앤에게 명령을 한 것은 이번이 처음이었다.

앤은 놀랐지만 이내 미소를 지었다.

"카핀스키는 대성공을 거뒀어." 헨리가 말했다. "정말 근사한 물건이야."

"이 물건으로 그는 큰 부자가 될 거야." 앤이 말했다.

"어머니가 아주 자랑스러워하시겠군." 헨리가 말했다.

"어머니께서 당신들을 만나보고 싶으시대요." 카핀스키가 말했다.

헨리와 앤은 늙은 여인의 침대 발치로 갔다. 여인이 말없이 활짝 웃었다.

카핀스키도 몹시 행복해했다. 그의 속임수가 멋지게 성공했다. 일 분도 지나지 않아 그의 어머니는 지독한 희생으로 가득한 인생 전체를 보상받았다. 완벽할 정도로 멋진 보상이었다. 그녀의 기쁨은 빛의 속도로 그녀의 과거로 날아가, 힘들었던 모든 순간을 엄청난 기쁨으로 밝혀주었다.

"이름을 말씀드려요." 카핀스키가 말했다. "아무 이름이나 상관없어요."

헨리가 고개를 숙였다. "헨리 데이비슨 메릴입니다." 그가 말했다.

"앤 로슨 헤일러입니다." 앤이 말했다.

진짜 이름이 아닌 다른 이름을 대는 것은 수치스러운 일이 될 터였다. 방금 헨리와 앤이 한 일은 어쨌든 완벽히 아름다운 일이었다. 태어나서 처음으로 천국에서 인정받을 만한 일을 한 것이었다.

카핀스키는 어머니를 눕혔다. 그는 부드럽게 노래하듯 다시 그 좋은 소식을 들려드렸다.

그녀는 눈을 감았다.

헨리와 앤과 카핀스키는 눈을 반짝이며 발끝으로 살금살금 걸어 문 쪽으로 갔다.

그 순간 경찰이 들이닥쳤다.

경찰은 모두 세 명이었는데, 한 명은 총을 뽑아들었고 둘은 곤봉을 치켜들고 있었다. 그들이 카핀스키를 붙잡았다.

경찰 뒤에는 턱시도를 입은 헨리와 앤의 아버지가 있었다. 그들은 자기 아이들에게 뭔가 끔찍한 일이 일어났거나 일어나기 직전일지도 모른다는 공포로 몹시 흥분한 상태였다. 그들이 헨리와 앤이 사라진 것을 납치로 신고한 것이었다.

카핀스키의 어머니가 침대에서 일어나 앉아 경찰들이 자기 아들을 붙잡고 있는 것을 보았다. 그것이 그녀가 인생 마지막으로 본 장면이었다. 카핀스키의 어머니는 신음하다가 죽어버렸다.

십 분 후, 더는 헨리와 앤과 카핀스키가 같은 방에서 같은 행동을 하고 있다고 말할 수 없게 되었다. 시적으로 말하자면 같은 우주에 있는 것조차 아니었다.

카핀스키와 경찰이 어머니를 되살려보려고 노력했으나 속수무책이었다. 가슴이 섬뜩해진 헨리의 아버지가 잠깐 멈춰서 자기 이야기를 들어보라고 애원했지만, 헨리는 멍하게 건물 밖으로 걸어나가버렸다. 앤은 울음이 터져 아무 생각도 할 수 없는 상태였다. 앤의 아버지는 손쉽게 앤을 데리고 밖에 세워둔 차로 갈 수 있었다.

여섯 시간 후에도 헨리는 계속 걷는 중이었다. 그는 도시의 경계를 넘어섰고, 태양이 떠오르고 있었다. 헨리는 자신의 야회복에 기묘한 짓을 했다. 검은 넥타이와 커프스단추와 셔츠의 장식 단추는 내던져버렸다. 셔츠 소매는 말아올렸고, 가슴팍에 덧댄 새하얀 천은 뜯어내서 목 부분을 풀어헤친 것 같아 보였다. 반짝이던 검은 구두는 도시의 진흙과 같은 색이었다.

헨리는 아주 젊은 부랑자 같은 행색이었는데, 그가 되려고 결심한 것이 바로 그것이었다. 마침내 순찰차가 그를 발견했고, 집으로 데려갔다. 그는 누구에게도 정중한 말은 한 마디도 하지 않았고, 들으려고 하지도 않았다. 그는 더이상 아이가 아니었다. 굉장히 심란한 성인이었다.

앤은 울다 지쳐 잠이 들었다. 그리고 헨리가 집에 끌려왔을
때쯤 다시 울며 일어났다.

그녀의 방에 비치는 새벽빛은 탈지우유처럼 뿌연 색이었다.
앤은 환영을 보았다. 앤의 환영은 책이었다. 저자는 자기 자신
이었다. 그 책에서 앤 로슨 헤일러는 이 도시 부자들의 천박함
과 비겁함과 가식에 대한 진실을 이야기했다.

앤은 책의 첫 두 줄을 생각해보았다. "불황이 계속되었다. 이
도시에 사는 사람들 대부분은 가난했고 상심했지만, 스포츠 사
교클럽에서는 무도회가 열렸다." 기분이 훨씬 좋아진 앤은 다시
잠들었다.

앤이 다시 잠들었을 때, 스탠리 카핀스키는 다락방의 창문을
열었다. 그는 사자 발 모양 다리가 달린 테이블에서 기구를 집어
들고 창가로 가져와 한 개씩 창밖으로 던졌다. 그러고는 책과 현
미경과 다른 장비도 던져버렸다. 그는 오랜 시간에 걸쳐 그 일
을 했고, 어떤 물건은 거리에 떨어져 꽤나 요란한 소리를 냈다.

마침내 어느 미친 사람이 창밖으로 물건을 던진다고 누가 경
찰에 신고를 했다. 출동한 경찰은 물건을 던지는 게 누구인지
보고 카핀스키에게 아무 말도 하지 않았다. 그들은 부끄러워하

며 거리의 난장판을 최대한 깨끗이 치웠다.

헨리는 그날 정오까지 잤다. 일어난 뒤에는 누군가 자기가 일어났다는 걸 알아차리기 전에 집을 빠져나갔다. 다정하고 세상물정 모르는 그의 어머니가 시동 거는 소리와 자갈 위에서 구르는 타이어 소리를 들었고, 헨리는 그렇게 떠나버렸다.

헨리는 몹시 조심스럽게 운전했고, 차를 몰면서 하는 모든 동작에 지나치게 신중했다. 헨리는 자기가 해야 하는 엄청나게 중요한 일이 있다는 느낌이 들었지만 그게 무엇인지는 확신이 들지 않았다. 그래서 알 수 없는 임무가 아니라 운전에 중요성을 부여했다.

앤이 아침을 먹고 있을 때 헨리가 앤의 집에 도착했다. 헨리를 맞은 가정부는 앤이 몹시 아프다는 듯한 태도를 취했다. 사실은 전혀 그렇지 않았다. 앤은 먹성 좋게 아침을 먹으며 노트에 글을 쓰고 있었다.

앤은 분노한 채 소설을 썼다.

식탁 맞은편에 앉은 앤의 어머니는 익숙지 않은 창작의 열기를 마지못해 존중해주고 있었다. 딸이 거칠게 연필을 놀리는 것이 그녀로서는 거슬리고 겁이 났다. 그녀는 그 글의 내용을 알았다. 앤이 일부를 읽어보게 해주었기 때문이다.

앤의 어머니는 헨리를 보고 기뻐했다. 그녀는 늘 헨리를 좋아했고, 헨리라면 앤이 아주 나쁜 기분을 푸는 데 도움이 될 거라고 확신했다. "아, 헨리, 왔구나." 그녀가 말했다. "좋은 소식은 들었니? 어머니가 말씀해주셨어?"

"어머니 안 봤어요." 헨리가 무신경하게 말했다.

앤의 어머니는 풀이 죽었다. "아." 그녀가 말했다. "나, 나는 오늘 아침에 세 번 통화했거든. 너랑 길게 이야기를 나누고 싶어하시던데, 어제 일어난 일에 대해서."

"음," 헨리가 말했다. "좋은 소식이 뭔가요, 헤일러 부인?"

"그 남자에게 직장을 구해줬어." 앤이 말했다. "멋지지 않니?" 앤의 찡그린 표정을 보니 멋진 일은 아니라고 생각하는 게 분명했다. 앤은 헨리 또한 멋지지 않다고 생각했다.

"그 불쌍한 남자, 어젯밤 그 남자, 카핀스키 씨는 직장을 얻었어," 앤의 어머니가 말했다. "멋진 직장을. 너희 아버지와 앤의 아버지가 오늘 아침에 통화를 하고, 델타 케미컬의 에드 부치월터와 이야기를 해서 거기서 일하게 해줬어." 그녀의 부드러운 갈색 눈은 촉촉이 젖은 채, 이 세상에서 잘못된 것 중 쉽게 고쳐지지 않는 것은 없다는 데 동의해달라고 헨리에게 애원하고 있었다. "잘됐지 않니, 헨리?"

"아, 아무것도 안 하는 것보단 낫겠죠." 헨리가 말했다. 헨리의 기분은 별로 좋아지지 않았다.

헨리의 무관심에 앤의 어머니는 무너져버렸다. "그 외에 할 수 있는 일이 뭐가 있겠니, 헨리?" 그녀는 애원조로 말했다. "얘들아, 우리가 또 뭘 하면 좋겠니? 우리도 끔찍한 기분이야. 그 불쌍한 사람을 위해 우리가 할 수 있는 일은 다 하고 있어. 그 불쌍한 여인을 위해 할 수 있는 일이 있었다면 뭐든 했을 거고. 그건 다 사고였고, 우리 위치에 있는 사람이라면 누구라도 그렇게 했을 거야. 납치에, 살인에, 그리고 신문에 나오는 온갖 범죄가 있잖니." 그녀는 울기 시작했다. "그런데 앤은 우리가 범죄자라도 되는 것처럼 책을 쓰고, 넌 여기 들어와서 누가 뭐라고 해도 미소조차 짓지 않는구나."

"책에 엄마가 범죄자라는 말은 안 나와요." 앤이 말했다.

"좋은 말은 없잖니. 너희 아버지, 나, 헨리 부모님, 부치월터 가족, 라이슨 가족, 모두가 직장을 잃은 사람이 많아서 좋아 죽으려 하는 것처럼 보이게 쓰고 있잖아." 그녀는 고개를 저었다. "그렇지 않아. 난 대공황이 지긋지긋해, 정말 지긋지긋해. 우리가 어떻게 하길 바라는 거니?" 그녀가 새된 목소리로 말했다.

"엄마 얘기가 아니에요." 앤이 말했다. "제 얘기예요. 이 책에서 제일 나쁜 사람은 저예요."

"넌 좋은 사람이야!" 앤의 어머니가 말했다. "아주 좋은 사람이지." 그녀는 이제 울음을 멈추고 떨리는 미소를 지었다. 팔꿈치가 행복한 작은 새의 날개 끝이라도 되는 양 팔을 아래위로 움직였다. "다 같이 기분 풀면 안 되겠니, 얘들아? 다 잘되지 않을까?" 그녀는 헨리를 돌아보았다. "웃어줄래, 헨리?"

헨리는 그녀가 원하는 미소가 어떤 것인지 알았다. 어른이 아플 정도로 세게 뽀뽀했을 때 어린아이가 짓는 미소였다. 스물네 시간 전이었다면 자동으로 지어주었을 것이다. 그러나 헨리는 미소 짓지 않았다.

앤이 자기를 천박한 멍청이로 본다고 헨리는 생각했다. 그에게 가장 중요한 것은 앤에게 자기가 그렇지 않다는 걸 보여주는 것이었다. 미소 짓지 않는 것이 도움이 되었지만, 좀더 사내답고 결단력 있는 모습이 필요했다. 그러자 자신이 하려고 나섰던 알 수 없는 임무가 무엇인지 갑자기 떠올랐다. "헤일러 부인, 앤과 저는 카핀스키 씨를 만나러 가서 우리가 얼마나 미안하게 생각하는지 말해야 할 것 같아요."

"안 돼!" 앤의 어머니가 말했다. 날카롭고 빠른 반응이었다. 너무 날카롭고 너무 빨랐다. 공포감이 깃들어 있었다. "내 말은," 그녀가 손으로 취소 동작을 해 보이며 말했다. "다 처리되었다는 거야. 아버지들이 벌써 이야기하고 왔단다. 사과도 했고 직장 이야기도 했고……" 말끝을 흐렸다. 자기가 하는 말이 무엇인지 스스로도 깨달은 것이다.

그녀가 진짜로 하고 있는 말은 헨리와 앤이 성장하는 것, 헨리와 앤이 가까이에서 비극을 보게 되는 것을 참을 수 없다는 말이었다. 그녀는 자기 스스로가 진정으로 성장한 적이 없다고,

가까이에서 비극을 본 적이 한 번도 없다고 말하고 있었다. 그녀는 돈으로 살 수 있는 가장 아름다운 것은 평생 어린아이로 지낼 수 있는 거라는 말을 하고 있었다.

그녀는 등을 돌렸다. 그녀로서는 너희가 그래야 할 것 같다면 가서 카핀스키와 그의 비극을 보고 오거라, 하는 말에 가장 가까운 행동을 한 것이었다.

헨리와 앤은 떠났다.

스탠리 카핀스키는 자기 방에 있었다. 그는 사자 발 모양 다리가 달린 테이블 앞에 앉아 있었다. 엄지 끝을 살짝 문 채로 멀지도 가깝지도 않은 곳을 바라보았다. 테이블 위에는 새벽에 창밖으로 떨어지지 않고 살아남은 몇 안 되는 물건들이 쌓여 있었다. 카핀스키는 구할 수 있는 것은 이미 구했다. 주로 스프링 제본된 책이었다.

카핀스키는 두 사람이 계단을 올라오는 소리를 들었다. 문이 열려 있어서 노크를 할 필요는 없었다. 헨리와 앤이 문간에 나타났다.

"아하," 카핀스키가 일어서며 말했다. "우주의 왕과 여왕이군요. 이렇게 놀라울 수가. 들어와요."

헨리가 뻣뻣하게 고개를 숙였다. "우, 우리가 얼마나 죄송스러운지 말하고 싶어서요."

카핀스키도 고개를 숙였다. "정말 고맙습니다."

"정말 죄송해요." 앤이 말했다.

"고마워요." 카핀스키가 말했다.

어색한 침묵이 흘렀다. 헨리와 앤은 첫마디 말고는 할말을 준비해오지 않은 것 같았지만 여전히 이 방문에 대단한 것을 기대하고 있는 것 같았다.

카핀스키는 다음에 무슨 말을 해야 할지 알 수 없었다. 이 비극에 등장하는 배우 중 헨리와 앤은 단연코 가장 순진하고 개성이 없었다. "그러면!" 카핀스키가 말했다. "커피 좀 드릴까요?"

"좋아요." 헨리가 말했다.

카핀스키는 가스버너로 가서 불을 켜고 물을 올렸다. "난 이제 멋진 직장이 있어요. 아마 들었겠죠." 그는 뒤늦게나마 도착한 이 행운에 헨리와 앤보다 더 기뻐하지도 않았다.

헨리와 앤은 답하지 않았다.

카핀스키는 그들이 자신에게 무엇을 기대하는지 알 수 있을까 싶어 고개를 돌리고 두 사람을 보았다. 자신이 처한 문제 때문에 아주 어려웠지만 카핀스키는 깨달을 수 있었다. 헨리와 앤은 삶과 죽음에 대한, 영혼이 뒤흔들리는 경험을 했고, 이제 그게 무슨 의미인지 알고 싶어했다.

카핀스키는 그들에게 말해줄 수 있는 어리석은 생각의 조각들을 찾아 머릿속을 뒤지다가, 진정으로 중요한 무언가를 찾아내고는 스스로도 깜짝 놀랐다.

"있잖아요, 만약 어젯밤에 우리가 어머니를 속였다면, 나는
내 인생이 만족스럽게 끝났다고 생각했을 테고, 모든 빚을 갚았
다고 생각했겠죠. 결국 나는 빈민가에서 삶을 마감하거나 자살
했을지도 몰라요." 그는 어깨를 으쓱한 뒤 슬픈 미소를 지었다.
"이제," 그가 말했다. "내가 어머니께 진 빚을 갚으려면 난 천
국이 있다고 믿는 수밖에 없어요. 어머니가 나를 내려다보실 수
있다고 믿어야 해요. 어머니가 보고 계시니 큰 성공을 거두어야
하고요."

이 말은 헨리와 앤에게 깊은 만족감을 주었다. 카핀스키에게
도 마찬가지였다.

사흘 후, 헨리는 앤에게 사랑한다고 말했다. 앤도 헨리에게
사랑한다고 말했다. 전에도 한 적 있는 말이지만, 조금이나마
의미가 있었던 건 이번이 처음이었다. 마침내 두 사람은 조금이
나마 인생을 보았다.

설명을 잘하는 사람

The Good Explainer

레너드 아베키안 박사의 진료실은 시카고의 그다지 좋지 못한 동네에 있었다. 좁은 빅토리아식 저택으로, 건물 정면 외벽은 노란 벽돌과 유리 블록으로 되어 있고 건물 뒷면에는 피뢰침이 꽂혀 있었다. 신시내티 외곽의 작은 도시에서 은행 회계원으로 일하는 조 커닝햄은 택시를 타고 아베키안 박사의 진료실에 도착했다. 전날 밤은 호텔에서 묵었다. 조는 아베키안 박사가 불임 치료에 놀라운 성과를 거두었다고 생각해 먼 오하이오에서 찾아온 것이었다. 조는 서른다섯이었다. 결혼한 지 십 년이 되었지만 아이는 없었다.

대기실은 딱히 대단하지 않았다. 벽에는 핑크색 보충제로 구멍을 메운 흔적이 여기저기 있어서 마치 닭살처럼 보였다. 진료실 가구의 인조가죽은 다 갈라졌고 다리는 크롬으로 도금한 관이었다. 조는 진료실이 주는 첫인상, 즉 아베키안 박사가 흔한 돌팔이 의사라는 인상을 억눌러야 했다. 그곳 분위기는 이발소보다 별로 나을 것이 없었다. 조는 아베키안 박사는 치료에 전념하는 사람이고 돈에 관심이 없어서 병원을 그럴듯하게 꾸미지 않았을 거라고 혼자 되뇌며 자기가 받은 첫인상을 억눌렀다.

대기실 책상에 간호사나 접수원은 없었다. 그 방에 있는 유일한 다른 사람은 열네 살 정도 된 소년뿐이었다. 깁스용 팔걸이를 목에 걸고 있었다. 환자가 아이 하나라는 것도 조에게는 거슬렸다. 그는 대기실이 자기 같은 사람들, 저명한 아베키안 박사를 만나러 먼 곳에서 찾아와 무엇이 문제인지 최종 결론을 들으러 온, 아이가 없는 사람들로 붐빌 거라고 생각했다.

"저, 저기 의사 선생님 계시니?" 조가 소년에게 물었다.

"벨 누르세요." 소년이 말했다.

"벨?" 조가 말했다.

"책상 위에요." 소년이 말했다.

조는 책상으로 걸어가 그 위에 있는 벨을 찾아 눌렀다. 건물 안쪽 깊은 곳에서 버저 울리는 소리가 들렸다. 잠시 후 잔뜩 시달린 듯한 인상에 흰 유니폼을 입은 젊은 여자가 안쪽에서 나와 문을 닫았다. 문 안에서는 아기 울음소리가 들렸다. "죄송합니다. 아기가 아파서요. 진료실과 아기가 있는 곳을 왔다갔다해야 해요. 어떻게 오셨나요?"

"아베키안 부인이세요?" 조가 말했다.

"네." 그녀가 말했다.

"어젯밤에 전화했는데요." 조가 말했다.

"아, 네." 그녀가 말했다. "사모님과 같이 온다고 예약하셨죠?"

"맞습니다." 조가 말했다.

그녀는 예약 명부를 보았다. "조지프 커닝햄 부부시죠?"

"네." 조가 말했다. "아내는 뭘 좀 사러 갔어요. 곧 올 겁니다. 제가 먼저 들어가지요."

"네." 그녀가 말했다. 그러고는 깁스용 팔걸이를 한 소년 쪽으로 고개를 까닥였다. "여기 피터 다음에 들어가세요." 그녀는 건물 안쪽에서 들려오는 아기 비명소리를 무시하려 애쓰며 책상 서랍에서 서류양식을 꺼냈다. 서류 맨 위에 조의 이름을 쓰고 말했다. "조금 정신 사나워도 양해해주세요."

조는 부끄러운 듯 미소를 지어 보았다. "제겐," 그가 말했다. "세상에서 가장 아름다운 소리인걸요."

그녀는 지친 듯 웃었다. "저런 아름다운 소리를 듣고 싶다면 제대로 찾아오셨어요." 그녀가 말했다.

"아이가 몇이에요?" 조가 물었다.

"넷이요." 그녀가 말했다. 그러고는 덧붙였다. "아직까지는."

"정말 운이 좋으시군요." 조가 말했다.

"저도 스스로 그렇게 말하곤 해요." 그녀가 말했다.

"아시겠지만," 조가 말했다. "저랑 아내는 한 명도 없거든요."

"정말 유감이네요." 그녀가 말했다.

"그래서 우리가 남편분을 뵈러 온 거예요." 조가 말했다.

"그렇군요." 그녀가 말했다.

"오하이오에서 여기까지 왔어요."

"오하이오라고요?" 그녀가 말했다. 그녀는 놀란 것 같았다. "오하이오에서 시카고로 막 이사오신 거예요?"

"지금도 오하이오에 살아요." 조가 말했다. "오직 남편분을 뵙기 위해 온 겁니다."

그녀가 너무나 놀란 표정이어서 조는 이렇게 물을 수밖에 없었다. "아베키안 박사라는 분이 또 계신가요?"

"아뇨." 그녀가 말했다. 그러고는 너무 빨리, 너무 조심스럽게, 너무 밝게 덧붙였다. 조가 제대로 찾아왔다고 믿도록 하기 위해서였다. "아니, 아니에요. 한 명뿐이에요. 당신이 찾던 사람은 제 남편이 맞아요."

"불임 치료에 크게 공헌하신 바가 있다고 들었어요." 조가 말했다.

"아, 네, 네, 네…… 맞아요, 맞아요." 그녀가 말했다. "저, 누가 추천했는지 물어봐도 될까요?"

"제 아내가 남편분에 대한 말을 많이 들었다더군요." 조가 말했다.

"그렇군요." 그녀가 말했다.

"우린 최고의 의사를 원했고," 조가 말했다. "아내가 여기저기 물어보고 다니더니, 남편분이 최고라고 결론을 내렸죠."

그녀는 고개를 끄덕이며 얼굴을 아주 조금 찌푸렸다. "아, 네." 그녀가 말했다.

아베키안 박사가 슬픔에 잠긴 나이가 아주 많은 할머니를 진료실에서 모시고 나왔다. 키가 컸고, 천박하게 잘생긴 남자였다. 천박함은 희고 고른 치아와 짙은 피부색 때문이었다. 그의 행동에서 나이트클럽 사회자 같은 날카로움과 저속함이 물씬 느껴졌다. 동시에, 은연중에 자기 외모를 어색해하는 것 같기도 했다. 조는 이런 일을 하기에는 좀더 보수적인 외모의 의사가 나을 것 같다는 인상을 받았다.

"지금보다 더 나은 약이 분명 있을 텐데." 나이가 아주 많은 할머니가 그에게 말했다.

"이 새 약을 드셔보세요." 그가 부드럽게 말했다. "할머니가 찾으시는 게 바로 그 약일 수도 있잖아요. 아니면 우리 다른 약을 계속, 계속, 계속 찾아봐요." 그는 팔이 부러진 소년에게 들어오라고 손짓했다.

"레너……" 그의 아내가 말했다.

"응?" 그가 말했다.

"이분이," 그녀가 조를 가리키며 말했다. "이분이 아내분과 함께 당신을 만나러 멀리 오하이오에서 오셨대요."

그럴 의도는 아니었겠지만, 그녀의 말로 인해 조가 멀리서 온 게 굉장히 특이한 일처럼 되어버려서, 이제 조는 뭔가 엄청 바보 같은 실수를 저질렀다는 확신이 들었다.

"오하이오?" 아베키안 박사가 말했다. 그는 믿기 힘들다는 생각을 숨기지 않았다. 그는 숱이 많고 짙은 눈썹을 치켜세웠다. "오하이오에서 여기까지 왔다고요?"

"전국에서 선생님을 만나러 온다고 들었는데요." 조가 말했다.

"누가 그러던가요?" 그가 말했다.

"아내가요." 조가 말했다.

"부인이 저를 아나요?" 아베키안 박사가 말했다.

"아뇨." 조가 말했다. "그냥 소문을 들었어요."

"어디서요?" 박사가 말했다.

"여자들한테요." 조가 말했다.

"괴, 굉장히 고마운 말이군요. 보시다시피," 그는 긴 손가락을 펼치며 말했다. "나는 동네 병원 일반의일 뿐입니다. 전문의 행세는 하지 않겠어요. 그리고 지금껏 나를 만나러 먼 곳에서 찾아온 사람이 없었다는 것도 숨기지 않겠습니다."

"그렇다면 죄송하지만," 조가 말했다. "저도 어떻게 된 일인지 모르겠네요."

"오하이오라고요?" 아베키안 박사가 말했다.

"맞아요." 조가 말했다.

"신시내티?" 박사가 말했다.

"아니요." 조가 말했다. 그는 자기가 사는 도시 이름을 댔다.

"신시내티에서 왔다 해도," 박사가 말했다. "그다지 납득이 가지는 않았을 겁니다. 몇 년 전에 신시내티에서 의대를 다녔지만, 거기서 진료를 한 적은 없거든요."

"아내가 신시내티에서 간호학교를 다녔어요." 조가 말했다.

"아, 그래요?" 박사가 말했다. 그는 뭔가 단서가 되지 않을까 잠시 생각해보았다. 단서는 사라졌다. "하지만 아내분은 나를 모른다고요."

"네." 조가 말했다.

아베키안 박사는 어깨를 으쓱해 보였다. "여전히 미스터리로군요. 이왕 먼 길을 오셨으니, 내가 할 수 있는 일이 있다면……"

"아이를 갖고 싶으시대요." 의사의 아내가 말했다. "아이가 없다고 했어요."

"분명 이렇게 먼 곳까지 오시기 전에 여러 전문가를 만나보셨겠죠." 의사가 말했다.

"아니요." 조가 말했다.

"아니면 가족 주치의라도……" 아베키안 박사가 말했다.

조는 고개를 가로저었다.

"평소 진료 받으시는 의사와 얘기를 나눠본 적이 없다고요?" 아베키안 박사가 이해할 수 없다는 듯 물었다.

"네." 조가 말했다.

"그 이유를 물어봐도 될까요?" 박사가 말했다.

"제 아내가 오면 아내에게 물어보는 게 나을 거예요." 조가 말했다. "저는 몇 년 동안 의사를 만나보자고 아내를 졸랐어요. 하지만 아내는 가려고 하지 않았죠······ 그뿐 아니라 나한테 의사를 만나지 않겠다고 약속도 하게 했어요."

"종교적인 문제인가요?" 박사가 말했다. "부인이 크리스천 사이언스* 신자인가요?"

"아뇨, 아뇨." 조가 말했다. "말했지만, 간호사였다니까요."

"그렇죠." 박사가 말했다. "깜빡했네요." 그는 고개를 저었다. "하지만 나는 만나겠다고 했다는 거군요. 내가 유명한 전문가라고 생각해서."

"맞아요." 조가 말했다.

"놀랍군요." 아베키안 박사가 눈 사이 콧날을 문지르며 부드럽게 말했다. "음······ 일반의조차 만나본 적이 없으니, 제가 도움이 될 가능성도 없지 않습니다."

"한번 해보죠. 어찌될지는 신만이 아는 거고요." 조가 말했다.

---

* 신앙의 힘으로 병을 고치는 정신요법을 내세우는 미국의 교파.

"좋습니다." 박사가 말했다. "그러면 피터 다음에 들어오세요."

어린 피터가 가고 나자 아베키안 박사는 조를 진료실 안으로 불렀다. 책상 위에 전화번호부를 펼쳐놓고 있었다. 그가 그 이유를 설명했다. "나와 이름이 조금이라도 비슷한 사람이 있나," 그가 말했다. "찾아봤습니다. 당신 같은 경우를 치료하는 것으로 정말 유명한 사람이 있나 하고요."

"찾으셨나요?" 조가 물었다.

"에어런스 박사라는 사람이 있어요. 정신의학적 접근법을 써서 효과를 낸 사람이죠." 아베키안 박사가 말했다. "내 이름과 약간 비슷하잖아요."

"선생님." 조가 참을성 있고 진지하게 말했다. "우리가 보러 온 사람의 이름, 우리에게 큰 일을 해줄 사람의 이름은 에어런스가 아니고, 다른 이름과 쉽게 헷갈릴 이름도 아니에요. 굉장히 드문 이름이거든요. 아내는 우리가 시카고로 가서 아베키안 박사를 만나야 한다고 했어요. 아-베-키-안. 우리는 시카고에와서 전화번호부에서 아베키안 박사, 아-베-키-안 박사를 찾아봤죠. 정말 아-베-키-안이란 사람이 있었고, 그래서 제가 여기로 온 겁니다."

아베키안 박사의 날카롭고 천박한 얼굴에 초조함과 당황스러움이 어렸다. "쯧." 그가 말했다.

"에어런스라는 사람이 정신의학적 접근법을 쓴다고 했나요?" 조는 신체검사를 받으려고 옷을 벗기 시작했다. 점점 드러나는 그의 몸은 힘이 세지만 둔해 보이는 우람한 근육질이었다.

"신체적 문제가 있는 거라면" 아베키안 박사가 말했다. "물론 정신의학적 접근법은 의미가 없겠죠." 그는 담배에 불을 붙였다. "이 미스터리가," 그가 말했다. "신시내티와 뭔가 관련이 있을 것 같다는 생각이 자꾸 드는데요."

"말씀드릴게요." 조가 말했다. "요즘 일어난 황당한 일이 이것뿐이 아니에요. 요즘 일어나는 일들을 보면, 나랑 바버라는 신체검사 결과가 어떻게 나오든 상관없이 에어런스 박사를 만나러 가야 할 것 같네요."

"바버라?" 아베키안 박사가 고개를 치켜들며 말했다.

"네?" 조가 말했다.

"바버라? 부인 성함이 바버라인가요?" 아베키안 박사가 말했다.

"내가 그렇게 말했나요?" 조가 말했다.

"그렇게 말하신 것 같은데요." 박사가 말했다.

조는 어깨를 으쓱했다. "정신 나간 약속 하나를 또 어겼군요. 아내 이름을 말하지 않겠다고 약속했는데."

"이해가 되지 않는군요." 박사가 말했다.

"대체 누가 알겠어요?" 조가 갑자기 피로와 분노를 드러내며 말했다. "최근 몇 년 동안 이것 때문에 얼마나 싸웠는지 안다면, 우리가 할 수 있는 일이 하나라도 있나 알아내기 위해 의사를 만나러 가기로 할 때까지 제가 어떤 일을 겪었는지 안다면……" 조는 말끝을 흐렸다. 그리고 다시 옷을 벗기 시작했다. 얼굴이 꽤나 붉어졌다.

"그걸 안다면요?" 아베키안 박사가 물었다. 그 역시 조금 피곤해 보였다.

"그걸 안다면," 조가 말했다. "내가 왜 아내가 원하는 거라면 말이 되든 안 되든 다 하겠다고 약속했는지 알 거예요. 아내는 우리가 시카고로 와야 한다고 했고, 그래서 시카고로 왔어요. 사람들에게 본명을 알리고 싶지 않다고 해서 말하지 않겠다고 약속했고요. 그런데 말해버렸네요, 그렇죠?"

아베키안 박사가 고개를 끄덕였다. 자기 입에서 나오는 담배 연기 때문에 한쪽 눈에 눈물이 맺히는데도 그는 아무런 조치도 하지 않았다.

"아…… 빌어먹을." 조가 말했다. "의사에게 진실을 말하지 못한다면, 의사에게 가는 의미가 없잖아요? 의사가 어떻게 도와줄 수 있겠어요?"

아베키안 박사는 대답하지 않았다.

"몇 년 동안," 조가 말했다. "바버라와 나는 두 사람이 누릴 수 있는 최고의 행복을 누렸어요. 내 생각엔 그래요. 우리가 사는 마을은 예쁘고, 좋은 사람들로 가득해요. 나에겐 아버지에게 물려받은 크고 멋진 집이 있죠. 난 내 직업이 좋아요. 돈 문제가 있었던 적도 없고요."

아베키안 박사는 등을 돌리고 거리 쪽으로 난 사각형 모양의 유리 블록 창문을 뚫어져라 바라보았다.

"그리고 아이가 없다는 게……" 조가 말했다. "우리 둘 다 아이를 원하지만 아이가 없다는 사실이 우리 사이를 갈라놓을 수는 없었어요. 문제가 된 건, 문제가 됐던 건 의사와 관련된 거예요. 그녀가 무슨 일이 있어도 병원에 안 갔다는 걸 믿겠어요? 우리가 함께 산 십 년 동안 단 한 번도! '저기, 여보,' 전 이렇게 얘기했어요. '아이가 생기지 않는 게 당신 때문이든 나 때문이든 아무 상관 없어. 당신 때문이라 해도 난 당신을 나쁘게 생각하지 않을 거고, 나 때문일 경우에도 당신이 나를 나쁘게 생각하지 않았으면 해. 아마 나 때문이겠지. 중요한 건 우리가 할 수 있는 일이 있는지는 알아야 한다는 거야.'"

"정말 아무 상관 없나요?" 아베키안 박사가 여전히 등을 돌린 채 물었다.

"내가 말할 수 있는 건," 조가 말했다. "내가 어떻게 생각하느냐뿐이에요. 나는 상관없어요. 내가 아내에게 품은 사랑은 분명 그런 우연한 일을 넘어설 만큼 크니까."

"우연이요?" 아베키안 박사가 말했다. 그는 조를 바라보려다 마음을 바꾸었다.

"누구는 아이를 가질 수 있고, 누구는 가질 수 없다는 게 우연이 아니면 대체 뭡니까?" 조가 말했다.

조는 아베키안 박사와 유리 블록 창문에 가까이 왔다가, 유리 블록 하나하나의 옴폭 들어간 곳마다 아내 바버라가 택시에서 내리는 모습이 조그맣게 비치는 걸 보고 놀랐다. "내 아내입니다." 조가 말했다.

"알아요." 아베키안 박사가 말했다.

"알아요?" 조가 말했다.

"옷 입으셔도 됩니다, 커닝햄 씨." 박사가 말했다.

"입어요?" 조가 말했다. "한 번 살펴보지도 않았잖아요."

"안 봐도 됩니다. 진찰해보지 않아도, 저 여자와 결혼한 이상 절대 아이를 가질 수 없다고 말해드릴 수 있어요." 그는 놀랍도록 씁쓸한 표정으로 조를 바라보았다. "커닝햄 씨, 훌륭한 배우인가요? 아니면 정말 아무것도 모르는 건가요?"

조는 물러섰다. "지금 무슨 일이 일어나고 있는지 모르겠군요, 그걸 물으신 거라면요." 그가 말했다.

"의사를 제대로 찾아왔습니다, 커닝햄 씨." 아베키안 박사가 말했다. 그러고는 후회스러운 미소를 지었다. "전문의가 아니라고 했는데, 큰 착각이었습니다. 당신의 경우에는 나만한 전문의가 없지요."

조는 대기실을 가로지르는 아내의 날카로운 하이힐소리를 들었다. 그는 그녀가 밖에서 누군가에게 의사가 있느냐고 묻는 소리를 들었다. 잠시 후, 건물 안쪽에서 버저가 울렸다.

"의사 여기 있습니다." 아베키안 박사가 말했다. 그는 스스로에 대한 거짓 경탄을 담아 양팔을 번쩍 들었다. "뭐든 할 준비가 되어 있죠."

건물 안쪽으로 통하는 대기실 문이 열렸다. 아기는 아직도 계속 울었다. 아베키안 박사의 아내는 여전히 시달리는 중이었다.

아베키안 박사가 진료실 문을 열자 바버라와 그의 아내가 있었다. "의사 여기 있습니다, 커닝햄 부인." 그는 바버라에게 말했다. "지금 당장 진료할 수 있습니다."

바버라는 몸집이 작았고, 갈색 머리에서는 윤이 났다. 그녀가 진료실로 걸어들어와 호기심 가득한 눈으로 둘러보았다. "벌써 조의 진료를 마쳤나요?"

"빠를수록 좋지 않겠어요?" 아베키안 박사가 짧게 말했다. "남편에게 그다지 솔직하지 않으셨더군요."

그녀는 고개를 끄덕였다.

"눈치챘겠지만 우리는 서로 아는 사이입니다." 아베키안 박사가 조에게 말했다.

조는 입술을 핥았다. "그런 것 같군요."

"이제 남편에게 모든 것을 털어놓겠습니까?" 아베키안 박사가 바버라에게 말했다. "솔직해지는 데 내 도움이 필요한가요?"

바버라는 미약하게 어깨를 으쓱해 보였다. "의사가 생각하는 최선의 방법으로 부탁드려요."

아베키안 박사는 눈을 감았다. "의사가 생각하기로는," 그가 말했다. "커닝햄 씨가 알아야 할 것이 있습니다. 아내분은 간호학교를 다니는 동안 저의 아이를 가진 적이 있습니다. 낙태수술을 받았고, 뭔가 잘못되어서 환자는 평생 아이를 가질 수 없게 되었습니다."

조는 아무 말도 하지 않았다. 뭐라도 정리된 생각을 입 밖에 내려면 시간이 좀 걸릴 것이었다.

"이 순간을 위해 많은 고생을 한 것 같군요." 아베키안 박사가 바버라에게 말했다.

"네." 그녀가 공허하게 대답했다.

"복수가 달콤한가요?" 아베키안 박사가 말했다.

"복수가 아니에요." 그녀가 말했다. 그러고는 유리 블록에 비친 수천 개의 동일한 상들을 보려고 다가갔다.

"그러면 왜 이렇게 고생을 한 거죠?" 박사가 말했다.

"당신은 언제나 나보다 더 설명을 잘하는 사람이었으니까요." 그녀가 말했다. "우리가 같이 했던 모든 선택이 왜 최선의 선택이었는지 말이죠."

1922년   미국 인디애나주 인디애나폴리스에서 독일계 이민자 커트 보니것 시니어와 이디스 보니것 사이의 3남매 중 막내로 태어남. 본명은 커트 보니것 주니어.

1940년   코넬대학교에 입학해 생화학을 공부함. 〈코넬 데일리 선〉 편집을 맡음.

1943년   미 육군에 입대해 육군 특별 훈련 프로그램의 일환으로 카네기공과대학과 테네시대학교에서 기계공학 교육을 받음.

1944년   어머니 이디스가 자살하고 석 달 후 유럽으로 파견됨. 벌지 전투에서 정찰병으로 적후를 살피던 중 독일군에게 포로로 잡혀 드레스덴으로 끌려감.

1945년   드레스덴 폭격에서 운좋게 살아남음. 이 경험은 이후 『제5도살장 Slaughterhouse-Five』의 소재가 됨. 송환 후 소꿉친구인 제인 마리 콕스와 결혼함. 시카고대학교 대학원에서 인류학을 공부함.

1946년   시카고대학교에서 논문이 통과되지 않아 학위를 받지 못함.

1947년   아들 마크 출생. 뉴욕주 스케넥터디에서 제너럴 일렉트릭사의 홍보 담당자로 일함.

1949년   큰딸 이디스 출생.

1950년	첫 단편 「반하우스 효과에 대한 보고서*Report on the Barnhouse Effect*」를 비롯, 단편 몇 편을 지면에 발표함.
1951년	제너럴 일렉트릭사를 그만두고 매사추세츠주로 이사함.
1952년	『자동 피아노*Player Piano*』 출간.
1954년	작은딸 나넷 출생. 고등학교 영어 교사, 광고기획사 카피라이터, 자동차 영업사원 등의 일을 전전함.
1957년	아버지 커트 보니것 시니어 사망.
1958년	매형이 열차 사고로 사망하고 그 직후 누나마저 병으로 죽자, 누나의 세 아이를 양자로 들임.
1959년	『타이탄의 미녀*The Sirens of Titan*』 출간.
1961년	『마더 나이트*Mother Night*』『고양이 집의 카나리아*Canary in a Cathouse*』 출간.
1963년	『고양이 요람*Cat's Cradle*』 출간.
1965년	『신의 축복이 있기를, 로즈워터 씨*God Bless You, Mr. Rosewater*』 출간.
1967년	드레스덴을 방문함.
1968년	『몽키하우스에 어서 오세요*Welcome to the Monkey House*』 출간.
1969년	『제5도살장』 출간.
1970년	하버드대학교에서 문예창작 강의를 함. 희곡 〈생일 축하해, 완다 준*Happy Birthday, Wanda June*〉이 공연됨.
1971년	시카고대학교에서 『고양이 요람』을 논문으로 인정받아 뒤늦게 석사학위를 받음. 제인과 별거하고 뉴욕으로 이사함. 이후 뉴욕에서 사진작가이자 아동소설가인 질 크레멘츠를 만남.

1972년	미국 PEN 부회장에 선출됨. 『제5도살장』이 영화화되어 그해 칸 국제영화제 심사위원상, 이듬해 휴고상 드라마틱 프리젠테이션 부문 수상.
1973년	전미예술가협회 회원으로 선출됨. 뉴욕시립대 영문학 석좌교수가 됨. 인디애나대학교에서 명예박사학위를 받음. 『챔피언들의 아침식사 *Breakfast of Champions*』 출간.
1974년	에세이, 여행기 등을 모은 『웜피터, 포마 그리고 그랜펄룬 *Wampeters, Foma and Granfalloons*』 출간.
1976년	『슬랩스틱 *Slapstick*』 출간. 이때부터 주니어를 빼고 커트 보니것이라는 이름으로 책을 출간함.
1979년	『제일버드 *Jailbird*』 출간. 제인 마리 콕스와 정식으로 이혼하고 질과 결혼함.
1980년	그림책 『해 달 별 *Sun Moon Star*』 출간.
1981년	연설문, 에세이 등을 모은 『종려주일 *Palm Sunday*』 출간.
1982년	『데드아이 딕 *Deadeye Dick*』 출간.
1984년	자살을 시도했으나 실패함.
1985년	『갈라파고스 *Galápagos*』 출간.
1987년	『푸른 수염 *Bluebeard*』 출간.
1990년	『호커스 포커스 *Hocus Pocus*』 출간.
1991년	에세이 『죽음보다 나쁜 운명 *Fates Worse Than Death*』 출간.
1996년	『마더 나이트』가 영화화됨. 영화에 커트 보니것 본인도 카메오로 등장함.
1997년	『타임퀘이크 *Timequake*』 출간. 소설가로서 은퇴를 선언함.

1998년   『챔피언들의 아침식사』가 영화화됨.

1999년   미출간 단편들을 모은 단편집 『배곰보 코담뱃갑*Bagombo Snuff Box*』, 가상 인터뷰를 모은 『신의 축복이 있기를, 닥터 키보키언*God Bless You, Dr. Kevorkian*』 출간.

2000년   집에 화재가 나 병원 치료를 받음. 뉴욕주 작가로 지명됨.

2005년   에세이 『나라 없는 사람*A Man Without a Country*』 출간.

2007년   맨해튼 자택 계단에서 굴러떨어져 머리에 큰 상처를 입고 입원, 몇 주 후 사망함.

2008년   미발표 유고집 『아마겟돈을 회상하며*Armageddon in Retrospect*』 출간.

2009년   미발표 단편집 『카메라를 보세요*Look at the Birdie*』 출간.

2011년   미발표 단편집 『세상이 잠든 동안*While Mortals Sleep*』 출간.

2012년   미발표 유고집 『멍청이의 포트폴리오*Sucker's Portfolio*』 출간.

2013년   졸업식 연설문 모음 『그래, 이 맛에 사는 거지*If This Isn't Nice, What Is?*』 출간.

지은이 **커트 보니것**
미국 최고의 풍자가이자 소설가, 에세이스트. 1922년 11월 11일 인디애나폴리스에서
태어났고, 2007년 4월 11일 세상을 떠났다. 1952년 첫 장편 『자동 피아노』를 출간한
후 『신의 축복이 있기를, 로즈워터 씨』 『마더 나이트』 『제5도살장』 『챔피언들의 아침
식사』 등의 소설과 풍자적 산문집 『신의 축복이 있기를, 닥터 키보키언』을 발표했다.
1997년 『타임퀘이크』 발표 이후 소설가로서 은퇴를 선언했고, 회고록 『나라 없는 사
람』을 남겼다.

옮긴이 **이원열**
전문 번역가 겸 뮤지션. 『아마겟돈을 회상하며』 『세상이 잠든 동안』, '헝거 게임' 시리
즈, 『슈트케이스 속의 소년』을 비롯한 '니나 보르' 시리즈, 『책 사냥꾼의 죽음』을 비롯
한 '클리프 제인웨이' 시리즈, '스콧 필그림' 시리즈와 『그 남자의 고양이』 『요리사가
너무 많다』 등의 책을 옮겼다. 로큰롤 밴드 '원 트릭 포니스(One Trick Ponies)'의 리
드싱어 겸 송라이터로 활동하고 있다.

문학동네 세계문학

카메라를 보세요

1판 1쇄 2019년 12월 26일 | 1판 2쇄 2020년 3월 25일

지은이 커트 보니것 | 옮긴이 이원열 | 펴낸이 염현숙

책임편집 정혜림 | 편집 홍유진 이현정
디자인 윤종윤 이원경 | 저작권 한문숙 김지영 이영은
마케팅 정민호 이숙재 양서연 박지영
홍보 김희숙 김상만 오혜림 지문희 우상희 김현지
제작 강신은 김동욱 임현식 | 제작처 한영문화사(인쇄) 경일제책사(제본)

펴낸곳 (주)문학동네
출판등록 1993년 10월 22일 제406-2003-000045호
주소 10881 경기도 파주시 회동길 210
전자우편 editor@munhak.com | 대표전화 031) 955-8888 | 팩스 031) 955-8855
문의전화 031) 955-3578(마케팅) 031) 955-8861(편집)
문학동네카페 http://cafe.naver.com/mhdn | 트위터 @munhakdongne
북클럽문학동네 http://bookclubmunhak.com

ISBN 978-89-546-6008-2 03840

www.munhak.com